# 동남아문화 산책

신윤환의 동남아 깊게 읽기

창비

동남아문화 산책
신윤환의 동남아 깊게 읽기

초판 1쇄 발행 • 2008년 11월 21일
초판 5쇄 발행 • 2021년 9월 21일

지은이 • 신윤환
펴낸이 • 강일우
책임편집 • 김도민
펴낸곳 • (주)창비
등록 • 1986년 8월 5일 제85호
주소 • 10881 경기도 파주시 회동길 184
전화 • 031-955-3333
팩시밀리 • 영업 031-955-3399  편집 031-955-3400
홈페이지 • www.changbi.com
전자우편 • nonfic@changbi.com

# 동남아문화 산책

신윤환의 동남아 깊게 읽기

창비

# 동남아의 '힘'을 찾아가는 여행

나에게 동남아시아는 블랙홀과 같았다. 동남아를 처음 '발견'했던 25년 전부터 내 모든 것, 이를테면 몸, 열정, 생각, 시간, 돈 따위가 몽땅 그곳에 빨려 들어갔기 때문이다. 당시만 해도 '허접한' 후진국이나 '비틀대는' 약소국의 집결지 정도로 치부되어 별 주목을 받지 못하던 이 지역이 나를 통째 집어삼킨 그 '힘'의 정체를 아직도 명확하게는 알지 못한다. 무심하면서도 강력하게 나를 흡입한 동남아는 힌두, 불교의 우주와 정신을 축도(縮圖)했다는 만다라(曼陀羅, mandala) 형상처럼 여전히 오묘한 미지의 세계이자 무궁한 탐구의 대상으로 나를 사로잡고 있다.

나는 동남아에서 다른 어떤 지역에서도 느끼지 못했던 강력한 '힘'을 느낀다. 과거 모든 외부문명과 세계종교를 받아들이고, 인도, 중국, 중동으로부터 상인, 노동자, 성직자들을, 유럽과 일본으로부터 탐험가, 식민지관료, 군인들을 유인했던 바로 그 '힘'일 터인데, 나는 이를 넉넉

하면서도 빠짐없이, 포괄적이면서도 구체적으로, 담아낼 새로운 개념을 아직도 찾지 못했다. 나는 이제 그 '힘'의 정체와 원천을 찾아 동남아로 여행을 떠난다.

동남아의 '힘'은 강대국의 그것처럼 패권이나 군사력 따위로 표출되진 못해도 그것을 능가할 수 있는 그런 힘이다. 미국처럼 세거나 중국처럼 크지는 않아도 동남아의 힘은 단호하며 끈질기다. 프랑스 식민주의자를 몰아내고, 미국 패권주의자를 물리친 베트남의 힘처럼 말이다. 요즘 '아세안+3'이라는 지역협력체의 주역이 되어, 서로 으르렁대는 한·중·일 3국 정상을 불러다놓고 외교경쟁을 시키는 힘의 원천이 바로 동남아다.

동남아의 힘은 경제발전이나 국민소득의 수준으로는 나타나지 않는다. 수치화하면 기껏해야 후발 신흥공업국이나 아니면 최빈국으로 전락할 뿐이다. 게다가 외환위기까지 겪어 몇년간 성장은 뒷걸음질 치고 서민들은 엄청난 물가고에 시달렸다. 그럼에도 불구하고 어떤 여론조

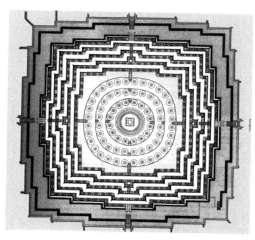

만다라의 모습을 띤 자와의 보로부두르 불교사원의 조감도.

사 기관이 조사하더라도 세계에서 가장 행복하다고 느끼는 국민은 예외없이 동남아의 태국인이나 필리핀인으로 나타나고, 가장 불행하다고 느끼는 국민은 동북아의 일본인이 1, 2위를 다툰다. 한국도 일본보다 그다지 나을 게 없다. 물질적 결핍에도 매우 행복해 하며 낙천적으로 생활하는 동남아인의 힘은 도대체 어디서 나오는 것일까?

1997는 태국에서 시작된 외환위기가 인도네시아로 '전염'되었을 때 나는 중부 자와의 주도(州都) 스마랑(Semarang)에서 연구년을 보내고 있었다. 소비자 물가가 2배 이상으로 뛰고 환율이 무려 6배 폭등했다. 1997년 하반기부터 시작된 위기는 1998년에 가서 그 정점에 달했다. 당시 많은 경제학자들이 인도네시아도 사하라 주변 아프리카 국가들처럼 대기근을 겪을 것이라고 경고했다. 경제위기가 1년만 지속되어도 전국민의 40퍼센트 가까이 아사할지 모른다고 겁을 주었다. 그런데 인도네시아의 경제위기는 1년이 아니라 5년 넘게 지속되었다. 그래도 굶어 죽은 사람은 단 한사람도 없었다. 한국처럼 가장이 집을 나가 부랑자가 되거나 전가족이 동반자살했다는 이야기는 들어보질 못했다.

동남아사회를 들여다 보면 증폭 가능한 엄청난 잠재력을 그곳은 내포하고 있음을 느낀다. 한두 나라를 제외하고는 모든 나라들이, 많게는 수백에서 적게는 수십의 말이 통하지 않는 종족들로 구성되어 있다. 한국은 모어(母語)가 곧 국어(國語)인 나라이지만, 대다수 동남아인은 국어를 학교에서 배워야 한다. 소수민족 문제와 분리주의로 갈등을 빚고 있는 버마나 인도네시아 같은 나라도 있긴 하지만, 대다수 동남아국가들은 불과 반세기만에 '민족을 형성'하고 '국가를 건설'하는 데 성공했다. 인도네시아에서 생겨나 동남아 전체를 특징짓는 모토로 자리잡은

'다양성 속의 통합'(Unity in Diversity)을 형성해가고 있다.

이렇듯 여러곳에서 솟아나는 동남아의 힘을 어떻게 체계적으로 종합해야 할지, 어떻게 명쾌하게 '개념화'해야 할지를 아직도 알아내지 못했다. 동남아를 연구한 학자 누구도 동남아가 지닌 이러한 힘들을 찾아내 만족할 만한 분석을 하지 못했다. 민족이란 문화적 특질을 공유하는 집단이 아니라 '동일한 정치적 운명을 지녔다고 상상하는 공동체'라는 유명한 정의를 내린 베네딕트 앤더슨(Benedict Anderson)이 서양의 권력(power)개념과 구별되는 자와인의 권력(*kesaktian*, 신성한 힘이란 뜻에 가깝다)에 대한 관념을 추상화해보려 했지만 이를 '신비화'하는 데 그치고 말았다.[1] 동남아 정치·경제·사회문화를 분석하기 위해 여러 학자들이 만들어낸 '이중경제'(dual economy), '복합사회'(plural society), '후원수혜체계'(patron-client system), '사이비자본주의' (ersatz capitalism), '관료정치체'(bureaucratic polity) 따위의 개념들도 동남아의 힘을 잡아내기보다는 치부나 약점을 보여주려 했다. 지금부터 풍부한 내포와 광범한 외연을 자랑하는 개념을 찾아 동남아로 여행을 떠나보자.

동남아시아 전도

●일러두기
1. 이 책에 등장하는 지명과 인명 등 고유명사는 가급적 현지음에 가깝게 표기하되, 베트남
   어와 타이어는 국립국어원의 기준을 따랐다.
2. 특히 무성파열음은 된소리로 적었고, 인도네시아어에서 'c'를 'ㅉ'으로, 'kh'를 모음 앞과
   어말에서 'ㅋ'로 자음 앞에서 'ㄱ'으로 적었다.

## 제1장

동남아 들어가기

## 1. 나의 동남아 편력 25년

내가 동남아의 진정한 '힘'을 찾아 첫 여행을 떠난 것은 1982년 여름으로 거슬러 올라간다. 당시 나는 미국 예일대학의 대학원 박사과정에 있었는데, 마침 2년에 걸친 교과과정과 종합시험을 끝내고 학위논문을 쓰기 위해 주제 선정에 골몰하고 있었다. 나도 1980년대 여느 유학생과 다름없이 한국정치에 막중한 사명감과 뜨거운 관심을 갖고 있어서, 처음에는 한국과 동아시아 정치를 비교하는 논문을 쓰려 했다. 그러나 당시 한국연구에는 많은 유학생들이 매달려 있어서 굳이 나까지 거들 생각이 없어졌고, 아무도 거들떠보지 않던 동남아가 자꾸만 나를 끌어당겼다.

지금도 어떤 연유로 동남아를 전공하게 됐느냐는 질문을 종종 받는

데, 솔직히 그 질문 뒤에는 내로라하는 법대를 졸업하고 미국 명문대까지 유학가서 왜 '시시한' 동남아를 전공했을까라는 '의심'을 깔고 있다는 걸 느낀다. 혹 무슨 기구한 사연이 있는지, 아니면 엽기적인 호기심을 지닌 사람은 아닐까 생각하는 듯하다. 그러나 내가 동남아에 주목하고 천착한 이유는 나와 우리, 우리 역사와 오늘날 한국을 더욱 잘 알기 위해서였다. 한 나라만 들여다 본다고, 골몰하여 연구한다고, 그 나라를 더욱 잘 알기는 힘들다. 이른바 '비교연구'라는 방법이 중요한 것도 이런 이유이다. 다른 지역과 나라들을 통해 그들과의 비교를 통해 한국을 더 잘 파악하고자 한 게 동남아 연구로 전향한 이유라면 이유다. 그래서 이 책에서 동남아를 서술하면서도 끊임없이 한국을 생각했다. 어쩌면 소재(素材)는 동남아지만 화두(話頭)는 한국일지도 모르겠다.

여하튼 나는 25여년 전, 저명한 인류학자 기어츠(Clifford Geertz)에게 인도네시아어를 처음 가르친 네덜란드계 미국인 헨던(Rufus Hendon) 교수가 개설한 초급 인도네시아어를 수강하는 것을 시작으로 동남아에 입문하였다. 처음 수강생은 학부생 둘과 나 이렇게 모두 셋이었는데 그다음 학기부터는 나만 남았으니 저명한 어학 교수와 '독선생' 과외를 한 셈이다. 나는 헨던교수의 마지막 학생이었다. 처음부터 동남아 공부에 정신없이 빠져들었다. 예일대에서 개설된 동남아정치, 동남아문화, 동아시아경제 등 동남아와 관련한 대부분의 강의를 좇아다녔고, 거의 매주 열리던 동남아 관련 특강이나 쎄미나에도 잘 알아듣지 못하면서도 꼬박꼬박 참석했다. 인도네시아어만 해도, 학교에서 매주 세시간 수업에 숙제를 여섯시간 하고, 매주 금요일 인도네시아어만 쓰며 점심식사를 하는 '인도네시안 테이블'의 핵심 멤버가 되었다. 인도네시안 테이블은 당시 예일대에서 역사학 박사를 취득하고도 직장을 못 구해서 사감(舍監)을 하던 러시(James Rush)박사(현 애리조너주립대 교수)가 이끌었다. 남는 시간에는 미국에서 코넬(Cornell)대 도서관 다음으로 좋은 동남아 자료실에서 각종 서적, 잡지, 신문을 뒤적였다.

그러다가 1983, 84년 여름 두 계절학기 연달아 인도네시아어 집중교육과정을 밟게 됐다. 첫 프로그램은 애신즈(Athens)라는 소도시에 있는 오하이오(Ohio)대학에서 열렸는데 그 명칭은 인도네시아연구 하계학교(Indonesian Studies Summer Institute)였지만 따갈로그(Tagalog)어와 타이(Thai)어도 가르치고 있었고, 다음해 동남아 연구 하계학교(Southeast Asian Studies Summer Institute)로 명칭이 바뀌면서 대상 국가와 언어도 동남아 전체로 확대됐다. 조그만 소도시에 머물던 12주 내내 나는 인도네시아와 동남아의 매력에 흠뻑 빠져들었다. 다른 어학과정처럼 오전에는 인도네시아어를 네시간씩 공부했지만, 오후에는 정치·역사·문화 심지어는 선택과목으로 전통무술(pencak silat)과 요리 강좌까지 개설되어 말 그대로 학제적이고 종합적인 지역연구 패키지를 접할 수 있었다. 그곳에서 '인도네시아의 정치'를 강의한 리들(R. William Liddle)교수와 알게 되어 6년 뒤 논문을 마칠 때까지 내가 쓴 모든 논문에 대한 상세한 비평을 받을 수 있었다.

그로부터 다시 일년 뒤에야 비로소 인도네시아에 첫발을 내딛었다. 1984년 6월 중순 인도네시아 현지에서 열린 집중언어훈련 프로그램 최고급과정에 참가하는 행운을 얻었던 것이다. 인도네시아로 떠나는 첫 여행이었기 때문일까, 그때 기억들은 아직도 생생하다. 프로그램을 주관하던 코넬대학이 미 국무부기금으로 사준 싸구려 비행기표로 한 여행인지라, 뉴욕 케네디공항을 출발하여 워싱턴DC, 시카고, 토오꾜오 (東京), 홍콩 등 네 도시에서 비행기를 갈아타며 무려 36시간 만에 자까르따(Jakarta)에 도착했다. 당시는 지금의 수까르노하따(Sukarno-Hatta)공항이 개장하기 일년 전이라 할림(Halim)공항에 도착해 비행기 트랩을 밟고 내려왔는데, 그때 몸을 휙 감싸던 훈훈한 열대풍에 묻어나던 정향(丁香, clove)담배 냄새가 아직도 코끝을 맴돈다. 공항에서 일하는 사람들 모두 견장인지 훈장인지를 몇개씩 매단 국방색 제복을 입고 우리를 무심히 바라보던 눈길들에서 군부독재의 어두운 그림자를 읽을 수 있었다. 냉방이 되지 않는 택시를 잡아타고 숙소로 향하면서 활짝 열어젖힌 차창으로 파고드는 인도네시아의 첫인상은 2년간 책으로만 상상하던 인도네시아를 여지없이 무너뜨리는 충격적인 모습이었다. 신발도 없이 맨발로 걸어가는 아이와 여인네들 사이로 미끄러지듯 굴러가는 벤츠자동차, 고층빌딩들 사이사이를 빼곡히 메운 빈민가, 모든 광고판을 도배하다시피 한 일본회사 이름과 상품 브랜드들⋯⋯ 한국에서도 미국에서도 보지 못하던 생경한 모습이었다. 아 이것이 바로 책으로만 읽던 '종속'(dependency)의 현장이구나 하는 생각이 들었다. 나와 동남아, 나와 인도네시아와의 만남은 이처럼 생경함과 충격 속에서 시작됐다.

나는 이후 24년 동안, 셀 수 없을 정도로 인도네시아와 동남아를 돌아다녔다. 한국에 돌아와 전임교수가 되고도 18년 동안 매년 적어도 두세번, 잦을 때는 대여섯번 여행을 했다. 2002년에 독립한 띠모르레스떼(동띠모르East Timor)만 빼고 모든 나라를 가 보았고, 전공하지도 않은 필리핀, 말레이시아, 싱가포르에도 각각 열댓번에서 스무번 정도는 족

16

히 여행했을 것이다. 모두 학술적 목적에서만은 아니었다. 말레이시아 사라왁(Sarawak)밀림 깊숙이 사는 이반(Iban)족의 전통마을을 찾았을 땐 독벌레에 쏘여 죽을 뻔한 고비를 넘겼고, 방콕 밤거리 뒷골목에서는 조직폭력배에게 대항하다 큰일이 날 뻔했으며, 서부 수마뜨라(Sumatra)에서는 수백길 낭떠러지를 옆에 낀 채 360도 꺾이는 꼬부랑 도로를 돌아 내려가던 버스를 타고는 수백차례 굽이를 돌 때마다 버스 탄 걸 수백번 후회를 했고, 마닐라 마비니(Mabini)거리에서 돈을 감쪽같이 반으로 접어 세는 환전 사기꾼에게 걸려 수백달러를 날린 적도 있었다. 그런가 하면, 동부 자와(Jawa, 영어명인 자바Java로 알려져 있다)의 브로모(Bromo)산 위로 힘차게 떠오르던 태양이며, 바로 코앞에서 구름, 비, 바람, 해가 동시에 180도 파노라마 화면에 변화무쌍한 쇼를 펼치던 사랑안(Sarangan)의 하늘이며, 캄보디아의 역사만큼이나 슬펐던 바켕(Bakheng)언덕의 일몰 광경이며, 중부 루손(Luzon) 어느 조그만 섬에서 고기잡이 어선들이 한밤중에 환하게 불 밝힌 채 뱃전을 두들기며 고기잡이 노래를 부르던 정경이며, 아 뭐니뭐니해도 동남아 우기에는 어디에서든 하루에 한번씩은 만나는 소낙비 스콜(squall)에 나 자신의 존재조차 놓아버리던 날들을 어찌 잊을 수 있겠는가.

여하튼 인도네시아어 집중교육을 받으려고 인도네시아 중부 자와에 위치한 인구 5만의 소도시 살라띠가(Salatiga)에서 석달을 보낸 것을 시작으로 이래저래 6~7년은 족히 동남아에 체재한 것 같다. 현지 언어훈련을 마친 후 미국으로 돌아가 넉달 동안 연구계획서를 작성·제출한 뒤, 본격적인 현지조사를 위해 다시 인도네시아로 돌아갔다. 그리하여 1985년 일년간 자까르따에서 '인도네시아의 재벌형성'에 관한 조사와 연구에 집중하며, 이른바 '지역전문가'(area specialist)가 되기 위한 마지막 통과의례를 치렀다.[2]

1997년 2월에서 1998년 9월 중순 사이 한국에 머문 석달을 뺀 1년 5개월이 동남아에서 두번째로 오랫동안 장기체류한 기간이다. 인도네시아 중부 자와의 주도 스마랑에 살았는데, '인도네시아 화인(華人, 중국인)들의 정치문화'를 주제로 인류학적 현지조사를 제대로 해보겠다는 야심찬 계획을 세웠지만 결과적으로는 '관찰'보다는 '참여'에, 연구보다 현지경험에 더 충실하던 시간이 되고 말았던 것 같다. 당시 인도네시아는 한국보다 더 가혹한 외환위기가 덮쳐 혹독한 경제적 시련을 겪었고, 종족·종교 분쟁과 소요사태로 사회가 극심한 혼란에 빠져 급기야는 30여년의 수하르또(Suharto) 장기독재가 무너지는 엄청난 격변을 겪었다. 이런 중요한 역사적 전환기에 현장에서 직접 관찰하고 체험할 수 있었던 것은 지역연구자로서 큰 '행운'이었다고 생각한다.[3]

세번째 장기체류로서 지난 2년간 싱가포르국립대학(NUS, National University of Singapore) 내의 아시아연구소(ARI, Asia Research Institute)에 머물면서 '인도네시아인들의 가치관과 정치적 거래', '동남아의 선거와 민주주의', '동아시아의 정체성과 공동체 형성' 등의 주제를 연구거리로 삼아, 책도 읽고, 자료도 찾고, 전문가도 만나고, 분석과 사색도 해보았다. 이 기간 동안 전공하는 인도네시아와 말레이시아에 자주 가고, 또 새롭게 여행맛을 들인 대륙내 동남아도 더러 여행해보았지만 도서부만큼 찬찬히 하지 못해서 아쉬움이 크게 남는다. 내친 김에 여기에 눌러앉을까 생각하기도 했지만, 나와 이어진 한국의 끈은 끊으려 해도 끊을 수 없는 질긴 끈이었다. 그 끈의 이야기도 이 책에다 썼다.

내가 동남아와 첫 인연을 맺은 후 무수히 동남아를 여행했고 6년여를 해외에서 체류했지만, 미국에서 돌아온 이후로는 한번도 동아시아를 벗어난 적이 없었다. 1991년 여름, 미국에 가본 것이 마지막이고, 이제 대학생들도 흔히 가는 유럽 배낭여행조차도 한번 가보지 못했다. 여행하길 좋아하는 중국과 자료조사와 국제회의차 몇차례 방문한 일본을 제외하면, 동남아만 죽자고 돌아다녔다. 이쯤이면 동남아 사랑이 아니라 동남아 '편집증'에 걸린 것 같다. 내가 처음 동남아 공부를 시작한 1980년대 초반은 전두환독재 치하의 암울한 시기였다. 국내 어느 재벌재단이 주던 장학금으로 등록금이 매우 비싼 미국 사립대학에서 유학하게 된 내가 동남아를 전공하겠다고 하자, 정치적 독재와 경제적 종속의 수렁에 빠진 조국을 구하는 공부는 하지 않고 '한가하게 동남아'를 공부한다고 여기저기서 비난이 만만치 않았다. 학위를 끝내고 한국으로 돌아왔을 땐, 그런 걸 해서 어떻게 먹고살겠느냐고 걱정해주는 사람조차 있었다.

이런저런 비난과 압력을 받으면서도 굳이 동남아에 집착하고 천착해온 까닭은 무엇일까? 무엇이 나를 그토록 강하고도 끈질기게 동남아로 끌어당겼을까? 한두마디 답으로 간단히 정리될 질문이 아닐 성싶다. 동남아 전역사를 통하여, 인도인, 중국인, 아랍인, 유럽인, 일본인, 미국인 그리고 최근에는 우리 한국인들까지, 힘있는 모든 외국인을 무역상, 포교자, 식민주의자, 침략자, 노동자, 기업인 등 여러 유형의 이주자로 끌어들인 어마어마한 힘을 감추고 있는 지역이 바로 동남아이다. 독자들께서도 이번을 계기로 동남아를 다시 생각해보고 항상 '제3세계', '주변부', '약소국'으로만 치부되던 동남아의 진정한 '힘'이 무엇인지 필자와 함께 찾아보길 권한다.


## 2. 미시적 영역에서 빛을 발하는 동남아의 힘

특정 나라나 지역의 힘을 이야기하려면 당연히 국력이나 국부같이 거시적 차원을 다루어야 한다. 거시적 수준에서 힘은 국제관계에서 교섭력과 국민총생산(GNP)이나 국민소득(GNI) 따위로 가늠될 터이니 정확히 계산해보지 않아도 동남아의 힘은 신통치 않을 것이다. 물론 그렇다고 언젠가는 커질지도 모를 가능성, 즉 잠재력까지 없다고 말할 수는 없다. 흔히들 동남아는 잠재력이 크다고 한다. 이 지역이 가진 풍부한 자원이나 생산요소 덕분일 것이다. 그러나 '구슬이 서말이라도 꿰어야 보배'라고 하지 않던가? 동남아의 역사를 훑어보면 꿸 구슬은 많은데 스스로 꿰지 못하다(않다?)보니, 안팎으로 '도둑놈들'만 끓었다. 서구 식민주의자, 외래 상인, 이들과 결탁했던 토착권력이 그들이다. 토지·노동·자본 따위의 물적·인적 자원이나 잠재적인 힘은 다음에 차근차근 계산해보기로 하고, 우선은 '미시적' 차원과 영역에서 동남아의 힘이 무엇인지를 따져보자.

물론 개개인의 힘이나 능력의 합이 반드시 집단이나 국가의 그것으로 전화된다고 할 수는 없다. 그렇게 간단히 생각해버리면 합성의 오류를 범할 수 있다. 그런 사례는 흔하다. 유대인을 보노라면 개인은 모두 총명하고 지혜롭고 부유하지만, 이스라엘이라는 국가를 강대국이라 부르지 않으며, 대다수 유대민족은 이리저리 떠돌고 있지 않은가. 동남아

화교들 개개인은 대부분 부유하지만, 그 전체가 어떤 집단적인 정체성을 갖거나 조직적 힘을 발휘하지 못하는 상황도 그러하다.

그렇지만 물적·인적 자원과 마찬가지로 미시적 영역의 힘도 잠재력의 중요한 요소이며, 미시적인 것은 거시적인 것과 다른 '차원'의 힘을 구성하는 것임에는 틀림없다. 과거 영국 식민주의자들이 버마의 전통 국가를 무너뜨리고 경제를 착취했지만, 버마인들 한사람 한사람의 마음까지 뺏거나 굴복시키지는 못했다. '해가 지지 않는 대영제국의 식민지'조차도 그늘은 크고 넓었다. 대부분의 제국주의가 그러했지만, 특히 서구 제국주의의 식민지 경영방식, 즉 간접통치는 미시영역의 경계를 넘어 침투하지 못했다. 동남아에서 버마, 말레이시아, 싱가포르를 다스린 영국도 그러했지만 인도네시아라는 광활한 식민지를 건설했던 네덜란드도 마찬가지였다.

나는 합성의 오류, 생태학적 오류를 들먹이면서 개인과 집단, 시민과 국가를 분리해 사고하는 논리가 제국주의적 지배, 식민주의적 착취 그리고 최근에는 독재정치를 정당화하는 데까지 악용됐다고 생각한다. 개인·성원·시민·국민이 우수하고 열심히 일하는 나라는 집단·조직·사회·국가도 그럴 수밖에 없고 그러해야 한다고 생각한다. 만약 그렇지 않다면 그 전체적 체계는 잘못된 것이므로 개혁되거나 타도되어야 한다. 일본 사람들이 하나같이 성실하게 일하고 정직하고 근면하게 사는데 '잃어버린 10년'을 겪은 것은 집단의 규범이나 국가의 제도 문제 때문이다. 고쳐야 하는 것은 개인이 아니라 집단이나 조직이요, 시민이 아니라 국가이다. 개개인들이 모두 훌륭하면 그 나라도 언젠가는 반드시 잘된다고 생각한다.

내 이야기가 너무 멀리까지 나간 것 같다. 동남아의 힘을 말할 때 내가 먼저 생각하고 싶은 것은 바로 개개인들이 지니거나 보여주는 미시적 힘들이다. 다만 지금까지 따져본 바는 이 힘들이 잠재적인 것인지 실재적인 것인지는 인식론적 문제에 불과하다는 것이다.

어쨌든 이 힘은 내가, 아니 요즈음 유행하는 용어로 '(국제적인) 감수성이 있는' 어떤 한국인들도, 동남아인을 자주 접하게 되면 그들에게서 느낄 수 있는 그런, '부치는 힘'이다. 그 동남아인이 돈이 많은 것도, 교육 수준이 높아 똑똑한 것도, 강대한 국민으로서 든든한 '백'이 있는 것도 아닌데, 내가 힘이 부친다고 느끼는, 한마디로 딱 부러지게 말할 수 없는 그런 힘이다. 앞선 글에서 이미 고백했듯이 아직도 적절한 개념을 찾지 못하고 있지만, 일종의 '끈질김'과 '여유' 양자 모두를 섞어놓은 것 같으면서, 딱히 둘 중 하나로만 표현할 수 없는 그런 힘이다.

그러면서 그 힘은 일반적으로 강자나 부자에게 보이는 그런 힘과 분명 다른 것이다. "너희들은 돈, 권력, 지위를 가지고 있을지 모르겠지만, 나에게는 그것보다 더 센 '이것'이 있다"라고 하는 것 같은데, '이것'이 무엇인지 모르겠다. 흡사 노름판에서 밑천이 많아 언젠가 내가 이길 수밖에 없다는 그런 여유와 배짱 같은 것인데, 그 밑천이 무엇인지를 정확하게 알지 못하겠다. 또한 밑천이 많아도 그걸 내보이거나 자랑하지 않으며, 여유는 부려도 힘센 자들처럼 거들먹거리지 않는다. 상대방을 제압하기 위해 기회를 엿보는 팽팽한 긴장 속에 지속되는 그런 끈질김도 아니다. 물론 개념적으로는 관련이 있을지 몰라도 초자연적이거나 종교적인 그런 힘도 아니다.

나에게 수많은 실례가 있다. 이 실례들을 곱씹다보면 딱 들어맞는 개념이 떠오를지도 모르겠다. 내 이야기는 다음장부터 천천히 풀기로 하고, 여기서는 동남아를 처음 접하게 된 어느 인류학자의 인상적인 만남 이야기를 일단 들어보자.

전경수교수는 베트남이 개혁·개방을 본격화하기 시작하던 1990년대 초 그곳을 방문했는데, 한때 사이공(Saigon)으로 불리던 호찌민시(Hô Chi Minh City)에서 겪은 일을 자신의 여행기에서 소상하게 소개한다.[4] 이야기에 등장하는 주인공은 시클로(cyclo) 운전수인데, 전교수는 이 주인공을 호텔 입구에서 만나 호객을 당했지만 바로 거절했다. 그런데 이 친구는 끈질기게 전교수 뒤를 따라붙으며 자신의 승객이 되길 요구한다. 그 끈질김에 지친 전교수는 결국 '도망'을 가고, 그 운전수를 따돌리려고 시장통 속으로 사라지기도 하고, 골목길에서 달리기도 해보지만, 복잡한 곳을 벗어나 한가한 곳에 이르면 이 운전수가 어김없이 나타났다. 마지막에는 갖은 꾀를 내어 이 운전수를 따돌리고 이제는 되었거니 하고 호텔 커피숍에 앉아 여유롭게 찻잔을 들며 고개를 들어보니, 이 운전수가 호텔 창밖에 서서 유령처럼 미소 짓고 있었다. 순간 전교수는 등골이 오싹해지며 식은땀이 났다고 한다. 이렇게 숨바꼭질하며 도망 다닌 시간이 무려 한나절이었지만, 결국 포기하고 운전수의 전용 손님이 되고 말았다는 이야기다.

이런 이야기는 그의 책에서 계속된다. 전교수는 베트남이 중국, 프랑스, 미국을 물리친 것이 바로 이 끈질김이나 끈기 때문이었다고 암시하지만, 동남아의 힘은 단순히 끈질김 하나로만 해석할 수 없는 매우 복합적이고, 교묘하며, 세련된 측면을 지니고 있다.

## 3. 흥정이 지배하는 동남아의 시장과 정치

전경수교수가 베트남에서 시클로 운전수에게 결국 '항복'하는 이야기를 읽는 동안 나는 전교수가 과연 운임을 가지고 '흥정'은 했는지 매우 궁금했다. 평소 침착하고 주도면밀한 분이니 그랬을지도 모른다고 생각하지만, 성질이 급하기로 유명한 통상적인 한국인이라면 두손 번쩍 들고 흥정중에 무조건 항복하고 말았을 것이다. 동남아인의 힘의 진가는 바로 흥정에서 실현된다.

독자들은 왜 내가 이 귀중한 지면을 아끼지 않고, 그것도 동남아 이야기를 막 시작하는 마당에, 시시하게 흥정 이야기나 쓰려 하는지 짜증낼지도 모르겠다. 하지만 내가 지금부터 소상히 그려보고자 하는 '흥정'(bargaining, *tawar-menawar*)은 동남아문화를 올바로 이해하는 데 필요한 가장 핵심적인 개념 중 하나다. 나같이 주장한 사람이 지금까지 아무도 없었으므로 다른 동남아 전문가들조차 동의하지 않을지도 모르겠다. 어쨌든 동남아의 흥정문화를 모르는 사람은 동남아를 오롯이 아는 사람이 아니요, 실제로 흥정할 줄 모르는 사람은, 동남아 여행을 얼마나 자주 했든 현지조사를 몇년 했든, 진정한 지역전문가(area specialist)로 인정받기 힘들다고 생각한다.

흥정의 원형은 물론 전통시장에서 발견된다. 아직도 자본주의경제가 모든 '시장'을 장악하지 못한 탓인지도 모르겠지만, 동남아시장에서의 흥정은 물건값에서 시작하여 써비스 댓가까지, 한두푼 그 값을 깎는 찬거리부터 보통사람들은 엄두도 못 낼 보석이나 가구까지, 그 영역과 범위가 매우 광범하다. 시장이나 경제적인 영역에서만 홍정이 통한다면 정치학자인 나는 그저 그러려니 하고 관심을 갖지 않았을 것이다. 그런데 동남아사회에서의 홍정은 시장을 넘어 일상적인 인간관계나 전반적인 사회체계, 나아가 정치영역까지 큰 영향을 미치는 핵심적인 '제도'로 자리잡고 있다. 동남아의 정치를 논할 때, '세계체제'나 자본주의 같은 거대 구조나 '제3의 민주화 물결' 같은 전지구적 추세가 결정 짓는 보편적 프레임에 대해서는 인정할 수 있다. 그러나 동남아정치가 동남아 특유의 고유현상으로 발현되는 미시적 행위의 차원에서, 정치인이나 정치집단 간에 일어나는 상호작용, 즉 이들간 거래와 교환, 협상과 타협, 홍정과 타결의 과정과 결과에서 독특함과 중요성이 드러난다.

여하튼 홍정이 어떻게 동남아사회의 전반에서 개인이나 집단 간의

자와의 전통시장. 천정에 '소매치기 조심'이라는 경고문이 걸려 있다. ⓒ 김형준

관계를 규정하는지는 차후 상술하기로 하고, 일단 원형적 흥정행위를 간직한 인도네시아 자와의 5일장 곳곳에서 벌어지는 흥정판으로 한번 가보자.

자와의 흥정과정은 이념형에 가까우면서도 어떤 의미에서는 상당히 극단적 유형이라고 할 수 있다. 그 흥정의 폭, 길이, 깊이가 모두 넓고 길고 깊기 때문이다. 낯익은 얼굴이나 단골이 아니라면 보통 부르는 값은 최소 2배에서 많게는 3~4배에 이른다. 나는 가장 유명한 자와의 유적 도시인 족자까르따(Yogyakarta) 말리오보로(Malioboro)거리에서 한국 배낭족 청년을 만난 적이 있는데, 이 청년은 다짜고짜 자신은 아시아 여러 나라를 안 다녀 본 곳이 없지만 이렇게 '바가지'를 심하게 씌우는 '족속'들은 처음 보았다고 분노했다. 그걸 바가지로 생각하면 바가지를 쓰기 마련이니 '비싼 돈 들여 그 많은 여행 헛것으로 다녔구나'라는 생각부터 퍼뜩 들었다. 자와 상인들은 외국인뿐 아니라 인도네시아 사람이나 심지어 같은 자와 사람에게도, 부르는 값의 차이가 조금 있겠지만 역시 매우 비싼 값을 부른다. 이 대목에서 만약 그 값을 그냥 주고 덜렁 산다든지 아니면 그 청년처럼 벌컥 화를 내고 가버린다든지 하면 상관습을 모르는 바보나, 결코 화내는 법이 없는 자와인에게 정신병자로 취급을 받는다. 그렇게 호가(呼價)하는 행위는 긴 흥정의 시작을 알리는 종소리에 불과하다. 흡사 우리 장사꾼이 "한 백만원쯤 내슈"라는 말과 비슷하지만, 자와 상인의 말은 농담으로 들리지 않고 진담처럼 들린다. 흥정과정의 일부이기 때문이다.

값을 제대로 깎으려면 아예 죽치고 앉아 흥정을 시작해야 한다. 중국 상인처럼 별다른 대화 없이 그냥 원하는 값이나 찍어보라며 내미는 계산기 속에서 순식간에 가격으로 수렴하는 멋대가리 없는 흥정과는 색다른, 시간이 꽤 걸리는 과정이다. 단순히 원가와 질만을 따지는 그런 흥정이 아니다. 우선 자와의 흥정과정에서는 상품에 담긴 모든 요소가 분석되고 얽힌 모든 사연이 드러난다. 그 우수성과 기능을 시위해 보이기도 한다. 그러면서 이것들을 절대로 한꺼번에 몽땅 보여주는 법은 없다. 상대방이 값을 깎으려 할 때마다 조금씩 보여줄 뿐이다.

흥정과정의 클라이맥스는 물건값과 무관한 신상 이야기를 하는 대목이다. 성격이 급한 사람에게는 지연작전으로 여겨질지 모르겠지만, 이 상품과 무관한 듯 보이는 사족들도 흥정의 엄연한 일부다. 동남아적 흥정의 휴머니즘이 여기서 나타난다. 당신은 외국인이 아니냐, 이곳까지 그 비싼 비행기를 타고 오지 않았느냐, 갖고 있는 그 카메라는 루삐아(rupiah, 인도네시아 화폐단위)로 얼마나 되느냐, 나는 애가 다섯이나 된다, 요즈음은 불경기라 장사가 잘 안되어 살기가 힘들다, 심지어는 애가 아프다 등 대화의 폭에는 제한이 없다. 이 모두가 흥정을 위한 자원으로 동원된다. 상대방의 위상을 추어올리거나, 자신의 처지를 낮출 때마다, 자와 상인이 부르는 값은 그만큼 천천히 내려가기 마련이다. 결국 이런 '포괄적' 흥정은 서로를 속속들이 알게 한다. 충분히 알았다고 생각되는 시점에 이를 때쯤이면 더이상 가격은 높아지거나 낮아지지 않는다. 상인의 처지에 동정을 느껴 더이상 깎을 수 없거나, 반대 상황으로 구매자의 처지가 너무 딱해 비싼 값을 받을 수 없기 때문이다. 흥정과정은 이렇듯 인간적 결말을 맺는다.

여기서 우리가 주목할 점은 흥정의 결과가 단일한 시장가격으로 이어지지 않는다는 사실이다. 자본주의 시장은 수요와 공급에 따라 단일

가격이 형성된다. 그러나 자와와 동남아의 전통시장에서 가격 결정은 엄격히 판매자와 구매자 양자간(dyadic)의 합의에 따르다보니, 게다가 단순히 상품의 질이나 원가를 넘어서서 다양한 흥정 자원이 존재하다 보니, 한 시장 안에서도 수많은 가격이 복수로 생겨난다. 이러한 상황은 자유경쟁과 완전한 정보가 주어진 상황에서 한 가격이 결정되는 자본주의 시장경제와 다르며, 국가가 노동가치에 의해서든 국가경제의 요구에 의해서든 단일가격으로 통제되는 계획경제도 아니며, 지배적인 한두 판매자가 가격을 좌지우지하는 독과점체계는 더더욱 아니다.

복수 가격의 존재가 시장의 질서를 어지럽힐까? 북부 수마뜨라의 바다같이 넓은 또바(Toba)호수에는 사모시르(Samosir)라고 불리는 큰 섬이 있는데, 그리로 건너가는 조그만 '항구' 마을에서 들은 이야기는 동남아인이 흥정의 결과를 얼마나 심각하게 받아들이는가를 말해준다. 관광객이 부른 가격을 상인이 응낙했지만, 그 관광객이 변심해 구매 거절을 하자, 화가 난 상인은 칼로 손님을 찔러 죽였다. 내가 부른 가격을 상대방이 받아들이면, 거래는 성사된다. 이 시점에서 안 사겠다든지, 못 팔겠다든지, 안보이던 결점이 갑자기 보여 트집을 잡아본다든지, 심지어 돈이 부족하다든지, 하는 어떠한 변명도 통하지 않는다. 합의된 가격은 절대적이다. 예로부터 동남아에서 계약은 엄격히 존중됨을 넘어 신성시되어왔다.[5]

## 4. '사실'이나 '진실'조차 흥정되는 동남아인의 인식론

나는 바로 위의 글 끝자락에 '합의된 가격은 절대적이다'라고 썼다. 물론 바로 그 상황에서만 그렇다는 말이지, 영원히 그렇다는 말은 아니다. '흥정'과 '절대성'은 병립할 수 없는 개념이다. 이미 돈을 주고 사버린 물건도 다시 흥정의 대상이 될 수 있다. 다만 새로운 흥정게임이 시작될 뿐이다. 동남아에서는 '영원한' 것이 없다. 동남아에서 '절대적인' 것은 아무것도 없다. 내가 지금부터 이야기하려는 요지는 사실이나 진실조차도 흥정 대상이 될 수 있다는 것이다. 동남아 사람들은 변치 않는 '절대적' 사실이나 누구나 다 인정하는 '객관적' 진실에 그리 큰 관심을 보이지 않는다.

1999년 6월초 나는 서부 자와의 어느 농촌에서 총선과정을 참관한 바 있다. 수하르또 독재체제가 무너진 후 처음 실시된 선거이고, 민주적 선거로서는 무려 45년 만의 일이라, 인도네시아인에게도 국제사회에도 그 관심과 열기가 대단했다. 폭력과 부정으로 얼룩졌던 독재시절 선거에 대한 기억 탓에 회의와 우려 또한 컸다. 국제단체 아시아자유선거네트워크(ANFREL, Asian Network for Free Elections)가 주도한 선거감시단 일원으로 현장에 갔던 나는 인도네시아 전문가로서 정치적 현상에 대해 과학적 '관찰'을 할 수 있는 기회를 갖게 되었다는 보람보다 민주화를 위한 선거과정에 비록 외부인이지만 어떤 식으로든 '참여'한다는 데 흥분과 자부심이 더 컸었다.[6]

한국선거밖에 경험한 바가 없던 나에게 흥미롭고 이색적인 양태들

북부 자까르따 한 동네 골목길에 설치된 투표장.

이 많이 보였지만, 내가 여기에 쓰고자 하는 사건은 투·개표가 거의 완
료된 저녁녘에 발생했다. 당시 인도네시아 선거에서 개표는, 우리나라
처럼 각 투표장으로부터 투표함들이 군이나 구청에 마련된 개표장으
로 옮겨진 후 동시에 실시되지 않고, 투표장별로 투표가 끝난 직후 실
시되어 그 정당별 득표결과가 상부의 동이나 면 단위 선거위원회에 보
고되는 식이었다. 투표는 새벽 7시에 시작해 오후 1시에 끝났다. 아무
리 농어촌이 많은 인도네시아라도 대낮에 투표를 종료하는 것이 어쩐
지 수상했다. 그러나 과거 독재정권의 각종 잔꾀에 하도 속아 의심만
많아진 한국 지식인의 버릇에서 비롯한 우려임을 바로 깨달았다. 동쪽
과 서쪽 끝 사이에 4시간이나 차이 나는 시간대를 맞추고, 인구가 집중
된 자와지역에서 길고 복잡한 개표과정을 해가 기우는 저녁 6시 전에
끝내기 위해서였다.

개표 광경은 정말 가관이었다. 그 투표장에 속한 마을의 남녀노소 모두 모여들고, 투표권 없는 청소년, 아무것도 모르는 어린이도 덩달아 신이 났으니, 개표광경은 아주 훌륭한 민주주의 교육장이었다. 오전 투표 시작 선언시에 있던 호들갑스런 연설이나 어색한 의례는 없었지만, 무려 48개 정당 이름이 기재되고 로고가 그려진 커다란 개표 상황판이 세워지고, 선관위 직원, 정당 참관인, 개표 검표원들 수십명의 신원을 확인하고, 배분 받아 사용되고 남은 투표용지 수를 세는 등의 개표 준비에만 족히 한시간 반은 소요되었다. 기껏해야 오백여장, 통상 200~300장밖에 되지 않는 투표용지를 세기 위한 과정으로선 지나친 법석이요, 쓸데없는 인력이나 시간 낭비로 이 성미 급한 한국인에게는 느껴졌다. 전국에 60만여 개표장에서 똑같은 일이 벌어지고 있다고 상상하니 더욱 그렇게 느껴졌다.

어수선한 분위기에서 준비가 완료되고 마침내 개표가 시작되었다. 이미 많은 나라에서 컴퓨터 개표를 하거나 아니면 최소한 돈 세는 기계라도 쓰지만, 인도네시아의 개표는 말 그대로 순수한 '수작업'이었다. 먼저 한 개표원이 표 한장을 집어들어 하늘을 향해 올리고는 어느 정당 로고에 구멍이 뚫렸는지를 확인한다. (붓 뚜껑으로 기표를 하거나 직접 기명을 하는 것이 아니라 큰 대못으로 지지하는 정당에 구멍을 뚫는다.) 그러곤 정당 이름을 큰 소리로 말한 뒤, 검표원에게 돌리면 검표원은 잘못이 없으면 다시 한번 큰소리로 정당 이름을 반복한다. 이때 구경꾼들은 자신들이 지지하는 정당들 — 투쟁민주당(PDI-P)이나 이슬람 정당들 — 이름이 나오면 함성을 지르거나 환호하고, 수하르또시절 집권당이던 골까르(Golkar)당이나 군소정당이 나오면 야유를 보내거

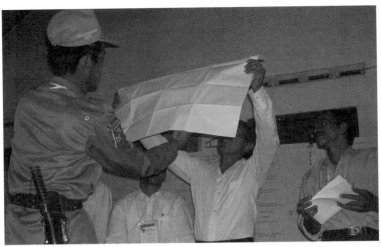

개표광경. 개표원이 투표용지를 공중에 들어 어느 당 로고 위에 못구멍이 뚫렸는지 확인하고 있다.
ⓒ 김형준

나 폭소를 터뜨린다. 또한 보조원이 큰 매직 펜을 들고 길이가 10미터
는 족히 되는 상황판 앞을 뛰어다니면서 정당 로고와 이름 옆에다 표를
기재한다. 동시에 책상에 앉은 선관위 직원은 많은 정당 이름 때문에
몇장이나 되는 용지를 뒤적이며 득표 상황을 기록한다. 당연히 이 와중
에 여러차례 실수와 언쟁도 벌어졌으며, 기록 수정도 발생한다. 이러한
일련의 과정이 유권자의 수만큼, 즉 수백차례나 반복되었다.

결국 국회의원선거 개표가 끝났다. 과연 개표가 제대로 되었을까?
나는 또다시 의구심이 드는 걸 자제할 수 없었다. 이어 모든 정당이 득
표한 표를 (모든 마을 사람들이 함께) 상황판을 보며 합산을 하고, 선관
위 직원들이 상황판과 기록표를 보며 대조하고, 유효표와 무효표 용지
를 세며 몇가지 검표와 확인을 했다. 어느덧 해가 기울고 임시로 설치
한 백열등이 켜졌다. 이번에는 내 우려와 의심이 맞아떨어졌다. 개표

결과들이 서로 맞지 않은 것이다. 더군다나 오차도 여러군데 나타났다. 무려 네시간이나 걸린 개표를 또다시 할 것인가? 이젠 의심이 아니라 겁이 덜컥 났다. 게다가 아직도 지방의회 개표가 두차례나 더 남아 있었다.

이런 경우 우리라면 어떻게 할까? 당연히 재개표든 검표든 하여 확실한 투표결과를 밝힐 것이다. 만약 이것이 인정되지 않거나 그 과정에 의심이 간다면, 투표함 보전을 요구하며 투표장을 점거할지도 모른다. 고성이 오가고 욕설과 폭력이 교환될 수도 있다. 설사 공정한 절차에서 개표되었다 할지라도 표차가 근소하게 나타난다면 무조건 선거소송을 제기하여 법정으로 끌고 갈 수도 있다. 당선 여부는 '언제나' 정확한 '사실'에 근거하여 결정하고, '진실'을 '반드시' 밝혀야 한다. 민주화 이후 첫 선거이던 1987년 구로구 부정개표 시비는 수천명이 구청을 점거·농성하고 경찰이 무력으로 강제 해산하는 사태로 발전했는데, 그 과정에서 천여명이 연행되고 200여명이 구속됐으며 시민과 경찰 56명이 부상당하는 한국선거 역사상 큰 사건이었지만, 훗날 조사와 재판으로 밝혀진 '사실'은 부정은 없었다는 것이다.

그런데, 인도네시아 민주화 이후 첫 선거의 개표장에서 한국인인 나로서는 도저히 상상 못할 희한한 광경이 펼쳐졌다. 선관위위원과 정당 참관인이 서로 '대화'하고 '양보'하며, 밤새 재개표를 하니, 이른바 인도네시아인들이 자랑처럼 내세우는 '협의와 합의'(musyawarah dan mufakat)를 통해 표차를 해소하는 방식을 택했다.[7] 적게는 한두표에서 많게는 수십표까지 정당들이 나누어 주고받는 '흥정'을 했다. 나는 이들이 협의하는 장소와 떨어져 있어서 그 흥정 내용을 구체적으로는 모른다. 그러나 10분도 채 지나지 않아 모든 당사자들은 만족한 듯 큰 웃음과 악수를 나누고선 자리를 툭툭 털고 일어섰다. 추측하건대 1999년 6월 7일 저녁, 60만여곳에 달하는 인도네시아 개표소 여러곳에서 대체로 내가 직접 목격한 서부 자와의 개표소와 유사한 광경이 연출되었을 것이다.

내가 무척 좋아하는 이 개표 이야기를 듣는 이들은 다양한 해석을 가한다. 소선거구 다수제가 아니라 정당명부식 비례대표제이기 때문에 그렇다는 제도론자, 결과에 큰 영향을 미치는 영합(zero-sum)게임이 아니기 때문이라는 게임론자, 대부분의 개표소에는 군소정당을 대표하는 참관인들이 없었기 때문에 거대정당과 정부 사이에 야합이 이루어졌다는 권력론자에 이르기까지 다양한 분석을 내놓는다. 다 수긍이 가는 분석들이다. 그러나 다양한 분석과 별개로, '사실'은 타협 불가능하고 '진실'은 은폐될 수 없다는 것을 우리는 진리로 여기고 있다. 민주주의가 과연 피를 먹고 자라는지 대화와 타협을 통해 정착되는지 쉽게 단정할 수는 없지만, 인간이 만든 가치, 제도, 이념 따위에 목매어 전부를 걸지 않는 동남아인이 좋아질 때가 종종 있다.


## 5. 미소 짓는 얼굴 하나로 천냥 빚을 갚는 예법


애당초 동남아인의 인식론과 가치관 따위를 들먹이면서 이들이 사물을 어떻게 보는지 선악을 판단하는 기준이 무엇인지 이야기를 시작했을 땐, 내세관·세계관·역사관 등을 좀더 체계적으로 풀어나가려 했는데, 내 글이 어렵고 딱딱하게 흐른다는 비판을 해주신 분들이 더러 있어 남은 주제들은 추후 다루겠다. 동남아인의 속을 깊숙이 들여다보지 않더라도 그들의 행동양식은 이해해야 될 것 같아, 본론으로 넘어가기 전에 그 목록이라도 간략히 적어둔다. 일단 동남아인의 행동수칙이라고 부르고 싶은데, 이것은 우리가 동남아에서 그들을 접하면 따라야 할 수칙이기도 하다. 다음 격언을 잊지 말자. '로마에서는 로마인을 따르라'(When in Rome, do as the Romans do).

### 1) 항상 웃으라.

동남아를 처음 여행하려는 주변 사람들 중 가끔 동남아에서는 어떻게 행동해야 하느냐 묻는 이들이 있다. '강대국중심주의'에 사로잡힌 한국사회에서 듣기 힘든 반가운 질문이라 주절주절 수칙을 늘어놓다 보면 그만 사설(辭說)이 되고 만다. 그러다가 딱 한가지만 말해달라면 바로 이것이다. 바로 웃는 것이 첫번째 수칙이다. 항상 굳은 표정을 하고 다니던 한국인들에겐 처음에는 어렵지만, 조금 지나면 상대방이 항상 먼저 미소를 보이는 덕분에 자연스레 따라가게 된다. 웃음에 비교적 편견이 많은 우리와 다르게 비웃는다, 실없다, 헤프다는 등의 오해는 없으니 웃음에 인색하지 마시라. 동남아인의 미소는 사람과 만나는 첫인사이자 친근감의 표시다. 아니 동남아에 지천한 부처님의 미소나 앙코르 반띠아이스레이(Banteay Srei)사원의 천사(apsara)의 미소처럼 자비롭고 아름다운 미소인지도 모르겠다. 상대를 경계하거나 압도하려는 의도가 없기에 인상을 쓰거나 근엄한 표정을 지을 필요가 없다. 웃으면서 현지말로 안녕하세요, 식사하셨어

요, 좋은 아침입니다 등의 인사말을 하고 다니면 그야말로 금상첨화
다. 항상 웃으라.

2) 충분한 여유를 가져라.

얼마나 한국인들이 "빨리빨리"를 많이 외쳐댔으면 이주노동자들이
가장 처음 배우는 한국말이 되었을까? 최근에는 그 '빨리빨리' 문화
덕택에 한국이 경제발전을 했다며 나쁜 것만은 아니라는 주장도 있
지만, 이 빨리빨리 행동거지는 느긋하고 여유로운 동남아에는 정말
어울리지 않는다. 20여년 전 처음 인도네시아에 갔을 때 사람들이
나를 보면 "왜 그리 뛰어다니느냐"고 물었다. 난 "우리는 이게 걷는
것이다"라고 대답하고는, 그렇게 매사가 느리니까 너희들이 게으르
다는 소리를 듣는 게다, 그러니까 못사는 거라고 중얼거리기도 했
다. 꽤 열심히 '뛰어'다녔는데, 땀을 계속 흘려서 숙소에만 들어오면
목욕해야 하는 불편함은 물론이요, 이러다가 지쳐서 제명에 죽을 것
같지 않았다. 느림보걸음이 익숙해지는 경지에 이르면, 양반처럼 천
천히 팔자걸음을 걸으면서 따가운 한낮 햇살 사이로 간간이 불어오
는 실바람의 시원함을 느끼는 묘미가 이만저만이 아니다. 동남아에
서는 시간을 아까워하지 말아야 한다. 흥정을 이야기하면서도 언급
했지만, 이들과 시간을 보내는 것은 기회비용을 지급하는 것이 아니
라 현금을 손에 넣는 것과 다름없다. 시간을 많이 쓰면 쓸수록 얻는
게 많고 남는 게 커진다. 말할 때도 천천히 하면 점잖고 수준급의 말
이 되는데, 말이 서툰 외국인들에게 얼마나 다행인가?

3) 결코 화내지 마라.

나는 20년 넘게 동남아를 돌아다니면서도 화내는 사람을 만난 적이

드물고, 길에서 싸우는 사람을 본 기억도 전혀 없다. 화내고, 소리 지르고, 욕지거리하고, 삿대질하거나 멱살 잡으며 싸우고, 이 모든것이 우리에게는 흔한 일상적인 것인데, 동남아에서는 거의 접할 수 없다. 동남아에서 화내거나 소리를 지르면 정신병자 취급을 받는다. 싸울 때 주먹을 쓰게 되면 흉기로 보복을 받게 된다. 항상 말로 하라. 그것도 낮은 목소리로 차근차근 이야기하라. 한국인이 화낼 일을 너무 참으면 스트레스나 울화가 되는데, 이 사람들은 별일 없는 듯 그냥 넘긴다. 폭언이나 협박이 아무리 세고 무시무시해도, 끈질기게 인내하며 적기를 기다리는 이 사람들을 당해낼 수 없다. 미국도 중국도 베트남을 이기지 못했다. 성격이 급한 내가 인도네시아 친구들에게 가장 많이 들은 말은 '참아라'(사바르 *sabar*)였다.

**4) 한방으로 끝내려 하지 마라.**

한국인은 직설적인 걸 좋아해서, 한꺼번에 모두 털어놓고 퍼주는 스타일이다. 화끈하게, 솔직하게, 인간적으로, 심지어는 사나이답게 등 온갖 수사와 명분으로 짧은 시간 안에 협상을 끝내려 덤벼드는 우리가 어찌 동남아인을 이길 수 있으랴. 현지 중국인, 즉 화인(華人)에게는 통할지 몰라도, 토착인에게는 사기꾼이나 바람잡이 정도로 비친다.

**5) 면전에 막말하지 마라.**

특히 다른 사람들이 보는 앞에서 상대방의 명예를 훼손하거나 체면을 손상시키지 말아라. 직접적 대결을 피하는 문화 때문에 그들은 온순하고 순종적으로 보일 뿐이다. 우회적으로 깨닫게 하거나, 조용한 말로 하거나, 정 안되면 그들처럼 뒤에서 욕하는 게 현명하다. 그러지 않으면, 그들 방식대로 되돌려준다. 예상치 못한 때에 뒤에서 뒤통수를 치거나 칼로 찌른다.

6) 잘난 척하지 마라.

말레이어로 '건방지다', '오만불손하다'는 말은 '솜봉'(sombong)이라고 하는데, 공인을 매우 나쁘게 평가할 때 자주 쓰는 단어다. 심지어 이곳 싱가포르의 선거 유세장에서도 말레이어를 쓰는 찬조연설자가 중국계 국회의원 후보를 평하면서 이 후보는 '솜봉'하지 않으니 표를 찍어주자는 이야기를 들은 적이 있다. 한국 정치인이나 지도자치고 겸손하고 타인을 무시하지 않는 자 없지 않은가? 홀로 지조를 지키고 고매한 척하는 것에 솜봉하다고 그러니, 이들에게 겸양은 우리들보다 훨씬 더 큰 미덕인가 보다. 겸손해라.

7) 자신을 괴롭히는 모습을 보이지 마라.

너무 괴로워서 술을 먹고 머리를 쥐어뜯고, 괴로워하고, 울고불고하지 마라. 그런 것을 지식인의 고뇌로 알아주기는커녕, 도저히 이해 못할 자해행위쯤으로 여긴다. 결코 죽고 싶다고 말하지 마라. 네가 나를 버리면 죽어버리겠다고도 이야기하지 마라. 정말 죽으려는 줄 알고 경찰에 신고할지도 모른다. 동남아인에게 자살문화가 없기 때문이다. 아무리 힘들어도, 아무리 절망해도, 체면이 깎여도, 스스로 목숨을 끊지는 않는다. 또한 동남아인은 목숨 바치는 사랑을 믿지 않는다. 동남아인은 결코 절망하지 않는다, 그래서 앞서 이야기했듯이 세계에서 가장 행복한 사람일지도 모른다.

8) 술을 조심하라.

술을 많이 마셔도 안되고, 설사 마시더라도 취해서는 더더욱 안된다. 동남아에서 우리가 가장 조심하고 경계해야 할 것은 뭐니뭐니해도 술이다. 이제는 동남아 대도시를 가면 한국사람을 상대하는 술집이나 노래방이 없는 곳이 없다. 동남아에서 한국인이 일으키는 사고의 대부분은 한국의 음주문화와 관련있다. 고성방가, 싸움질, 성희롱 중 과연 어느것이 동남아와 어울릴 수 있을지 상상해보라. 이제 술 많이 마시는 걸 뽐내고 미화하는 곳은 러시아와 우리 남·북한뿐이지 않을까 생각된다. 비교적 너그러운 인도네시아에서조차도 음주를 마치 한국인이 마약하는 정도로 생각하는 사람들도 있다. 적당히 먹고 특히 술 마시고 남들 앞에서 술주정이나 취한 모습을 보이는 것은 매우 위험하다.

## 9) 긴 옷을 입어라.

특히 공식 자리에서는 긴 소매 셔츠나 블라우스와 긴 바지나 치마를 입어라. 미개사회의 야만인들이 풀잎만 걸치고 다니는 걸 보고, 그냥 벗고 사나보다 생각하면 큰 오산이다. 동남아는 미개사회가 아니다. 핫팬츠, 초미니스커트, 나시, 탱크탑 따위는 발리(Bali)나 푸껫(Phuket) 같은 세계적인 관광지에서는 가능할지 몰라도, 일상적인 장소에서는 받아들여질 수 없는 옷차림이다. 그렇게 돌아다니면 정말 배워먹지 못한 사람이나 포르노배우 정도로 대접 받는다. 또 덥다고 훌렁훌렁 벗어서도 안된다. 이건 예절에 벗어난다거나 종교적인 가르침과 어긋난다거나 하는 문화적 문제만은 아니다. 너무 덥고 뜨거우면 오히려 긴 팔과 어느정도 두께가 있는 옷이 오히려 덜 덥고 건강에도 좋다. 함부로 벗지 말지어다. 벗으면 당신은 영원한 외국인으로 남는다.

단정하게 차려입고 잔잔히 미소 짓는 베트남 여성. ⓒ 이한우

10) 세련되게 보여라.

동남아인은 외양·자태·행동거지 등 형식을 매우 중시한다. 겉치레만 좋아해서가 아니라, 겉모습은 내면에서 우러나온다고 생각하기 때문이다. 동남아의 '진선미'는 완전무결해야 한다. 우리처럼 내면은 꽉 찼는데, 아니면 꽉 찼기 때문에, 겉은 허술해도 된다는 것은 있을 수 없다. 외모를 잘 가꾸고, 옷도 잘 차려 입고, 우아한 자태와 몸가짐을 유지해야 한다. 이 세련됨은 태국이나 발리의 전통무용에서 복잡한 의상, 화장, 손과 발의 동작, 손가락과 눈동자의 움직임이 종합적으로 보여주는 그런 세련됨과 같다.

내가 지금까지 서술한 열가지 행동수칙은 결국 이렇게 한마디로 요약된다. '항상 미소를 잃지 말아라, 그러다가 안되면 한국에서 하는 것과 반대로 행하라.' 영어로 '엄지손가락 법칙'(rule of thumb)이라고 불리는 주먹구구식 지혜로운 조언이 아닌가? 동방예의지국으로 칭송 받던 우리에게서 사라져버린 예의범절이 야만적이라 깔보던 동남아에서 되레 살아 있다는 사실은 곱씹어볼 일이다.


## 6. 동남아란 '무엇'인가: 구성과 구분


지금까지 동남아가 이렇다는 둥 저렇다는 둥 여기저기에다 동남아라는 말을 썼는데, 아마 동남아를 조금만 아는 사람이라면 "당신이 말하는 동남아는 도대체 어디인가?"라고 당장 따지고 들지도 모르겠다. 그런데다 소제목을 '동남아는 어디인가?'라고 달지 않고 '동남아란 무엇인가?'로 해서 이상하게 생각하시는 분들이 많을 것 같다. 후자의 문제는 동남아를 전공하는 학자들이 서로 많이 다투는 쟁점 중 하나다. 동남아의 지리적 외연은 그런대로 확정되어 있으나 그 내포, 즉 '정체성'(identity)에 대한 의문과 논쟁은 아직도 진행중이다. 내가 동남아인은 직설적 언행이나 직접 대결을 피한다고 말하면, 아마 열정이 불을 뿜고 폭력이 난무하는 필리핀을 익히 아는 이들은 의아해할지도 모르고, 또 동남아인은 술을 별로 마시지 않는다고 하면 쌀로 빚은 40도 이상의 술 라오라오(lao-lao)를 낮술로 마셔대는 라오스인을 아는 이들은 내게 얼치기 동남아 전문가라 비웃을지도 모르겠다. 이런 오해를 예방하기 위해 동남아라는 '개념'부터 따져보자.

동남아라는 지역개념이 형성된 역사는 길지 않다. 동남아를 이야기하면 단골처럼 등장하는 이야기지만, 2차대전중에 연합군이 군사지역 편제의 차원에서 현재는 동남아에 속하는 필리핀을 제외하고 스리랑카 (당시 실론)를 포함시켜서 '동남아사령부'(South-East Asia Command)라 불렀고 이후, '동남아' 용어가 쓰이기 시작했다. 이는 군사적 필요와 지리적 위치만 고려한 구획이었다. 2차대전 후 역사학, 인류학, 언어학 등 여러 분야의 동남아 지역전문가들이 열성적으로 연구한 결과, 1960년대에는 지금처럼 동남아 경계에 대해 합의가 이루어졌다. 이후 이 지역이 단순한 지리적 단위를 넘어서는 '인적 단위'(human unit), 즉 구성원들이 역사적 경험과 문화적 동질성을 공유한 지역이라는 사실이 점차 밝혀지게 되었다.[8]

동남아지역의 지리적 경계는 상당히 명확하다. 즉 중국 이남, 인도 이동, 호주 이북, 남태평양 이서로 간단히 규정된다. 이렇게 선을 그어 보면, 버마, 태국, 라오스, 캄보디아, 베트남, 말레이시아, 싱가포르, 브루나이, 필리핀, 얼마 전에 독립을 쟁취한 띠모르레스떼와 어마어마한 영토, 영해, 인구를 갖춘 인도네시아 모두 열한 국가가 있다. 물론 이렇게 나라 이름을 열거한다고 해서, 그 경계에 시비가 없는 것이 아니다. 멜라네시아 계통의 인도네시아의 빠뿌아(Papua)족과 동남아 곳곳에 흩어져 집단적으로 거주하는 화인들 그리고 싱가포르가 왜 동남아에 속해야 하고, 중국 윈난성의 소수민족들과 인디아의 앗삼(Assam)인들은 왜 동남아인으로 보면 안되는지에 대해 문화인류학자들의 반론이 제기되기도 했다. 혹자는 '지역'이란 개념을 '우연한 고안물'(contingent device)로 칭했는데, 특정한 역사적 조건들이 만들어낸 인위적 개념을 의미한다. 결국 '동남아' 개념도 따지고 보면 '발견된'(discovered) 것이 아니라 '발명된'(invented) 것이다.

이제 동남아를 하위단위로 좀더 나눠보자. 동남아사회를 가장 명확하게 가르는 균열선은 고지대-저지대를 분리시키는 고도라고 할 수 있다. 고지대는 일반적으로 외부인들이 접근하기 힘든 높고, 깊고, 험한 고산에 형성되며, 이것은 경제적 빈곤, 정치적 피지배 및 고립된 사회문화적 소수집단적 특성을 보인다. 반면 저지대는 강변의 곡창지대나 해안의 항만도시에 형성되며, 경제적 풍요, 정치적 지배, 사회문화적 다수를 대변한다. 대다수 동남아국가에서 찾아볼 수 있는 고산족 또는 소수민족의 독특함은 이렇듯 지리적·정치적·경제적 차별성이 급기야는 종족적 정체성으로 진화한 결과다.[9] 이들 중 많은 고산족들이 20세기에 등장한 국민국가로부터 정치적 박해와 군사적 탄압을 받아, 새로운 사회와 국가에 동화와 통합을 거부하는 분리주의 세력으로 남아 있다. 심지어는 버마의 고산족들처럼 아편을 재배하거나 무기를 들고 끈질기게 자치와 독립을 위해 싸우기도 한다.

다음으로 도서부와 대륙부로 나눌 수 있다. 전자는 인도네시아, 띠모르레스떼, 말레이시아, 필리핀, 브루나이, 싱가포르 6개국인 반면, 후자는 버마, 태국, 인도차이나 3국(베트남, 라오스, 캄보디아) 등 모두 5개국이다. 이렇게 나뉜 두 지역은 지리적 위치가 다르기도 하지만, 그보다는 역사적·정치적·문화적 차별성을 더 뚜렷하게 나타낸다. 고대와 근현대 동남아역사 연구자들을 크게 매료시켰던 해상무역에 중심을 둔 도서부 도시국가와 집약적 농업에 기반한 대륙부 관료국가를 역사적 기원으로 하는 두 지역의 국가들은 오늘날에 이르기까지 이 '고전적' 국가의 전통을 많이 이어받고 있다. 무엇보다도 도서부 동남아가 동질적인 '대말레이' 문화권을 형성하여 동남아문화의 '원류' 내지 '본류'를 차지한 반면(도서부 동남아 중심적 관점), 대륙부 동남아는 비교적 후세의 다양한 시기에 중국 남부로부터 이주한 여러 종족들이 원주민을 몰아내고 새로운 국가들을 세웠으며, 이들 중 다수는 인도로부터 힌두교와 불교를, 베트남은 중국으로부터 유교와 대승불교를 받아들여 이를 지배적 신앙체계로 삼았다.

동남아를 구분 짓는 잣대는 이밖에도 더 있다. 여러 잣대들은 국민국가나 지리적 구분과 중첩되기도 하고 이들을 횡단하기도 한다. 문화적으로는 언어나 종교를 기준으로 몇개 군으로 나눠볼 수 있다. 도서부의 언어들은 말레이어를 중심으로 한 오스트로네시아어(Austronesian)군을 형성해 비교적 동질적인 반면, 대륙부는 몬-크메르(Mon-Khmer)어, 베트남어, 버마어, 타이어 등으로 매우 복잡한 양상을 보인다. 종교적 분포를 보면 버마, 태국, 라오스, 캄보디아가 불교를, 베트남과 싱가포르가 유교와 기독교를, 말레이시아, 브루나이, 인도네시아가 이슬람교를, 필리핀과 띠모르레스떼가 기독교를 신봉하여, 대륙부가 오히려 더 동질적인 모습을 보인다.

역사적 측면에서는 식민통치의 경험이 지우기 힘든 유산과 잔재를 남겼는데, 한번도 식민지로 전락하지 않고 독립국가를 그대로 유지한 태국을 제외하고는 모든 나라들이 영국(버마, 말레이시아, 싱가포르, 브루나이), 프랑스(베트남, 라오스, 캄보디아), 네덜란드(인도네시아), 스페인과 미국(필리핀), 포르투갈(띠모르레스떼)의 통치들을 받아, 동남아는 한때 말 그대로 서구의 식민지 확보를 위한 각축장이었다. 현대로 넘어오면, 근대화와 세계화의 결과로 나타난 정치·경제적 결과 또한 다양하게 나타났다. 경제적으로는 상대적으로 부유하고 자본주의 체제를 고수해온 아세안 창설국들과 아직도 경제적으로 빈곤하고 후진적인 사회주의 이행경제체제를 가진 CLMV(캄보디아, 라오스, 미얀마, 베트남) 국가들로 나뉜다. 정치적으로는 선거민주주의(태국, 필리핀, 인도네시아, 띠모르레스떼), 선거권위주의(말레이시아, 싱가포르, 캄보디아), 사회주의 일당독재(베트남, 라오스), 권위주의 독재(버마, 브루나이) 등으로 구분해볼 수 있을 것이다.

우리가 개념을 구축하고 분류하는 목적은 그 현상을 명료하게 분석하기 위함인데, 지금까지 내가 보여준 동남아 개념화는 오히려 혼란만 초래하지 않았는지 걱정이다. 너무 많은 속성과 차원으로 얼마되지 않는 현상들을 나누는 것보다 개체적 현상으로 남겨두는 게 이해에 용이했을지도 모르겠다. 그만큼 동남아가 다양하고 이질적인 요소와 부분들로 구성되어 있다는 의미다. 그래도 동남아의 구성과 구분을 시도한 오늘의 작업은 차라리 쉬운 편이다. 이 책을 쓰며 내가 계속 집착해온 '동남아란 무엇인가?'라는 정체성 문제는 훨씬 복잡하고 어려운 문제를 제기한다.

무엇이 동남아적인 것인가? 여기서 '동남아적인 것'의 내용과 기원을 따지는 문제는 동남아 연구자들이 매달려온 연구과제요 서로 논쟁을 벌인 쟁점이었다. 동남아지역에 대한 연구와 논쟁에도 연구자의 국적, 연구 대상국가, 이념과 시각 등이 영향을 미치고 서로 부딪치고 있다. 이미 많은 독자들이 알아챘을 문제를 이제야 고백하지만, 나도 이러한 입장과 주관으로부터 자유롭지 못하다. 현대 인도네시아의 정치와 경제를 비판적으로 공부하는 것으로 동남아 연구에 입문한 나는,

'도서부 동남아' 중심주의와 '자율적'(autonomous) 동남아문화 및 역사관에 사로잡혀 있다고 종종 비판을 받고 또 나도 그 편향을 일부 인정한다.

　본론으로 곧 진입하겠다고 일찍이 약속했는데 개념적이고 방법론적인 문제들을 짚느라 시간이 좀 걸린 것 같다. 지역전문가들이 아무리 지역을 잘 알아도 명색이 학자라 자꾸 따지고 들다보면 글들이 재미로부터 멀어지기 마련이다. 그래서 여행기는 한비야 같은 사람이 써야 제격일지도 모르겠다. 특히 동남아인이 자신의 내면과 정신세계 그리고 초자연과 신에 대해 어떻게 생각하고 믿는가라는 형이상항적 문제도 좀 이야기하고 싶었는데 아무래도 접어야겠다. 또한 동남아인이 역사와 세계를 어떻게 보는가라는 거시적 문제도 훗날을 기약해야겠다. 이제 본론으로 들어가 동남아인의 의식주를 중심으로 한 물질문명, 가족·친족·풍속·관습 같은 사회제도, 권력·국가·국제관계 같은 정치, 마지막으로 동남아 속의 한국과 한국 속의 동남아 이야기를 본격적으로 시작해보자.

제2장

문명과 인문지리

## 1. 식: 쌀, 생선, 야자유, 과일로 구성된 풍부한 먹거리

한 나라나 지역 문화를 이야기할 때 우선되어 다루어야 할 소재는 뭐니뭐니해도 사람들의 의식주다. 그런 점에서 내 동남아론은 선후가 다소 전도되었는지도 모르겠다. 북한이나 중국에 가면 의식주란 말을 식의주(食衣住)로 쓴다고 하는데, '옷이 날개'이고 '선비는 항상 의관을 정제해야' 하는 우리의 예법이 그랬는지 아니면 '빵이 곧 공산주의'라는 유물론적 사고가 그랬는지, 어느쪽이 원조이고 어느쪽이 순서를 바꿨는지는 모르겠지만, 내 생각엔 아무래도 먹는 문제가 다른 것보다 중요하고 급한 문제인 것 같아 이것부터 이야기해보자.

동남아의 먹거리에는 세가지 핵심 재료가 있다. 쌀, 생선, 야자가 바로 그것인데, 대체로 강우량이 적고 토지가 비옥하지 않는 고지대, 대

류부나 동인도네시아 일부 지역을 제외하고는 동남아 어디를 가더라도 세가지 재료가 동남아인의 식생활을 차지하고 있다.

아직도 농촌에 가면 잡곡 하나 섞이지 않은 하얀 쌀밥을 삼시(三時) 세끼 먹는 곳이 많다. 삼시라 했지만, 사실 전통적인 농촌에서는 정해논 식사시간은 따로 없고 그냥 큰 대나무 소쿠리에다 밥을 담아놓고 식구들이 집에 드나들 때마다 밥을 퍼서 반찬 한두가지에다 쏘스를 곁들어 먹는다. 쌀은 우리가 먹는 자포니카(japonica) 쌀과 다른 '알랑미(안남미)'를 쓰는데, 밥하는 방법이 우리와 다르다. 이 알랑미 쌀을 냄비에 넣고 물을 부어 조금 끓이다가 퍼내어 대나무 스팀용기에 넣고 찌는데, 이렇게 밥하면 수분이 증발하여 쉬이 들어붙지 않고 혹 불면 날아갈 것 같은 동남아 밥이 된다. 동남아에 처음 온 한국사람들이 이렇게 밥하는 모습을 보고 제대로 못해 밥맛이 없다고 흔히들 그러지만, 이것은 무지의 소치요 천만의 말씀이다. 수분 제거는 열대지방에서 오랫동안 밥을 보관하려는 지혜로움이요, 칠리나 생선쏘스를 뿌려 먹기에는 이런 건조한 밥이 제격이다. 사실 쌀과 밥을 다루는 이야기를 할라치면, 동남아인이 우리보다 훨씬 선배이자 고수일 것이다. 동남아에서 벼는 외지에서 전래된 증거가 없는 것으로 보아, 벼의 기원부터가 동남아로 간주되며, 심지어 논농사 짓는 법(wet rice cultivation)을 중국에 한수 가르쳐주기까지 했다. 필리핀 북부 루손의 바나우에(Banaue)나 인도네시아 발리에서 볼 수 있는 계단식 논 중에는 그 역사가 수천년 된 것도 있다.

동남아 먹거리에서 빼놓을 수 없는 두번째 재료는 생선이다. 도서부의 풍부한 바다나 메콩(Mekong)이나 아예야와디(Irrawaddy) 같은 대

자까르따 한 식당의 풍성한 해산물 요리. ⓒ 최경희

류부의 큰 강들은 각종 생선과 수산물을 풍부하게 제공해준다. 생태계의 제약이나 종교적 금기로 육류 섭취가 쉽지 않은 동남아에서 생선은 닭고기와 함께 단백질의 주 공급원이다. 야자유에 튀긴 생선이 식단에 단골 메뉴로 등장하기도 하지만, 무엇보다도 생선은 우리 젓갈처럼 담가져 일상적으로 밥상에 오르는 양념으로 애용된다. 베트남의 느억맘(nuoc mam)과 태국의 남쁠라(nam pla)는 우리 간장처럼 음식을 요리하고 찍어 먹는 데 애용되는 쏘스로서 새우나 생선이 그 재료가 되는데, 그 감치는 맛이 입맛을 크게 돋운다. 이보다 좀더 진한 장이나 덩어리 형태를 띤 말레이시아나 인도네시아의 뜨라시(terasi)나 블라짠(blacan)도 새우젓갈을 재료로 하며 일상적 양념으로 등장한다. 동남아인은 이 생선젓갈을 매우 좋아하여, 각종 요리양념으로 넣을 뿐 아니라 밥이나 반찬을 찍어먹는 쏘스로 쓰고, 이것도 부족해 고추(칠리)가루와 함께 버무려 각종 과일에 뿌려 먹기도 하는데, 로작(rojak)이라고 불리는 이 과일 쌜러드만큼 세계적으로 독특한 '요리'도 없을 것이다.

마지막으로, 동남아의 해변이나 농촌 어디서나 멋들어지게 솟아 있는 야자수는 풍경에 운치를 높이는 관상용이라 생각하면 큰 오산이다. 사실 이 야자수와 야자만큼 동남아인에게 다양한 유용성을 제공해주는 식물은 없다. 세계에서 한국 상품이 일등을 차지하고 있다는 라면의 면을 볶는 기름이 바로 이 야자유이기도 하지만, 현대에 이르러 공장에서 가공하는 이 야자 식용유는 동남아인의 식생활에서 쌀만큼 중요한 필수품이었다. 고온다습한 기후로 인하여 음식을 오랫동안 상하지 않고 혹은 조금 상한 음식을 안전하게 재처리하는 데 필요한 것이 바로 이 식용유인 것이다. 이외에도 야자는 어린 야자 안의 즙을 마시면 더할 나위 없는 천연음료수가 되는데, 이를 필리핀에서는 부꼬(buko), 인도네시아에서는 아이르 끌라빠 무다(air kelapa muda)라고 부른다. 그속살도 숟가락으로 파먹으면 고소한 맛이 일품이다.

야자가 익어 누런 색깔로 변하면 그 가루를 갈아 야자우유(santan, coconut milk)를 만든다. 색깔이 우유만큼 하얀 야자가루 즙으로 나시 러막(nasi lemak)이라는 밥도 짓고, 무엇보다도 가장 유명한 인도네시아 음식으로 각광을 받는 빠당음식(masakan padang) 등 각종 요리가 가능하다. 보르네오나 수마뜨라에서 뚜악(tuak)이라 불리는 도수 높은 과일주도 이 야자로 만든다. 사실 야자의 종류는 수십종에 달해 전문가가 아니면 이를 일일이 식별하고 용도를 파악하기가 힘들 정도이다. 그중에 사고(sago) 야자는 집 지붕을 잇는 이엉으로 사용되고, 말레이시아 삐낭(Pinang)이란 도시명의 기원이 된 빈랑(檳榔, areca)야자는 자극

제 효과가 있어 동남아인이 사교용 기호식품으로 나눠 씹던 베텔 (betel)의 주 원료로 사용되었다.

동남아 음식을 논하면서 반드시 언급되어야 할 것이 바로 향신료 (spice)다. 정향(丁香, clove), 육두구(肉豆蔲, nutmeg), 후추(pepper) 등 16세기에 서양인들을 이곳으로 끌어들이면서 세계사를 바꾼 향신료들 이지만, 정작 당시 동남아에서는 그 용도나 가치를 잘 모르고 있었다. 지금 동남아 음식의 재료로 많이 쓰이는 고수풀(香菜), 박하, 라임과 그 잎사귀 등도 중국, 인도, 서양 음식의 영향을 받아 근대에 사용하게 된 향신료이다. 이들 향신료에 친숙하지 못한 한국인이 동남아를 여행하 면서 공통적으로 사랑하게 되는 향신료가 딱 한가지 있는데, 그것은 다 름아닌 동남아 고추다. 이 손톱크기 만한 고추는 덜 익은 채로 먹어도 빨갛게 익은 것을 먹어도 모두 매우 맵지만, 우리네 입 전체가 얼얼한 우리 청양고추와 사뭇 다르다. 맛은 고추가 닿는 부분, 특히 입천장 앞 부분을 따끔하게 쏘고 잠시 머무르다 사라지는, 그런 산뜻한 매운맛이 라고 할 수 있다. 특히 동남아의 '연한 간장'(soya sauce)에 '잘게 썬 고 추'(chopped chili)를 넣은 쏘스는 그 맛이 일품이다. 최근에 유행하기 시작하여 고유한 이름조차 없는 이 쏘스를 원할때는 "chopped chili in soya sauce"를 말하면 식당 종업원은 십중팔구 알아듣는다. 이 쏘스와 하얀 쌀밥만 있으면 동남아를 몇달이고 여행할 수 있다.

음식 이야기를 끝내려다 보니, 한가지 중요한 동남아의 먹거리를 빼 놓은 게 있다. 동남아 지천에 깔린, 무척이나 다양한 열대과일이다. 동 남아의 모든 과일이 수확기와 관계없이 모여드는 싱가포르 시장을 가 보면 한국인에게 흔한 과일은 물론이고 다양한 모양의 이름도 모르며

말레이시아 전통시장의 과일가게와 야채가게. ⓒ 이재현

야채인지 과일인지 구분이 힘든 각종 과일들이 즐비하다. 이번 동남아 체류 동안 이 과일을 공부도 하고 즐길 요량으로 관련 책과 과일주스용 믹써도 사서, 본격적인 탐닉에 들어갔다. 매우 달아 개미를 부른다고 호텔에 반입이 금지된 람부탄(rambutan)과 망고스틴(mangosteen), 그 상큼한 맛으로 비싼 값을 유지하는 망고(mango), 흔하고 덩치가 커서 '배부르게' 먹을 수 있는 파파야(papaya), 싱거운 야채맛이 나는 잠부(jambu), 탱자와 오렌지 사이를 오가는 십수종의 감귤류(citrus), 아마 사람들이 과일인지 몰라볼까 봐 과일이란 보통명사를 그대로 달고 다니는 잭프루트(jack fruit), 스타프루트(star fruit), 드래곤프루트(dragon fruit)까지 열대과일의 종류와 맛은 다양하다.

수십종의 과일 중 '과일의 왕' 지위는 바로 냄새가 아주 고약한 두리안(durian, 榴璉)이다. 주로 누런색을 띤 속살을 먹는데, 그 맛은 사람들

과일의 왕 두리안. 냄새가 고약하지만 맛이 기가 막혀 값이 매우 비싸다. ⓒ 이재현

이 가장 싫어하는 바로 그 고약한 냄새가 나고 손으로 만지면 끈적끈적한 느낌을 주지만, 중국인의 표현처럼 어디에도 비길 데 없는 '천국의 향기'라고 한다. 표면에 표창같이 날카롭고 끝이 뾰족한 돌기에 둘러싸인 이 과일에 사람 머리가 맞으면 생명이 위태로울 지경인데, 천만다행히 새벽에만 떨어진다. 냄새가 너무나 지독해 옷이나 차에 냄새가 스며들면 이틀은 가기 때문에, 많은 동남아 호텔 엘리베이터 입구에는 두리안 그림에 큰 엑스(X)자가 그려진 포스터를 흔히 볼 수 있다. 태국산 방콕 두리안이 가장 흔한데 크기가 크고 사시사철 구할 수 있는 장점이 있지만, 미식가들은 그것보다도 삐낭산 두리안을 최고로 친다. 이 두리안은 절대 따지 않고 충분히 익어 저절로 떨어지기를 기다리며, 종에 따라 단맛, 쓴맛, 매운맛이 다르고 수분이 많은 것, 건조한 것 등 각양각색이며 조합에 따른 명칭이 와인처럼 다양하다. 비싼 것은 하나

에 수십달러에 이르고 삐낭섬 고산지대가 두리안 나무로 뒤덮일 만큼 재배량도 많지만, 현지에서 전량 소화될 정도로 애호가들이 많고, 수확기에 두리안을 먹으러 일부러 방문하는 관광객도 많다.

1997~98년 안식년을 보낸 인도네시아 스마랑(Semarang)지역의 내집 주소가 묘하게도 두리안거리(Jalan Durian) 몇번지였는데, 실제 그 거리를 따라 늘어선 집들의 텃밭에는 두리안 나무들이 많았다. 그래서 두리안 수확기 2월에는 새벽길을 걸어서 귀가할 때면 잔뜩 겁을 집어 먹곤 했다.

## 2. 의: 정장이 된 긴 소매와 바떡

내가 이 책을 쓰면서 2년간 머물던 아시아연구소(Asia Research Institute)에서 소장직을 맡고 있는 당대 최고의 동남아 역사학자 앤서니 리드(Anthony Reid)교수에 의하면, 동남아인의 옷차림은 15세기와 17세기 사이에 크게 변화하기 시작했다.[10] 그가 "상업의 시대"(Age of Commerce)라고 부른 당시의 활발한 국제교역으로 옷감이 다양, 풍부해지고, 이슬람과 기독교 등 세계종교의 유입으로 종교적 복식법이 이들에게도 강요되었기 때문이다. 이제 '세계화의 시대'에 들어선 동남아에서도 도시나 농촌을 막론하고 소매가 달린 윗도리를 걸치고 허리 둘레에 맞춘 바지나 스커트를 입는 서구적이고 "현대적인" 의상이 보편화되었다. 그러나 옷차림이 변했다고 해서, 옷이나 외양에 대한 동남아인의 생각이 크게 변한 것 같지는 않다.

동남아인은 의상을 몸을 가리거나 신체를 보호하는 기능적 용품으로서보다 사람의 외양을 꾸미는 장식품의 하나로 본다. 이들에게 옷을 입는 행위는 몸을 가꾸고 치장하는 다양한 분장 방식의 하나에 지나지 않는다. 하기야 일년 사시사철 무더운 곳에서 추위를 견딜 일이 거의 없고, 불과 한세기 전까지만 해도 필요한 부분만 가리고 살던 사람들이 옷의 고마움을 크게 느낄 턱이 없을 것이다. 찬란한 문화를 자랑하는 발리(Bali)에서도 20세기초까지는 사람들이 가슴을 그대로 드러내고 다니던 동남아에서, 사람들의 외모는 옷차림 하나로 평가되지 않았다. 이슬람이나 기독교가 들어오기 이전만 해도, 자연스레 길어 흘러내린 머리카락에다 기름과 향료를 바르고, 화려한 무늬의 치마(사롱, *sarong*)로 허리를 멋들어지게 휘감고, 허리춤에는 신비의 힘을 가진 칼(끄리스, *keris*)을 차고, 온몸에 금, 다이아몬드, 싸파이어, 루비 등 각종 보석으로 만든 장신구를 걸쳤으며, 심지어는 온몸에 문신을 새기거나 피어씽(piercing)을 하고, 이빨을 갈아 검은 도색을 하거나 귓불에 큰 구멍을 뚫어 늘어뜨리고, 남성 귀두 주변 표피에 작은 구슬들을 박는 관습까지 있었다. 옷이 몸의 일부만을 가린 만큼, 노출된 더 넓은 부위를 화려하고 '아름답게' 치장하는 것은 비단 동남아뿐 아니라 모든 열대지방의 보편적 '복식'문화였다.

그런데 옷이 날개다, 의관을 갖추어라, 패션이 어떻다, 드레스코드(dress code)를 지켜라 하며 점잖을 빼는 외부인들의 눈에는 동남아인이 거의 벗고 다니는 것처럼 보였거나, 아니면 아랫도리를 천으로 두르고 다니는 모습이 고작 "원시적이거나 음탕"하게 보였나보다. 그래서 매우 학식있는 외과의사로서 영국식민지 여러곳의 고위관리직을 오랫

화려한 베트남 신부 의상. ⓒ 이한우

동안 두루 거친 스코틀랜드인 크로퍼드(John Crawfurd)조차도 19세기 초 "(자와 사람들은) 정장 차림을 해도 나체에 가깝다"라고 묘사했고, 원나라의 사신으로 13세기에 캄보디아를 방문했던 점잖은 한족 관리 주달관(周達觀)은 현지 소녀의 "우유같이 흰 젖가슴" 보기를 매우 민망해 했다.[11] 그러나 곰곰이 생각해보면 동남아인의 '반라(半裸)'가 아니라 외부인들의 '사시(斜視)'가 문제였던 것을.

　열대지방 사람의 옷차림은 쉽사리 오해를 받는 문화변동의 한 단면이기도 하다. 날씨가 무더우니 벗을 수밖에 없고, 또 "원시적" 문화나 문명의 "부재"로 천 조각이나 나뭇잎 따위를 걸치고 다니리라고 생각하는 것은 말도 안되는 오해다. 이러한 편견의 확산에는 서구 영화가

바딱과 사롱으로 잘 차려입은 자와 가족.

큰 몫을 담당했으리라. 그래서인지 외국인 중에 그야말로 영화 속의 원시 부족에 가까운 반라차림으로 오지탐험하듯 현지를 휘젓고 다니는 관광객들을 쉽게 만날 수 있다. 그러나 이제 동남아에서 벗은 윗몸을 보기란 거의 불가능할 정도로 복식문화가 변해버렸다. 농민이나 노동자도 일할 때 셔츠를 입는다. 종교의 영향일지 서구의 영향일지 모르겠으나 공식적인 자리에서는 소매가 긴 상의를 입는 것이 정장이 되었다. 벗은 몸은 오히려 유럽의 공원이나 중국의 뒷골목에서 더 자주 볼 수 있는 모습이 되었으니, 문화의 아이러니가 아닐 수 없다.

많은 동남아국가에서는 화려한 무늬의 치마인 사롱도 의례적이거나 종교적인 모임에서 제한적으로 입는 전통의상 대접을 받게 되었다. 그럴 때도 상의로는 소매가 긴 바딱(batik)셔츠를 입어야 한다. 또한 신분·계급·성에 의한 구별이 거의 없던 옷차림도 이제는 다른 문화를 뺨칠 정도로 차별적 옷차림으로 변해버렸다. 옛날에는 머리를 길게 기르고 치마를 두른 어린이들을 뒤에서 보면 성별을 구별할 수 없을 정도였다. 이성(異性)처럼 옷을 입거나 머리모양을 하면 놀림과 비웃음을 사는 사회화 과정을 겪은 다른 문화 속의 어린이들과는 무척 대조적이다.

아직도 필리핀, 인도네시아, 태국 같은 나라들에서는 '여성형 남성'을 문화적 일탈로 보는 경향이 크지 않아서인지 여장남자들(transvestites)은 엄연한 사회범주 중 하나이고 사회적 차별도 한국처럼 크게 받지 않는다.

마지막으로 동남아 의상을 이야기하면서 빼놓을 수 없는 한가지가 있다. 바로 바띡으로 불리는 독특한 염색방식이다. 천을 염색하기 전에 염색하지 않을 부분을 왁스(wax)로 칠해 덮어놓고 나머지를 거듭 염색함으로써 다양한 색깔로 염색된 천을 얻어내는 이른바 납방염(wax resist dyeing) 방식이다. 주로 무명(면)으로 된 천에다 각종 모티프나 그림을 그려 넣어 옷감 또는 예술작품을 제작한다. 근대에 들어서는 무명 대신 비단을 사용하여 값비싼 제품을 만들기도 한다. 동남아의 바띡은 그 기원이 인도이고, 바띡 염색법은 고대에 아프리카나 중동에 널리 사용되던 기술이다. 그렇지만, 현재는 말레이시아와 인도네시아에서만 바띡 제품이 집중적으로 생산되며 인도네시아 특히 자와산을 최고로 꼽는다. 동남아 총론을 쓰면서 인도네시아와 말레이시아의 바띡을 소개하는 까닭은 이것이 생산되는 이 두 나라의 경계를 넘어 이제 동남아 모든 나라에서 옷감으로 널리 애용되기 때문이다.

바띡제품이 자와에서 주로 생산되는 이유는 자와의 노동시장은 유휴노동력이 풍부하고 자와인은 섬세하고 끈기있어서 타 지역보다 비교우위를 가지기 때문이리라. 짠띵(canting)이라고 불리는 왁스가 가늘게 흘러내리는 붓으로 수십, 수백의 패턴을 촘촘하게 그리고 염색한 후 왁스를 긁어내는 과정을 몇차례씩 반복하는 그 무한의 시간을 과거 자와여성들은 명상의 일환으로 활용했다고 할 정도로, 바띡 제작과정은 긴 시간과 끈기를 요한다. 모든 디자인과 방염을 사람 손으로만 처리하는 '수제'(tulis)바띡은 고급 제품 하나를 만드는 데 한두달씩 소요되기도 하므로, 인건비가 비싼 말레이시아에서는 찾아보기 힘들다. 반면 값이 싼 '인쇄'(cap)바띡은 여러곳에서 대량생산되어 동남아시장에 지천으로 깔려 흔한 옷감으로 팔려나간다.

바띡을 대할 때마다 무척 부러운 한가지가 있다. 그것은 바띡셔츠의 용도다. 소매가 긴 바띡셔츠는 동남아에서 양복의 대용으로, 때로는 정장으로까지 간주된다. 관혼상제와 공식만찬도 이 바띡셔츠만 간단히 걸쳐 입고 가면 된다. 매일 아침 넥타이를 맬 때마다 이를 발명한 사람이야말로 인류 건강에 가장 악영향을 끼친 디자이너라는 저주를 퍼붓는 나로서는 간편한 바띡셔츠 차림으로 모든 공사(公私)를 치러내는 동남아인의 경제적 실용성과 문화적 자주성이 마냥 부럽다.


## 3. 주: 짓고 헐기 쉬운 자연친화적인 집


의식주의 마지막 요소인 집을 이야기해보자. 대륙부 동남아의 북부지역을 제외하고는 추운 날씨를 경험할 수 없는 동남아에서 집이 '식의주'처럼 맨 마지막에 놓이는 것은 당연해 보인다. 배불리 먹고 잘 입으면 됐지 더 필요할 게 없다고 생각하는 그들에게, 집 문제는 어쩌면 '식의'와 같은 반열에 세울 수 없을지도 모르겠다. 집을 장만하는 일에 일생을 바치는 한국과는 얼마나 극단적으로 다른 삶인가? 손바닥만한 강남의 아파트값을 잡느냐 못 잡느냐에 정권까지 걸어야 하는 한국정치가 동남아인의 눈엔 우스꽝스럽게 비칠지도 모른다. 반면, 우리가 보기엔 동남아의 집, 토지, 부동산 문제는 한가롭기조차 하다.

동남아의 전통가옥은 단순하고 소박했다. 말레이어 서드르하나(sederhana)는 자신의 집을 묘사할 때 즐겨 쓰는 표현인데 말 그대로 단순, 소박하다는 뜻으로 그런 집을 가지는 것은 하나의 미덕이었다. 오로지 종교적 건물인 사원이나 정치적 건물인 왕궁만이 웅장하고 화려할 수 있었다. 따라서 동남아의 전통사회에서 사람들이 기거하는 모든 가옥은 나무나 그 잎으로 간결하게 짓고, 신과 통치자를 모시는 건물은 돌을 쪼개고 부조하여 단단하고 웅장하게 지었다. 앙코르와트(Angkor Wat)이나 보로부두르(Borobudur)와 같이 불가사의한 종교건물은 차후 이야기하고 여기서는 사람들이 사는 소박한 집 이야기만 해보자.

요즈음 우리말에서 집이란 말은 '가옥'과 '주택'이라는 두가지 복합적인 의미를 담고 있는 것 같다. 집이 '가옥'의 뜻으로 쓰일 때에는 건축학적 측면이 강조되고, '주택'의 뜻으로 사회적 문제가 부각이 된다. 여기서는 집이 내포한 두가지 의미를 모두 다루려 한다. 어느쪽의 의미에서든 동남아의 집에 대해서는 흥미로운 이야기가 많다.

동남아의 전통가옥은 한마디로 '주상가옥'(고상가옥; pole house)으로 표현된다. 식민지 이전 시대로 돌아가면 베트남을 제외하고는 거의 모든 동남아지역의 집들은 평지 위에 몇개의 나무 기둥을 세우고 사람 키보다 두배 정도 높게 상자처럼 만든 집채를 얹은 뒤 출입구에 계단을 걸치는 양식이다. 이 집채는 목재만을 건축자재로 사용했는데, 대나무를 쪼개어 바닥에 깔고 야자수 잎을 엮어 벽을 두르고 지붕에 얹는 식

전통적 주상가옥들로 구성된 캄보디아 농가. ⓒ 이한우

이었다. 10년 정도의 생명을 가진 이 자연친화적 주상가옥은 주변에서 손쉽게 구할 수 있는 자재를 활용하고 적은 노동력을 투입하는 경제적 건축물이었다. 통풍이 잘되고 시원하며 홍수나 야생동물의 공격으로 부터 안전을 확보할 수 있는 장점이 있다. 과거 동남아는 이 주상가옥 이 보편적이었고, 베트남, 자와, 발리 등 일부지역과 도시를 중심으로 땅위에 바로 붙어 돌이나 벽돌로 지은 고형 주택들이 들어서기 시작한 것은 16~17세기경이 지나서였다.

주상가옥의 형태는 동남아인과 그들의 사회체계에 각각 기동력과 유연성을 제공해주었다. 이 주상가옥이 기둥은 땅속에 깊이 박아두는 게 아니라 맨 땅이나 단단한 돌위에 그냥 얹어두는데, 그 까닭은 유사 시에 쉽게 집을 '들어 옮기기' 위해서였다. 매일 집중호우가 쏟아져 하 천이 범람하는 우기가 시작되면 마을사람들이 힘을 합해 집 한채씩 차례대로 들어 고지대로 옮겨 놓았다. 집을 짓고, 허물고, 옮기기가 이렇듯 쉬웠기에 집에 그렇게 집착할 필요가 없었다. 수십 명이 달라붙으면 반나절 만에 집을 뚝딱 지을 수 있던 만큼, 새로운 마을 성원이나 가구가 생겨나면 새집을 마련해주는 일이 그리 어렵지 않았다. 자식이 결혼하면 항상 새집을 지어 분가하는 핵가족이 보편적 가족 유형이 된 것도 이러한 건축의 용이성과 관련이 깊다. 불과 며칠 만에 새로운 마을이나 심지어 도시를 건설하는 일조차 가능했으니, 천도(遷都)하는 일이 천지개벽과 다를 바 없는 동북아의 국가들과는 거리가 있다. 동남아역사 속에 기록은 있어도 그 유적이나 흔적을 찾지 못한 수도나 도시들이 많은 것은 바로 이러한 연유다. 반대로 재해나 재앙이 닥치면 집과 마을을 불태우거나 버리고 떠나기도 쉬웠다. 외침, 가뭄, 전염병 등이 생기면 도시를 통째 버리고 떠나는 일을 마다하지 않았다.

동남아 인구가 급증한 20세기 이전까지 주택문제는 큰 사회적 관심사가 되지 않았고, 일부 도시에서 부동산 값이 오르기 시작한 1980년대 이전까지만 해도 토지나 주택은 투자나 투기 대상이 아니었다. 이제는 동남아도 과잉인구와 도시화로 주택문제가 심각한 상황에 이르렀지만, 주택을 생각하는 전통관념은 느리게 변하는 터라 주택의 사회적·정책적 쟁점화도 그만큼 더디게 진행되는 듯하다.

동남아인이 주택문제를 바라보는 관점은 풍부한 토지와 희소한 인구가 결합한 과거의 생태학적 조건에 어느정도 기인한다고 볼 수 있다. 과거에는 건축이 값싸고 용이한 까닭도 있었지만 무엇보다도 인구는 적은데 토지 공급은 무한이라 토지의 희소성이 낮았던 덕분이었다. 이러한 조건은 인구가 조금씩 증가하기 시작한 17세기까지 지속되었다.

땅은 넓고 비옥하였으나, 이를 경작할 노동력은 희소했다. 그러다보니 귀중한 것은 사람이지 땅이 아니었다. 식민통치 이전 '고전적' 동남아 국가들을 정치학자들이 근대적인 의미에서의 국가로 보지 않는 것은 바로 동남아국가가 영토개념을 결여하고 있었기 때문이다. 국가는 정치의 중심, 즉 수도에 의해 규정되었다. 수도는 있어도 국경은 없었고, 중심은 있어도 테두리가 없었다. 국경과 변방은 항상 열려 있어, 전쟁·기근·착취·압제가 있으면 사람들은 그리로 도주했다. 이웃국가나 마을은 이주민이나 이방인들을 거부하지 않았다. 이러한 도망자들은 바로 국력의 밑거름이요, 마을경제의 가장 중요한 생산요소인 노동력을 더해주기 때문이다. 새로운 땅을 내주어 집을 짓고 경작하게 했다. 토지에 대한 사적 소유권 개념도 식민통치가 무르익은 19세기 중엽이 되어서야 등장했다.

동남아의 토착국가들이 주택문제를 극복하는 데 전통문화나 관습의 덕을 톡톡히 보고 있다면, 해외 화인들이 세운 새로운 동남아국가 싱가포르는 탁월한 국가정책으로 주택문제를 해결한 모범적인 사례다. 싱가포르는 1960년에 주택개발청(HDB)을 통해 국가가 직접 택지 수용 및 조성과 주택 건설 및 보급 전과정을 관장해, 현재에는 주택보급률이 100퍼센트를 넘어서고 국민들 85퍼센트가 HDB가 공급한 아파트에 거주하며, 자가주택보유율이 95퍼센트에 이른다. 1990년대에 들어 주택가격이 급등하였다가 경제위기의 발발과 싸스(SARS) 발병 이후로는 반값으로 폭락하는 등 가격변동을 겪었지만, 자기 집 한채만을 보유한 대다수 국민에게는 별다른 영향과 충격이 없었다. 싱가포르국민이라면 일생에 두번씩 분양기회가 주어지고, 40평이 넘는 HDB아파트를 한국

돈으로 1~2억원의 싼값에 공급 받는다. 아파트 매매 시세는 기껏해야 그 두배 정도에 불과하다. 더욱 부러운 것은 분양이든 구입이든 가격의 5퍼센트에 해당하는 현금만 있으면 아파트를 자기 손에 넣을 수 있다는 사실이다. 나머지는 시중은행과 중앙공직기금(CPF)으로부터 저리로 장기융자를 받아 충당한다. 서울에서라면 고작 사글세 단칸방을 얻기 위한 보증금 정도밖에 되지 않을 액수로 싱가포르에서는 시내나 분당, 일산쯤 되는 곳에 위치한 넓은 평수의 아파트 구입이 가능하다. 한국에도 싱가포르의 HDB에 해당하는 대한주택공사, 즉 주공이 있지만 그 성과는 왜 이리도 대조적일까? 그런데 싱가포르는 공산주의가 아니라 엄연한 자본주의국가이며 일인당 국민소득도 우리의 1.8배에 달하는 부자나라다.

## 4. 무한하고 비옥한 땅

집 이야기를 제대로 하려면 땅을 언급하지 않을 수 없다. 쉽사리 먹고살게 해주는 자연환경과 생태적 조건하에 땅까지 무한정하다면 그런 땅위에 나무로 지은 집이 희소가치가 있을 턱이 없다. 과거에는 동남아가 바로 이런 조건이었다. 오늘날까지 주택문제를 비교적 잘 대처해온 것은 우리처럼 땅값이 천정부지로 솟는 일이 없었기 때문이다. 땅과 집이 삶의 토대를 전적으로 결정 짓는 한국인들이 이런 동남아 사정을 이해하는 데는 인식과 논리의 전환이 필요하다. 물론 앞에서도 언급했듯이 현대에 들어서 경제발전과 도시화가 도시의 땅값을 슬슬 부추기는 것도 사실이다.

우리가 땅이라고 말하면, 앞서 논한 집 개념과 마찬가지로, 두가지 상이한 내포를 갖는다. 하나는 땅의 물리적·지질학적 측면이요, 다른 하나는 그것의 사회적·경제적 측면이다. 아마 앞의 땅은 토양, 그리고 뒤의 땅은 토지라고 부르면 그 뜻에 가까워질지도 모르겠다. 토지문제부터 먼저 생각해보자.

현재 동남아에서 한국보다 인구가 많은 나라는 다섯이고, 그중 인도네시아는 2억 4천으로 세계 4대 인구대국에 속하며, 필리핀은 인구가 무려 9천 6백만인데 아시아에서는 가장 높은 인구증가율을 자랑하며 1억명 초과를 목전에 두고 있다. 베트남도 8천만이 넘고, 태국과 버마도 한국보다 인구가 많다. 이렇듯 만만치 않은 동남아의 인구 규모를 보노라면, 동남아도 3세계국가들과 마찬가지로 인구과잉에서 발생하는 문제가 심각하리라 추측하기 쉽다. 그러나 넓고 비옥한 땅덩어리와 풍부한 자원과 대비해 생각해보면 인구분포나 자원배분이 문제이지 인구수는 문제가 되질 않는다. 동남아에서 인구증가는 18세기 이후의 일이고, 20세기가 되어서야 급격한 증가세를 보였다. 식민지배초까지 동남아는 안정된 인구학적 체계를 이루고 있었다. 기껏해야 지금 인구의 20~50분의 1에 불과했으니, 땅이나 자원에 비해 사람이 얼마나 귀했을지 짐작하고도 남으리라.

그러니 사람들은 굳이 땅을 지키거나 땅에 묶여 있을 필요가 없었다. 경작하던 땅과 살던 집을 버리고 떠나는 일이 대수가 아니었고, 그러면 항상 새로운 땅과 호의적인 환경이 새 주인을 맞아주었다. 이러한 이동성은 비옥한 토양을 찾아 이리저리 옮겨 다니던 화전민은 물론이고, 강 유역에서 정착촌을 이루고 농사를 짓던 농민이나, 해안에서 어업이나 무역을 주업으로 하던 어민이나 상인들에게도 마찬가지였다. 그래서 수도나 도시도 하루 아침에 사라지고, 엄청난 유적지도 버려져 몇세기 뒤에 발견되기도 한다. 값어치를 지닌 것은 땅이 아니라 사람이었던 동남아이고 보니, 그 반대의 여건을 갖고 있던 다른 지역과 다른 것이 한두가지가 아니었다.

동남아에서는, 로마제국, 한나라나 원나라, 고구려같이 광활한 영토를 통치하는 나라가 아니라, 지방이나 주변부를 장악한 추종자들을 최대한 많이 자신의 영향력 아래 둔 지도자가 다스리는 나라가 강대국이었다. 동남아국가는 영토가 기반이 아니라 인적 네트워크가 그 기반인 셈이다. 피라미드의 모습을 한 계서적 질서가 아니라, 한사람의 지도자를 둘러싼 추종자들과 이 후자를 지도자로 둔 더 주변적인 추종자들이 다음 겹의 망을 이루는 동심원적 만다라(mandala)가 국가 구조나 체계를 설명한다.[12] 이는 '명확한 경계를 가진 영토'라는 속성을 국가의 중요한 요소로 삼는 서구 정치학의 관점에서 보면 근대국가가 아니라고 할지 모르지만 동남아국가의 엄연하고 보편적인 모습이었다.

결국 권력의 주된 자원은 추종자의 수, 즉 인력이었지 재산이나 땅이 아니었다. 물론 재산은 추종자를 모으는 데 사용되는 부차적인 권력원이기는 했지만, 권력의 핵심은 역시 사람이었다. 이렇듯 독특한 국가와 권력 관념은 전쟁에서도 흥미롭게 반영되었다. 우리가 흔히 이해하는 전쟁은 과거 동북아나 서양에서 볼 수 있던 것처럼 영토를 확장하거나 보전하기 위한, 즉 '땅따먹기 싸움'이었다. 그러나 인적 자원이 토지보다 더 중요하던 동남아에서는 다른 지역처럼 전쟁에서 이기기 위해 대량살육을 하는 것은 인력을 확보하겠다는 원래의 목적에 위배됐다. 그래서 장수들의 대결, 신통력과 마술, 협박이나 속임수, 설득 등을 통해 상대방 군사의 인명 손실을 최소화하는 전쟁의 형태가 선호됐다. 사람을 적게 죽여야 목적을 달성하는 동남아전쟁은, 전쟁에서 휴머니즘을 추구하려는 제네바협정만큼이나 모순되게 들릴지도 모르겠다.

오늘날에도 동남아에는 주인이 없거나 노는 땅이 많다. 동남아 정부들과 국제적 환경주의자 간의 논쟁이 된 개발과 벌목에도 불구하고, 지난 10여년간 이웃국민들의 건강에 큰 피해를 입히고 있는 연무(haze)의 주범인 화전민들의 방화에도 불구하고, 동말레이시아, 깔리만딴(Kalimantan), 수마뜨라(Sumatra), 빠뿌아(Papua) 등 덩치가 큰 섬들은 여전히 우람한 열대목으로 가득 찬 정글로 덮여 있다. 집약적 쌀농사를 하는 농촌지역에도 마을공동체에 속한 공유지(common)가 많아 필요한 용도에 쓰인다. 국토의 70퍼센트 이상을 국가소유로 하고 있는 싱가포르에서 보듯이 대다수 동남아국가들은 대부분의 국토를 국유지로 보유하면서, 필요한 수요자에게 30년, 99년, 심지어 999년 하는 식으로 장기 임대를 해준다. 사회간접자본투자, 발전계획수립, 공공주택개발을 위해 정부가 비싼 땅값을 지불할 필요가 없으니, 경제성장과 사회통합의 미래가 그야말로 밝다. 그런데 한국은 어쩌다 국유지도 다 팔아치우고 부동산투기로 엄청나게 오른 땅값도 잡지 못해, 정부는 국토개발에 엄청난 국민 혈세를 투입해야 하고 국민은 집 한채를 마련하기 위해 평생 허덕이며 살게 되었을까?

## 5. 천혜의 땅으로 살지운 우기와 몬순

땅 이야기가 나온 김에 동남아 자연환경을 한번 살펴보자. 지금까지는 동남아 땅의 사회적·경제적 성격을 주로 살펴보았는데, 여기서는 그 지질학적 측면인 토양을 잠깐 주목해보자. 예로부터 비옥한 토양과 희소한 인구라는 생태조건을 갖춘 동남아가 근대에 들어서면서 인구가 증가하여 그 조건이 악화되기 시작했지만, 비옥한 토양이라는 천혜의 조건만은 별로 변하지 않았다. 화산지대인 덕분에 정기적인 토질 갈이가 이루어지는 곳인데다 강우량이 풍부해, 인간에게 유익한 각종 자연 및 광물 자원을 제공해주고 1년에 3번씩이나 논농사를 짓는 삼기작을 가능하게 했다.

그렇다고 동남아 모든 토양이 이렇게 높은 생산성을 갖춘 것은 아니다. 동물학자 알프레드 왈라스(Alfred Wallace)는 인도네시아의 발리와 롬복(Lombok), 깔리만딴과 술라웨시(Sulawesi) 사이로 이른바 '왈라스라인'이라고 하는 선을 그어, 그 양쪽에 서식하는 동물이 서로 다르다는 사실을 알려줬다.[13] 서쪽 섬들인 깔리만딴, 수마뜨라, 자와, 발리와 대륙부 동남아에는 몸집이 큰 포유동물이 살기에 적합한 거대한 숲이 많지만 동부 인도네시아는 강우량이 부족하여 기후가 건조하고, 토질이 좋지 않아 논농사를 짓기에도 부적합하다. 필리핀은 왈라스라인 연장선의 동편에 자리잡고 있는데, 그래서 다른 동남아 국가들에 비해 천연자원이 상대적으로 빈약하다.

그래서 그런지 필리핀의 근대사는 독특하다. 포르투갈이 멀라까

(Melaka)를 점령한 1511년으로부터 불과 10년 뒤에 마젤란(Magellan)이 필리핀 중부 사마르(Samar)섬에 도달하여 매우 이른 시기에 스페인에 의한 식민통치의 길이 열리고, 1898년에는 뒤늦게 식민지 획득에 나선 미국의 최대 해외식민지가 되기는 했지만, 그 역사를 보면 다른 동남아식민지들의 전형과 매우 다르다. 경제적으로 착취할 만한 것들을 별로 갖지 못한 필리핀을 차지한 스페인과 미국은 중국대륙 진출이나 동아시아 경영을 위한 교두보의 군사전략적 가치를 중시했고, '기독교를 전파'하고(스페인) '민주주의를 이식'하는(미국) '신성하고 숭고한' 목표를 추구했을 뿐이다. 스페인의 식민지배를 받았다가 독립 후에는 미국의 영향권 아래 들어갔으며, 한때 선진국 반열의 문턱에 다다랐다가 주저앉은 중남미국가들과 더 닮아서 그런지, 필리핀은 2차대전 시기까지 동남아로 분류되지 않았고 지금도 '라틴아시아'(Latin Asia)로 부르는 게 어떠냐는 이야기를 듣곤 한다.

필리핀과 동부 인도네시아가 다른 도서부 지역에 비해 비옥하지 않은 까닭은 건기가 길고 강우량이 상대적으로 적어서다. 동남아는 대체로 계절에 따른 기온차가 거의 없어 우리와 같은 사계절 구분이 없고, 강우량의 차이에 따른 절기, 즉 우기와 건기로 구분하는 것이 일반적이다. 지역에 따라 그 시기가 다르지만 인도네시아, 말레이시아, 싱가포르, 브루나이는 10~11월경에 우기가 시작되어 2~3월경에 끝나며, 그밖에 필리핀과 대륙부는 대체로 5~10월이 우기에 해당한다. 건기가 끝나고 우기가 시작되면 꽃이 피고 나무가 열매를 맺으며, 우기가 절정에 이르면 녹음이 우거져 숲은 종일토록 무덥고 축축한 기운과 습기로 가득한 무서운 정글로 변한다. 우기에는 곡식이 자라고 열매가 알을 키우는 생산을 하지만, 홍수나 산사태로 피해를 입고 열대의 가장 무서운 전염병인 말라리아가 유행하는 파괴도 뒤따른다.

여행 안내책자는 한결같이 우기 동안은 동남아여행을 피하는 게 좋다고 조언하지만, 나는 여행 일정에 약간의 유동성과 여유만 있다면 오히려 우기 여행을 권하고 싶다. 곳곳에 동남아적 풍요로움이 가득하고, 동남아적인 색깔이 제빛을 발하는 계절이기 때문이다. 물오른 나무와 곡식이 녹음이 되어 산과 들을 온통 뒤덮고, 강과 호수는 둑까지 차오른 빗물로 가득하며, 하루에도 몇번씩 먹구름과 창공으로 다른 그림을 그려내는 변화무쌍한 천기를 볼 수 있는 계절이기 때문이다. 이중에서도 우기의 압권은 역시 스콜(squall)이라고 불리는 폭우라고 할 수 있다. 하루에 한두차례씩 집중적으로 내리는 이 비는 마치 양동이로 물을 퍼붓는 것처럼 엄청난 양의 물을 삽시간에 쏟아낸다. 하늘은 시커먼 구름으로 뒤덮여 사방이 캄캄해지고, 천둥이 포효하고 번개가 섬광을 발하면서, 폭우가 한두시간씩 멈추지 않고 퍼부을 때면, 자아(自我)는 물론이고 내 자신, 몸뚱이조차도 어마어마한 이 자연의 조화 속으로 사라지고 만다. 1997년 중부 자와의 한 마을에서 우기를 보내던 나는 폭우가 쏟아지는 오후 매일 베란다에 앉아 퍼붓는 빗속에 나 자신을 묻어버리던 그 느낌과 추억을 아직도 잊을 수 없다.

동남아의 비가 한국과 다른 점은 강한 바람을 수반하지 않는 것이다. 그것이 바로 동남아의 계절풍, 즉 몬순(monsoon)이 우리의 태풍과 다른 점이다. 동남아에서는 폭우가 내려도 강이 범람하고 집이 물에 잠길지언정 건물이 바람에 무너지고 사람이 깔려 죽는 일은 거의 없다. 동북아의 태풍은 사람들의 통행과 국가간의 교류를 막았지만, 동남아의 계절풍은 상선을 움직여 동남아지역체계를 형성하고 외부세계와의 무역활동을 왕성하게 도왔다. 동북아의 태풍은 원나라의 일본 정복을 막아주었지만, 동남아의 계절풍은 인도나 중국의 문명을 동남아에 실어다주었다. 인도양이나 남중국해에서 동남아로 바람이 불 때면 중국이나 인도로부터 도자기나 옷감을 싣고 왔다가, 계절이 바람의 방향을 바꾸면 동남아의 향신료, 약재, 농산물 따위가 중국과 인도로 실려나갔다. 몬순이 무역풍이라고도 불리는 연유는 여기에 있다. 다음 계절풍을 기다리는 동안, 중국·인도·아랍의 상인들은 해변도시들에서 현지인들과 어울려 살며, 통치자나 귀족들과 교류하며 지식과 종교도 전파하였다. 이러한 일시적 체류자들이나 현지인들은 상호 통혼(通婚)하며 자식을 낳는 일도 서슴지 않았다. 서양인들이 침략자와 착취자로 몰려온 16세기초까지는 동남아 토착인과 외국인은 이렇게 조화롭고 평화롭게 지냈다.

물론 동남아의 자연환경이 사람에게 혜택만을 주는 것은 결코 아니다. 지구 역사상 기록적인 희생을 내거나 엄청난 규모의 자연재앙들이 심심찮게 동남아를 덮쳤다. 1883년 인도네시아 끄라까따우(Krakatau) 화산 폭발은 지구상 최대 규모로서 무려 6천킬로미터까지 그 소리가 들렸다고 한다. 최근에는 1991년 필리핀에서 삐나뚜보(Pinatubo)화산이 폭발하여 850여명이라는 적지 않은 인명이 희생되었다. 2004년 12월에 발생하여 아직도 기억에 생생한 인도양의 해일(tsunami)은 인도네시아의 아쩨(Aceh)에서만 20만 이상의 생명을 앗아갔고, 2006년 6월에만 해도 인도네시아의 고도 족자까르따(Yogyakarta)에서 지진이 발생하여 만명 가까이 목숨을 잃었다. 자연이 주는 혜택과 피해가 이만큼 폭이 넓고 규모도 크다보니, 동남아인이 자연을 경외하는 마음은 하느님과 종교를 대하듯 되었다. 그래서 만물에 정령이 깃들어 있다고 하는 애니미즘(animism), 즉 정령신앙이 동남아의 전통적 신앙체계로 자리잡았다.

## 6. 위대한 말레이어:
### 세계에서 가장 배우기 쉬운 동남아의 국제어[14]

아마 언어학자들을 제외하고 나만큼 많은 수의 외국어를 접한 사람도 흔치 않을 성싶다. '접했다'는 동사를 굳이 쓴 것은 관심있게 배우려고 꽤나 노력했으나 능숙하게 말하는 단계에 이르는 데는 대부분 실패했기 때문이다. 소싯적부터 영어, 일어, 중국어, 독어, 불어, 스페인어, 인도네시아어(말레이어), 따갈로그어, 자와어, 네덜란드어를 배우려고 학교나 학원을 다니거나, 회화나 문법 책을 보거나, 아니면 방송이나 테이프를 듣는 데 보낸 시간이 짧게는 수개월 길게는 수년에 이른다. 영어와 중국어가 대종을 이루는 여러 외국어의 사전, 문법, 회화, 작문, 독해 책들이 5칸짜리 책장 하나를 가득 채운 한켠에는 제대로 찾는 법도 모르는 라틴어, 베트남어, 타이어, 버마어, 꽝뚱(廣東)어, 자와어, 동남아 고산족언어들의 사전과 교재들도 무수히 진열되어 있다. 이 이십여 가지 언어들 중에서 그럭저럭 말할 수 있는 게 영어와 인도네시아어뿐이고, 중국어는 인사말 몇마디 정도 수준이니, 내 외국어 학습 노력은 기행(紀行)이 아니라 그야말로 기행(奇行)이 돼버린 느낌이다.

독재시절 대학생이면 누구나 일본어로 된 정치경제 서적을 읽기 위해 박성원교수가 지은 일본어 교재를 열심히 공부하던 기억이 있을 터인데, 나 역시 예외는 아니었다. 중국어는 지금의 중국대사관 맞은 편에 있던 중화민국(대만)문화원에서 주말마다 하던 송재록선생의 강의를 들으러 쫓아다녔고, 송선생의 라디오 방송강의를 새벽에 눈을 비비며 들었고, 동생 송재복선생의 학원강의를 수강하러 6개월 동안 매일 신림동에서 종로2가의 YMCA까지 버스를 타고 다닌 적도 있다. 고등학교시절부터 시작한 제2외국어 독어는 대학 4학년까지 매학기 과목을 수강하여 졸업 때쯤에는 실존철학자라 불리는 키르케고르(Kierkegaard)의 저작을 읽을 정도였다. 대학 1학년 때는 한학기 동안, 미국산 쇠고기 수입 반대시위에 앞장 선 친구 박석운군과 함께 초급 불어 강의를 '도강'하러 법대가 있던 동숭동에서 버스와 스쿨버스를 갈아타며 공릉 교양과정부까지 다니던 기억이 있다. 불어에 비해 스페인어는 발음이 분명하고 쉬워서 신이 나 좀더 오래 붙들고 있었던 것 같다. 나머지 세 언어는 내가 대학선생이 되고 나서 덤벼들었는데, 형편이 나아진 나는 필리핀 수녀로부터 따갈로그어를, 인도네시아 스마랑에 살 때에는 현지 학교 교사로부터 자와어를, 그리고 그때 내가 살던 집에 세 들어 살던 네덜란드인으로부터 네덜란드어 개인교습을 몇달씩 받기도 했다. 그러나 그로부터 여러해가 지난 현재 영어, 인도네시아어, 기초회화 수준인 중국어를 빼고 나면 모두 인사말 몇마디밖에 못할 정도로 까맣게 잊고 말았다. 이 얼마나 어리석은 투자였던가?

그러나 이 모든 실패담조차도 내 영어학습 편력에 비하면 어쩌면 아름다운 추억거리일 것이다. 박사 공부가 지진하여 무려 9년 동안 미국에서 살았고, 500면이 넘는 학위논문을 영어로 썼으며, 지금까지 영어로 된 논문을 써서 발표하고 토론하는 국제회의에 참석한 경우도 아마 백여 회는 족히 되었을 것이다. 미국에 처음 발을 디딘 뉴욕 케네디공항에서 짐꾼의 이야기조차 알아듣지 못하던 내 영어실력에 박사를 한다는 자괴심에서 영어와 관련된 책은 얼마나 사서 모았는지, 이 한가지 언어가 앞에서 말한 내 '외국어 서가'의 절반을 차지한다. 그래서 혹 내가 영어를 청산유수같이 말하고 쓸 것이라고 생각하는 사람이 있다면 그 사람은 크게 오판을 한 거다. 솔직히 나는 여전히 영어로 말하는 것이 두렵고, 영어로 글을 쓰는 것이 고통스러우며, 국제회의에 참석하는 게 싫다. 공개발언을 할 때면 떨리기도 하고, 유창한 영어들이 내 머리 위를 날아다닐 때면 주눅이 들어 입을 뗄 용기조차 생기지 않는다. 문법이 정확한 영어를 쓰는지, 적절한 단어와 어휘를 구사하는지, 발음은 제대로 하는지 신경을 쓰다보면, 말하는 도중에도 하고 싶던 이야기를 잊는 수가 허다하다. 미국에서 10년 가까이 살고 해외 여행을 업으로 삼으며 국제회의에 밥 먹듯 참석한 내가 이럴진대, 간간히 어렵게 영어공부를 해온 일반인들이야 말할 필요가 있을까? 언젠가 TV를 보니 몇년씩 기러기 아빠 신세인 코미디언 김홍국씨가 "그 놈의 영어가 도대체 뭐길래……" 하며 가족까지 생이별시키는 영어를 원망하는 걸 보았다. 도올선생은 한사람 빼고는 자기가 한국에서 영어를 가장 잘 한다고 자랑하던데, 그가 천재라 그런지 모르지만 그런 천재 빼고 과연 몇사람이나 스스로 영어를 잘한다고 자신할 수 있을까? 돈 들여 영어공부 해본 사람이 수백만명은 될 터인데 제대로 써 먹을 수 있는 정도의 수준에 이른 자가 1퍼센트라도 될는지. 영어수업, 영어과외, 영어학원, 어학연수, 조기유학, 요즈음에는 심지어 영어마을까지 유행하여, 영어광풍이 한 개인을 넘어 이제는 가족 전체와 국민경제에까지 부담과 고통이 미치고 있다.

서론이 너무 길었다. 정치학을 하지 않고 언어인류학이나 사회언어학을 전공했어야 했다고 가끔씩 후회하는 내가 외국어 이야기가 나오니 흥분을 했고, 원한 맺힌(?) 영어에 생각이 미치자 그만 이성을 잃고 말았다. 사실 내가 정작 이야기하고 싶었던 것은 이런저런 외국어들을 공부해보겠노라고 이리저리 헤집고 다녔지만 거의 다 실패를 했고, 영어공부에 말 그대로 반평생을 바쳤건만 고생에 비해 결과가 흡족하지 않았다는 사실이다. 물론 언어에 별 재능을 갖지 못한데다 한가지 언어를 통달할 때까지 결판을 내는 끈기와 참을성도 없이 마구잡이로 이말저말에 덤벼들었으니 당연한 응보인지 모른다.

그러던 와중에 인도네시아어를 만나게 되어 나의 외국어학습 기행도 드디어 결실을 맺게 되었다. 인도네시아어는 말레이어를 모태로 하여 인도네시아정부가 정한 국어로서 인도네시아인은 바하사 인도네시아(Bahasa Indonesia) 또는 그냥 바하사라고 한다. 인도네시아와 이 말을 공용어(업무어, working language)의 하나로 사용하는 띠모르레스떼에서는 인도네시아어로, 이를 국어로 채택하고 있는 말레이시아, 싱가포르, 브루나이에서는 말레이어라고 부르는데, 후자의 말레이어란 명칭이 이 모든 국어들을 포괄하며 또 역사도 오래됐으므로, 그렇게 부르는 게 바람직하다. 따라서 이제부터 그냥 말레이어로 부르겠다. 그렇지만 말레이어가 인도네시아의 국어인 바하사로 거듭남으로써, 동남아 최대이자 세계 제4대 언어로 부상한 것도 사실이다.

말레이어는 그때까지 내가 접해보았던 십수가지 외국어와 비교가 되지 않을 정도로 배우기가 쉬웠고 공부하는 재미가 남달랐다. 내가 인도네시아를 전공하게 되어 죽기살기로 언어를 익혀야 하는 절박함조차도 그 재미와 호기심 덕분에 전혀 힘들게 느껴지지 않았다. 바로 말레이어야말로 어느 나라 사람이나 쉽게 배울 수 있는 가장 우수한 국제공용어라는 확신도 갖게 됐다. 길지만 별 수확이 없던 다양한 외국어 학습경험은 나에게 말레이어의 우수성에 대한 훌륭한 반증이 되었다. 말레이어를 만나기 전에는 일생의 고통 속에 익힌 영어를 제외하고는 다른 언어를 배우려 한 시도들은 몽땅 헛수고로 결판나지 않았던가. 결국 나는 이 말레이어의 '전도사' 역을 자임하고 나서게 되는데, 이 책의 제일 마지막 장에서 이야기할 '동아시아공동체'라고 불리는 지역통합체의 공용어로 말레이어를 채택하자고 국제회의에서 주장하고 다닌 지도 벌써 여러해가 되었다.[15] 도대체 말레이어의 매력이 무엇이길래 내가 이렇게 법석을 떠는지 궁금하지 않은가.

우리가 외국어의 장점을 따질 때 가장 먼저 살펴야 할 것은 얼마나 배우기가 쉬운가 하는 점이다. 그 언어가 문학적이다, 과학적이다, 듣기에 아름답다, 사용인구가 많다, 고전적이다 등은 모두 부수적인 장점일 뿐, 역시 핵심은 배우기 쉬워야 한다는 점이다. 얼마나 많은 외국인들이 얼마나 짧은 시간과 최소한의 노력으로 그 언어 구사력을 확보할 수 있는가가 중요한 척도여야 한다. 접근용이성이 국제공용어의 잣대인 까닭에 한때 에스뻬란또(Esperanto)라는 쉬운 언어를 인공적으로 만들어 보급하려 한 운동까지 생겨나지 않았을까? 에스뻬란또를 홍보

하는 어느 인터넷 싸이트에 들어가보니 이 언어는 다른 말보다 '네배나 쉽다'고 쓰여 있었다. 도대체 네배란 수치가 어디서 나왔는지는 모르지만, 그렇게 말한다면 말레이어는 아마도 에스뻬란또보다도 열배는 더 쉬운 느낌을 준다고 자신있게 말할 수 있다. 그만큼 말레이어는 배우기가 쉽다.

우선 발음이 쉽다. 말레이어 발음이 어렵다고 불평하는 외국인을 본 적이 없다. 말레이어 발음 중에서 우리 한국인이 발음하기 힘든 것을 굳이 꼽으라면 딱 한 자음 'r'(에르) 정도일 텐데, 새로운 외국어를 배우면서 자음 하나 정도 더 익히지 않는 경우는 있을 수 없고, 이 자음 없는 외국어도 찾아보기 힘들다. 또 말레이어로 된 책이나 신문의 문어를 보면 아랍어나 서양 언어의 영향을 받아 'f'를 사용한 단어도 더러 보이지만, 한국어에도 있는 'p'로 발음해도 상관이 없다. 자음 'k', 'p', 't'는 영어가 아닌 스페인어식인 경음 "ㄲ", "ㅃ", "ㄸ"으로 쉽게 발음되므로 우리말의 경음화 추세에 부합하는 듯하여 더욱 친근하게 느껴진다. 모음은 '아'(a), '에'(e), '이'(i), '오'(o), '우'(u) 다섯 글자에 발음은 '어'(또는 '으'로 발음하고 역시 e로 표기)라는 모음이 하나 더 있는데, 이 모음들 모두는 '애'와 '에', '어'와 '으'를 구분 못하는 나도 발음할 수 있다. 그래서인지 한국인들은 인도네시아어를 배우면 예외없이 발음이 좋다는 칭찬을 자주 듣는다. 사실 말레이어는 대부분의 외국인들이 쉽게 발음할 수 있는 음소(音素)들로 이루어져 있다. 반면 네덜란드어를 대여섯달 공부하다 결국 중도 포기하고 만 적이 있는데, 당시 복잡한 중모음과 복모음 발음을 몇달이나 개인교습을 받고도 익히지 못하는 좌절을 맛보았다.

인도네시아어에는 성조가 없다. 한국어도 성조가 없으니 한국인에게 특히 고마운 일이다. 4성의 중국어가 잘 알려진 성조어이지만, 사실 동아시아어 중 성조어는 꽤 많다. 중국 남부의 방언들은 모두 성조어인데 이중 꽝뚱(廣東)어는 6성으로 알려져 있지만 9성이라 주장하는 학자도 있다. 동남아국어들 중에는 타이어(라오스어 포함)와 베트남어가 성조가 있다. 동남아 공부를 처음 시작할 때 학위논문 지도교수의 권유에 따라 태국 전문가가 될 뻔했는데, 결국 인도네시아 연구로 방향을 잡은 것은 바로 타이어가 성조어였기 때문이다. 당시 '완벽한 음치' 소리를 듣던 나는 한달쯤 타이어를 공부하고는 다섯이나 되는 성조에 완전히 두손을 들고 말았다. (그뒤 노래방 덕분인지 음에 대한 감각이 좀 나아져 지금은 용기를 내어 다시 중국어에 도전하고 있다.) 인도네시아어는 성조가 전혀 없는데다, 강세(stress)도 분명하지 않거나 그 규칙이 간단하다. 따라서 이미 오래전 로마자화되어 누구도 읽을 수 있는 말레이어나 인도네시아어 텍스트를 보고 단어 하나하나를 철자에 따라 분명하게 읽으면 된다. 단어에 따라 '에'와 '어'(또는 '으') 두가지로 발음되는 'e'의 발음만 알면, 배운 지 불과 몇시간 만에 책을 정확하고 유창하게 읽을 수 있다.

책을 줄줄 읽는다는 이야기가 나온 김에 영어가 얼마나 엉터리 언어인지 몇마디하고 가야겠다. 영어가 매우 난해한 언어인 까닭이 여럿 있지만, 그중 철자법은 가장 말이 되지 않는 부분이다. 영어는 표의(表意)문자가 아닌 표음(表音)문자로 알려져 있다. 즉 어떤 단어를 구성하는 음절이 발음을 하게 하는 부호에 불과하다는 말이다. 그렇다면 일반 사람들이 처음 본 영어 단어를 그 철자만 보고 발음을 맞게 할 수 있는가?

그 단어를 어떻게 발음하는지 미리 익혀두지 않았다면 이른바 표음문자로 된 단어를 보고도 읽기조차 할 수 없다. 표음문자가 표음문자로서 구실을 제대로 못하고 있기 때문이다. 일부 영어 예찬론자는 발음과 다른 영어 철자를 그대로 간직해야 하는 이유를 음절들이 어원(etymology)을 가지고 있기 때문이라 바꿀 수 없다는 것인데, 외국인들에게는 웃기는 변명거리로밖에 들리지 않는다. 말레이어는 말하는 대로 쓰고, 쓰는 대로 읽는다. 철자도 바꾸지 않는 오만한 언어인 영어로 된 책을 제대로 읽기 위해 무한정의 시간을 투자해야 하는 외국인들에게 배운 지 하루 만에 인도네시아어를 줄줄 읽을 수 있다는 이야기는 꿈같이 들릴 것이다.

말레이어 문법은 쉬운 발음 못지않게 환상적이다. 우선 시제나 인칭에 따른 동사변화가 없다. 과거, 현재, 미래, 완료형들이 모두 똑같이 한가지로 쓰인다. 시제가 없다니 이게 말이 되는가? 이런 것은 중국어를 생각해보면 쉽게 이해가 된다. 시제는 맥락을 통해 파악할 수 있거나, 그렇지 않다면 부사를 써서 나타내면 된다. 고등학교 때 독일어를 가르치던 선생님께서 말씀하시길 독일어가 "가장 과학적인" 언어라고 했다. 당시 과학과 기술이 뛰어나다는 평가를 받던 독일인이 사용하던 언어라는 이유로 '과학적'이라 표현하셨을 것이다. 사실 '시간을 나타내는 부사구의 시제에 따라 동사형을 변화시키고 조동사가 선행하거나 완료형의 경우 동사원형을 맨 마지막에 위치하는' 이 엄청난 규칙은 과학적인 게 아니라 그냥 복잡할 뿐이다. 문법적으로 이야기한다면 기능의 중복이다. 동사의 시제변화, 위치, 부사구 하나면 그 기능이 밝혀지는 것이지 이 세가지를 동시에 다 쓴다는 것은 3중적 낭비요 비효율이다. 말레이어의 관점에서 보면, 많은 외국어들은 쓸데없이 복잡한 문법을 지녔다. 영어처럼 3인칭이나 복수, 독일어처럼 모든 인칭에 따른 동사의 변화도 물론 없다.

　말레이어에는 영어에서 찾아 볼 수 있는 수많은 불규칙 변화나 예외가 없다. 시제나 인칭에 따른 동사 변화 자체가 없으니 불규칙동사가 없는 것은 당연하지만, 명사의 복수형도 불규칙 변화가 없다. 통상적으로는 별도의 복수형을 쓰지 않지만, 굳이 써야 할 경우에는 두번 반복하면 복수형으로 변한다. 어머니 또는 아주머니의 뜻을 가진 '이부' (ibu)를 두번 반복하여 '이부이부' (ibu-ibu)라고 말하면, '아주머니들'이라는 말이 된다. 이 얼마나 멋있고 쉬운 활용법인가? 더욱이 동사, 형용사, 부사도 두번 반복하여 복수형으로 만들 수 있는데, 이는 행동의 반복이나 현상의 강화 등으로 의미로 바뀌어, 결과적으로 말레이 어휘는 '두배로' 풍부해지고 그 의미도 다채로워지는 것 같다.

　내가 느끼는 또다른 말레이어의 장점은 문장의 구조, 즉 어순에 있다. 우리가 영어를 배우면서 1형식, 2형식, 중문, 복문, 부사절, 형용사절을 따지느라 얼마나 많은 고통을 받았던가? 또 영어는 질문에 관계없이 항상 완성된 문장으로 이야기해야 하는 번거로움 때문에, 이에 익숙하지 못한 한국인들은 매번 완성된 문장을 만드느라 떠듬거리기 일쑤다. 인도네시아어는 적어도 구어체에서는 엄격한 어순이 없고, 문장의 구조도 매우 단순하다. 답을 할 때는 항상 필요한 단어나 어구만 이야기한다. 문장은 크게 주부와 술부로 나누어지고 이들간의 순서를 자유롭게 바꿀 수 있을 뿐 아니라, 각 부의 구성물인 어구들을 자유롭게 옮길 수 있다. 간단히 말하면, 가장 중요한 단어나 어구를 우선 뱉어놓고, 남은 부분들은 그냥 버리든지 아니면 뒤에다 (순서없이) 갖다 붙이면 끝이다.

이처럼 단순화해 설명하면 혹자는 언어란 게 그래서 어떻게 정확한 뜻을 전달할 수 있느냐는 질문을 하거나 심지어는 원시적 언어가 아니냐는 멸시까지 한다. 현대에 쓰이는 언어는 그 자체로 완벽한 언어체계이며, 기본적으로 인간의 언어에 원시언어와 근대언어가 따로 있을 수 없다. 어순조차 자유로운 말레이어의 구어체는 주부와 술부 간에, 어구와 어구 간에 떨어지고 올라가는 두가지 억양(intonation)을 삽입함으로써, 듣는 이에게 분명한 구분이 가도록 한다. 또한 억양처럼 구어체의 보조물이 결여된 문어체에서는 엄격한 규칙과 규율에 따르게 함으로써, 소통에 오해를 없앤다.

그냥 배우기 쉽다는 이유만으로 내가 말레이어를 사랑하게 된 것은 결코 아니다. 말레이어가 드러내는 사회적 의미와 이 말이 간직하고 있는 역사성을 알고 나면 말레이어가 위대한 언어라는 데 반론을 제기하기가 더욱 힘들어질 것이다. 말레이어는 평등(equality)한 언어이다. 일본어, 한국어, 자와어, 독일어 등에서 발견되는 말의 높낮이(speech level)가 없다. 신분, 노소, 남녀의 차이에 따르는 경어나 하대, 높임말이나 낮춤말이 없다. 자와어는 최소한 4개에서 13개에 이르는 높낮이가 있어 이 부분에서 세계 최고를 자랑(?)한다. 그런만큼 자와사회는 복잡하고 엄격한 신분사회라는 이야기인데, 자와인이 인구의 40퍼센트를 차지하는 압도적 다수 민족인데도 불구하고 인도네시아 총인구의 10퍼센트 미만이 사용하던 말레이어가 국어로 채택될 정도로 말레이어는 위대하다. 말레이어는 또한 일본어처럼 남녀간에 어법이 다른 그런 성차별적인 언어가 아니며, 아마 세계 어떤 언어도 따라가기 힘든 '성감수성이 높은 언어'(gender-sensitive language)이다. 말레이 고전 문학의 압권인 빤뚠(*pantun*)은 남녀간의 사랑의 감정을 주고받는 일종의 시조(時調)였다. 사랑과 나눔의 언어인 말레이어로부터 자연스럽게 생겨난 장르였다. 여성이 홀로 앉아 신세를 한탄하고 남을 원망하던 한국의 규방문학과 차이를 보인다. 말레이어 명사는 대다수 유럽의 언어들에서 찾아 볼 수 있는 성(sex)이 없음은 물론이고, 대명사나 심지어 친족 용어들에서도 남녀를 구별하지 않는다.

말레이어는 시장(market)을 통해 확산됐다. 그런만큼 정복이나 지배, 착취와 억압을 통해 보급되던 서구 제국주의 언어와 그 기원과 본질이 다르다. 시장의 언어는 교섭과 거래, 협상과 타협의 언어이기 때문이다. 말레이어의 우수성은 시장의 '자유경쟁'을 통해 이미 검증을 끝낸 셈이다. 또한 말레이어는 수백, 수천의 종족이 모여 거래하던 시장에서 발전, 진화한 언어인만큼 열린 언어였기에, 그 어휘 속에는 고유한 말레이어와 다양한 동남아 토착어를 중심으로 인도의 여러 언어들, 즉 아랍어, 중국어, 포르투갈어, 네덜란드어, 영어 등 말레이인들과 접촉한 모든 언어들이 유입되어 그 풍부함을 자랑한다. 말레이어의 개방성은 지금도 지속되어, 현대의 국제공용어로 자리잡은 영어와 기타 과학기술적 언어를 받아들이는 데 아무런 거부감과 어색함도 없다. 말레이어 속에는 고대부터 현대에 이르기까지 모든 주요 문명들이 녹아들어 있다. 제국주의 언어 속에 은닉된 민족주의적 기원, 식민주의적 폭력성, 서구중심주의적 편견은 말레이어에서는 설 자리가 없다.

국제공용어로서 말레이어의 우수성은 역사적으로 이미 오래전에 검증된 바 있다. 동남아에 식민주의가 침투하기 시작한 16세기 이전에 이미 동남아의 여러 민족들이 서로 소통하기 위한 언어(*lingua franca*)로 사용하던 말이 바로 말레이어였다. 말레이어의 확산 경로는 영어나 프랑스어처럼 정복이나 지배를 통해, 또는 일본어가 조선에서 하던 것처럼 폭력과 억압을 통해, 제국주의 언어를 강요한 경우와 근본적으로 다른 방식이었다. 말레이어는 시장에서 확인된 높은 효용 덕분에 그야말로 입과 입을 통해 자연스레 보급된 언어다. 말레이어의 이런 역사는 탈식민화와 독립 이후까지 이어져 다민족사회인 인도네시아, 말레이시아, 싱가포르에서 말레이어가 국어로 채택되기에 이르렀다. 그러나 말레이어가 동남아지역의 국제공용어로서 지위를 영어에 내주고 만 것은 어쩔 수 없었겠지만 무척이나 안타깝다. 유사한 현상이 한나라 안에서도 일어나고 있는데, 예를 들어 싱가포르의 재래시장에서 중국인, 인도인, 말레이인들이 말레이어로 의사소통하던 불과 20여년 전의 모습이 이제는 거의 사라지고 영어가 그 자리를 차지하고 말았다.

그래도 몇몇 나라에서 독립 이후 국어로 채택된 말레이어는 엄청난 속도로 국민들 속으로 파고들었다. 이중에서 특히 인도네시아어는 믿기지 않을 정도의 눈부신 성공을 거두었다. 독립 직후 불과 몇백만명 정도가 사용하던 말레이어는 불과 반세기여 만에 전민족에게 확산되어 이제는 인구 2억 4천만명 대부분이 구사하는 명실상부한 국어로 자리잡았다. (인도네시아어의 이러한 성공은 중국표준어〔普通話〕를 구사하는 중국인 비율이 전체 절반에 불과한 사실과 뚜렷이 대비된다.) 무려 20배 이상 성장한 셈이다. 이웃 말레이시아에서는 강제적인 언어정책으로 중국인의 거센 반발을 사기는 했지만, 말레이어는 비(非)말레이인에게도 널리 보급되어 영어를 능가하는 공용어로 발전했다. 최근 인도네시아에서 독립한 띠모르레스떼의 경우에는 인도네시아어가 침략자의 언어이긴 했지만, 이미 여러 종족간에 널리 보급되어 사실상 공용어 역할을 하는 까닭에 이를 업무어(working language)의 하나로 공인하는 수밖에 다른 도리가 없었다. 2차대전 직후 불과 천만명 정도에 불과하던 말레이어 사용인구는 그로부터 60년이 지난 지금 무려 3억으로 늘어나 세계에서 가장 급성장한 언어가 되었다. 결국 말레이-인도네시아어는 세계에서 네번째로 많이 쓰는 언어로 부상했다.

지금까지 길게 늘어놓은 이런 장점들 못지않게, 말레이어를 배우면 말레이어권 사람들로부터 끊임없이 받는 환대와 칭찬은 언어 습득의 가장 중요한 자극이자 유인책으로 작용한다. 말레이어를 익히는 과정은 다른 외국어를 공부하며 느끼던 좌절이나 모멸감을 말끔히 씻어주며 즐거움과 자신감을 갖게 해준다. 인도네시아인들은 외국인들이 인도네시아 말을 몇마디만 해도, 항상 밝은 미소와 함께 "와, 정말 인도네시아 말이 유창하네요"라며 찬사를 보내는 데 인색하지 않다. 난 이런 칭찬을 인도네시아어를 못할 때나 잘할 때나 자주 들어 이제는 정말 지겨울 정도다. 그러나 아이들 공부를 시키려면 꾸중보다 칭찬을 해야 하는 것처럼, 이런 찬사를 하루에도 몇번씩 받다보면 누구든 더욱 신이 나서 인도네시아어를 열심히 말하고 공부하기 마련이 아닐까? 이러한 경험은 내가 미국, 중국, 일본 어디에서든 그 나라 말을 더듬거리며 몇마디 했을 때 현지인들로부터 돌려받던 멸시의 눈초리와는 너무나 대조적이었다. 강대국의 대다수 사람들은 자국에 와서 그 나라말을 더듬거리는 외국인을 반갑거나 대견하게 생각하기는커녕 깔보고 귀찮게

여기는 경향이 있다. 그러니 외국어공부에 지치고 좌절한 사람들이여,
지금이라도 말레이어를 배우라.

제3장

관습과 사회제도

## 1. 가문과 혈통을 따지지 않는 사회

"나는 영산 신(辛)씨 초당공파 제29세손이며 5대 장손으로서 4대조 봉사를 한다." 이런 내 말을 들은 이들 중에는 "와, 뼈대있는 가문이구나"라든가 아니면 "이 사람은 양반 행세를 제대로 하는군"이라고 고개를 끄덕거릴 사람보다 "갑자기 무슨 개뼈다귀 같은 뼈대 이야기냐"라거나 "지금이 도대체 어떤 시대인데 아직도 고루하게 제사 타령이냐"며 비웃을 사람이 훨씬 많으리라 생각한다. 다른 사람이 이런 이야기를 하는 걸 만약 들었다면 나도 얼추 그런 반응을 보였을 것이다. 사실 우리집을 포함해 집안의 제사 관행을 개혁할 반역을 꿈꾸어온 지 벌써 10년이 넘었고, 유학자들이 비탄해 마지않는 호주제 폐지와 성씨의 자유로운 선택을 골자로 하는 민법개정운동은 일찍부터 지지해왔다.

내가 혈통과 가문에 집착하고 지금까지 제사를 주자가례에 따라 곧이곧대로 모시는 것을 잘못되었다고 보는 까닭은 흔히들 이야기하듯이 봉건제의 잔재이거나 시대착오적이라서 그런 것도 아니고, 조상숭배가 미신이라서 하느님의 뜻에 어긋나기 때문은 더더욱 아니다. 새해나 중추절을 맞아 조상에게 고마움을 표하고 기일에 가까운 선대들의 뜻을 기리는 일에 어찌 이념과 종교가 있을 수 있으랴. 선친이 별세한 뒤 무려 40년이 넘도록 그리고 아직도 자시(子時)가 되기를 기다려 제사를 모셔온 '골수(骨髓)'에게 그런 진부한 비판은 설득력을 발휘할 여지가 없었다. 그런 내가 개안(開眼)을 하게 된 계기는 20여년 전 동남아 연구에 입문하여 그 친족체계와 가족제도를 처음 접하면서 받은 충격 때문이었다.

내가 동남아에서 처음 살던 곳은 인도네시아의 자와(Jawa)섬이다. 이곳에 사는 1억 인구의 자와족, 순다(Sunda)족, 마두라(Madura)족 등은 성이 없다는 사실은 너무도 놀라웠다. 소수 왕족과 귀족 들은 성이 있기도 하고 최근에는 외국인을 흉내내 성을 만드는 집안도 있지만, 대다수는 그냥 이름 하나만 달랑 있을 뿐이다. 성이 없다니, 도대체 있을 법한 일인가? '성을 갈 놈'이란 말이 한때 한국인에게는 가장 큰 욕 중에 하나였었다. 그만큼 한국인의 정체성에서 가장 핵심적인 부분은 성씨일진대, 인도네시아인에게 성이 없다는 사실은 전통적 가문주의 사고에 젖은 나에게 큰 충격이었다.

사실 동남아인은 다수가 여전히 성이 없거나 지금 존재하는 성들은 근대 이후에 생겨났다. 지금도 인도네시아나 버마 사람들 대부분은 아예 성이 없고, 태국·라오스·필리핀 등은 모두 최근에 성씨들을 만들었다. 오늘날 필리핀인들은 대다수가 주로 스페인어로 된 성을 지니지만, 그 유래는 고작해야 4, 5대 이전으로 거슬러 올라가, 식민국가가 토착 인구를 쉽게 파악하고 통제하기 위해 강제로 성을 갖게 한 19세기 중반쯤에 시작되었다. 이보다 더 늦은 태국은 1913년 왕의 칙령으로 모두가 성을 갖도록 강제했는데 이 역시 근대국가 건설의 일환이었다. 말레이시아의 무슬림들은 모두가 '알리의 아들 무함마드'(Muhammad bin Ali)라는 식으로 자신의 이름과 아버지의 이름을 함께 쓰지만 어디까지나 성은 없다. 모두가 알라(Allah)의 자손이기 때문이리라.

성이 없으니 혈통이 있을 수 없고, 가문이나 집안이 그리 중요할 리 없다. 자신과 가족, 가까운 친척이 그들의 조그만 친족집단을 구성할 뿐이다. 우리처럼 이런 김씨, 저런 이씨 하면서 조상 중 몇사람이 급제를 하고 또 몇사람이 정승을 지냈냐며 자랑하고 비교할 일도 없다. 가문이 없다보니 '가문의 영광'을 쫓아다닐 필요없고, 그걸 위해 경력을 속이고, 떳떳하지 못한 기록을 감추고, 소신을 굽히면서까지 장관이 되고 국회의원이 되려는 자도 없다. 예외적으로 필리핀에는 지방의 토지를 나눠 소유하는 200여 '가문'이 있는데, 식민통치의 사생아인 이 가문주의가 바로 필리핀의 개혁과 발전을 막고 정치를 파행으로 이끌어온 망국의 뿌리가 됐다. 동남아에는, 우리 한국처럼 과거에는 전쟁 고아들을 지금은 늘어나는 미혼모나 이혼부부의 애들을, 남의 핏줄이라며 입양하기를 꺼려 해외로 몰아내는 일은 더더욱 없다. 동남아 사람들은 선진국 반열에 오르려는 한국이 세계 최대 해외입양아 '수출국'이라는 사실을 잘 납득하지 못한다. 그것도 그렇게 아들을 선호하는 나라에서 남아들만 주로 해외입양으로 내보내는, 역설적인 모순을 더욱 이해할 수 없을 것이다.

한국의 지극히 폐쇄적인 단일부계 혈통집단의 형성은 또다른 인구학적 문제를 낳았다. 바로 지나친 남아선호주의로 인한 남녀 성비의 불균형이다. 이제 한국의 성비는 일가구 일자녀 정책을 강요당한 중국사회에 못지않은 불균형 국가가 되었다. 게다가 2005년에는 출산율까지 1.08로 세계 최저로 떨어지는 또하나의 기록을 세웠으니 만약 이 추세가 지속된다면 남녀성비는 더욱 악화될 것이다. 작년에 국제결혼이 전체 결혼의 13.6퍼센트를 차지하고 특히 농촌지역은 36퍼센트에 육박했다고 하는데, 경제발전과 민주화에 이어 사회분야의 변화 속도도 세계적 기록을 세울 기세다. 지구촌이 하나로 통합되는 세계화시대에 이런식으로라도 한국사회가 '혼성화'되는 것은 장기적으로 바람직한 일이기는 하다. 다만 그 속도가 지나치게 빨라 단일민족을 외고 다닌 우리가 과연 이 엄청난 변화를 제대로 감당할 수 있을지가 걱정된다.

내가 폐쇄적 혈통집단에 기반을 둔 혈연주의에 반대하는 것은 이러한 사회적, 현실적 고려에서 비롯한 것만은 아니다. 인구감소는 고령화사회를 앞당겨 우리의 젊은세대에 큰 부담이 될 수 있고 생산력 저하로 우리의 국력이야 상대적으로 쇠퇴하겠지만, 인구증가율의 감소는 전인류의 공영과 미래를 위해서는 좋은 일이고, 한국 인구가 줄어 외국인력과 국제결혼이 늘어나는 것도 세계화에 발 맞춰 한국이 개방사회로 나아가는 길이라고 본다면 바람직한 현상이라 여길 수도 있기 때문이다. 내가 부계적 단계 혈통주의에 더 반대하는 것은 이를 역사적으로나 과학적으로 따지고 들면 그 근거가 지극히 의심스럽기 때문이다.

순수한 혈통주의는 모계사회만이 견지할 수 있다. 우리처럼 부계제를 통해 원래의 혈통이 이어졌다고 믿는 것은 지극히 비상식적이고 고지식한 생각의 소치이다. 족보를 가진 우리 성씨 대부분이 그 기원을 짧게는 고려시대, 길게는 무려 신라시대까지 잡고 있는데, 순수 혈통이 부계를 통해 수십세대, 천여년을 이어져왔다는 것은 억지요 어불성설이다. 이건 조상들의 윤리의식이나 사회규범이 강했느냐 약했느냐는 도덕적 문제가 아니라 인간의 본성이나 사회체계의 속성과 관련된 보편적 작동원리와 관계된 문제다. 반면 모계로부터 내려오는 혈통은 그 유지에 아무런 문제가 없다. '씨앗'의 주인을 밝히기 힘들어도 그것을 키우고 생산한 밭은 누구나 알 수 있다.

그럼 한국만이 간직한다고 그렇게 자랑하는 족보는 무엇인가? 조선조초 10퍼센트에도 미치지 못하던 양반 비율이 임진왜란이 끝나면서 무려 50퍼센트 이상으로 증가했다는 연구는 우리의 신분제가 극심한 혼란을 겪었음을 보여주고, 18~19세기 조선조말에 이르면 성이 없던 평민이나 노비들이 모두 성을 갖게(만들게) 되어 대거 족보가 모작(模作), 위작, 변조, 구매되는 계기를 제공하였다. 그 일례로서, 한국의 족보들을 보면 수많은 성씨의 시조들이 중국에서 동도(東渡) 또는 동래(東來)하였다는 주장을 하고 있고, 한결같이 '학사' 또는 '8학사'의 한 사람으로서 당, 송, 원나라의 사신으로 왔다가 신라나 고려 왕으로부터 관직을 받아 눌러앉았다고 기술하고 있다. 이런 사대주의적 중국기원 동도설을 밝힌 성씨가 수십개에 이르지만, 역사적 사료와 부합하는 것은 얼마나 되는지 극히 의문이다. 내 성인 영산 신씨의 시조 경(鏡)은 중국의 강서성 대유현 사람으로 북송대에 다른 7성(장, 곽, 지 등)과 의형제를 맺고 모두 이름을 경으로 한 뒤 8학사로서 함께 고려로 건너와

인종 16년에 금자광록대부 문하시중 평장사라는 엄청나게 들리는 벼슬을 했다. 벼슬을 한 사실이야 우리 사료에 있으니 거짓말이 아니겠지만, 중국에서 기원했다는 주장과 특히 내가 그 할아버지의 29대 자손인지에는 별 자신이 없다.

동남아 친족 이야기를 꺼내면서 우리의 혈통주의와 친족제도에 너무 열을 올린 것 같다. 내가 그리 유명하지 않기 망정이지 그렇지 않다면 한국의 명문세도가나 유림들로부터 항의가 만만찮을 수 있을 것이고, 심지어는 영산 신씨 문중에서 나를 파문하겠다고 들고 나올지도 모르겠다. 내가 이렇게 동남아의 친족, 가족, 여성 이야기를 시작하는 까닭은 이 제도들이야말로 동남아의 사회와 문화를 가장 특징적으로 보여주는 요소로서 특히 동북아 그중에서도 한국과 너무나 대조적인 양상을 보이기 때문이다. 동남아에 입문하던 나에게 신선한 충격을 던져주었던 그 흥미진진한 이야기를 좀더 해보겠다. 여기서 이런 생각이나 주장과는 모순되게 나는 왜 아직도 4대조 봉사(奉祀)를 하고 있는지도 밝히겠다.


## 2. 양성평등의 양변적 친족체계


내 어릴 적 기억은 온통 제사와 관련된 일로 가득 차 있다. 친척과 동네 아낙 들이 모여 고기를 굽고 전을 붙이던 일이며, 갓을 쓴 집안 어른들이 술병을 들고 도포자락을 날리며 집 대문을 들어서던 장면이며, 늘그막에 얻은 5대 장손이라고 친척들에게 큰절을 넙죽넙죽 시키시던 아

버지며, 날밤을 치고 문어다리를 다듬으며 건네주시던 째마리를 얻어
먹던 재미며, 눈을 비비고 세수를 연거푸 해대며 자정까지 잠을 참던
밤들이며, 심지어는 해방 후 최악이라던 사라호 태풍의 악천후 속에 추
석 차례를 지내던 기억에 이르기까지, 모두가 아직도 눈앞에 선한 것은
집안과 어른, 조상과 제사가 코흘리개를 벗어나지 못한 어린아이의 작
은 세계를 온통 차지해버린 까닭이었으리라. '좌포우혜 어동육서', '조
율이시 홍동백서' 웅얼거리며 진설(陳設)하는 법을 네댓살 나이 때부터
외우고 다녔다.

　하기야 1년에 무려 열세번씩이나 제사상을 차렸으니, 제주(祭酒)를
담그고, 장을 보고, 음식을 장만하여 제사를 지내고, 음식을 친척이나
동네 사람들과 나눠먹고 하는데 한달중 열흘은 족히 썼을 것이다. 두번
씩 기일이 있는 음력 6월과 10월이면 지난번 제사상에 올리던 생선과
나물을 다 먹어치우기도 전에 새것으로 준비해야 했다. 내 선친은 4대
조 봉사도 모자라 자식이 없는 외조부모 제사까지 모시는 외손 봉사까
지 하였으니, 기제사만 1년에 열한번이요—한분은 할머니가 두분이
셨다—설날과 추석의 차례까지 모두 열세번의 제사를 모셨다. 그러면
서 유년기의 내 뇌리에 깊이 새긴 가문, 집안, 제주, 장손에 대한 '근거
없는' 자부심과 '엇나간' 사명감을 장년기를 지나는 지금까지도 '심정
적으로는' 떨쳐버리지 못하고 있다.

　동남아 친족과 가족 이야기를 한다고 해놓고 왜 내 이야기만 주절주
절 쓰는지 모르겠다. 아마 바로 그저께 추석을 쇠면서, '욕되게도' 조상
들을 바다 건너 이곳 싱가포르로 '모셔 와' 제사를 모신 자괴심 탓이리
라. 내가 동남아인에게 한국문화를 설명하면서 이해시키는 데 가장 힘

들던 이야기가 바로 이 부분이다. 한국사람은 어떻게 조상의 내력을 알고, 왜 얼굴도 모르는 윗대 어른들의 제사를 지내는지, 왜 외가쪽 조상들은 모시지 않는지, 왜 아들들만 절을 하는지, 왜 큰아들이 더 중요한지, 이 모든 장면과 이야기들에서 도대체 딸들과 여자들은 왜 등장하지 않는지 이해를 못한다. 무엇보다도 (어느덧 옛 이야기가 되어가고 있지만) 장손을 보아 대를 잇고 제사를 지내게 하려고 수단과 방법을 가리지 않고 아들을 낳으려는 한국사람을 이해하지 못한다. 19세기말 동학과 갑오경장이 나던 해에 태어난 내 선친은 열다섯에 첫 결혼을 하여 두 부인에게서 아들 하나(돌도 지나지 못하고 죽었다)와 딸을 무려 열하나나 낳은 뒤, 환갑을 지낸 춘추에 드디어 나를 얻으셨다.

흔히들 동남아의 친족체계는 대개 '양변(兩邊)제'에 의존하고 있다고 한다. 어려운 말같이 들리지만, 동남아 사람들의 가계, 친척, 상속은 부계 한쪽만이 아니라 모계, 즉 어머니 쪽도 따진다는 뜻일 뿐이다. 우리의 친족처럼 오직 부계혈통만 따르는 게 아니라, 부모 양쪽으로 서로 알고 지내는 모든 친척들이 다 친족의 범위에 포함된다. 모계도 포함한다는 말은 여성이 친족체계나 가족제도에서 중요한 역할과 지위를 가짐을 반영한다. 부계혈통이 친족을 결정하는 한국과 달리, 먼 친척이라 할지라도 본인이 잘 알거나 가깝게 지내는 경우에만 친족의 범위에 해당된다. 반면에 생면부지의 사람도 본관과 성씨를 공유하면 '상상의' 혈통집단으로서 친족을 구성하는 한국의 관습이나 제도는 이와 크게 다르다.

이러한 양변제 친족이나 가족에서는 우리의 가부장적 부계제처럼 어머니가 딸자식 집에 가서는 오래 머물지 않고, 사위는 평생 '백년지

객(百年之客)'으로서 내 가족이나 집안이 될 수 없으며, 딸이 시집을 가 소박을 맞으면 돌아오지 못하고 자결하는 일은 없다. 내 부모처럼 굳이 아들을 낳으려고 그렇게 애쓸 필요가 없다. 아니 우리와 반대로 '딸이 재산'이란 금언이 있던 동남아에서는 딸을 아들보다 선호하는 종족사회의 수가 더 많았던 게 사실이다. 또한 이혼이나 별거하는 부부가 흔한 동남아에서 한부모 자녀들이 이모, 외삼촌, 외갓집 등에서 자라는 경우가 그 반대의 경우보다 많고, 전통적인 결혼관습을 보면 신혼부부가 새로 집을 마련해 나가지 않으면 대부분 신부 친정에 새살림을 마련하는 부처제(婦處制, uxorilocality)를 택하는 경우가 많다. 자와와 베트남에서는 부모가 늙으면 장자가 아닌, 결혼한 막내딸 가족을 집에 들여 함께 사는 경우가 일반적이며, 부모가 죽으면 집은 이 딸에게 상속된다.

양변제의 영향은 재산상속의 경우에 극명하게 나타난다. 얼마 전의 한국처럼, 동남아에서는 큰아들에게 모든 재산을 몰아주는 장자 우대도 찾아보기 힘들지만, 딸을 출가외인이라며 상속에서 제외하는 식의 아들딸 차별도 하지 않으며, 모든 자녀에게 똑같이 나눠 상속한다. 이러한 평등한 상속제도는 남성우월적인 세계종교들 — 특히 이슬람 — 이 유입된 이후나, 근대 이후 부계 중심의 성씨제도가 확립된 이후에도 여전히 효력을 발휘한다. 종교와 서구화도 재산상속에 있어 양성평등의 오랜 전통을 넘지는 못했다.

동남아에는 양변제에서 한걸음 더 나아가 모계제 전통을 갖고 있는 사회가 더러 있다. 인도네시아 음식 중에 가장 인기있는 음식인 빠당(Padang)요리로 이름을 날리는 미낭까바우(Minangkabau)족은 지금도 모계제를 고수하고 있는 종족 중 하나다. 서부 수마뜨라의 주도(州都)

이자 가장 큰 도시 빠당과 역사유적지 부끼띵기(Bukittinggi)와 그 주변 지역에 집단적으로 취락하고, 15세기에 현재 말레이시아의 느그리 섬빌란(Negeri Sembilan)주로 이주, 정착한 말레이인들의 선조이기도 한 미낭까바우족은 아직도 할머니-어머니-딸을 통해 '수꾸'(suku)라고 불리는 가계가 승계되며, 재산 상속도 모계를 따라 이뤄지는 것으로 유명하다. 아들은 소년이 되면 집에서 식사나 노동 등 일상생활을 하지만 잠은 동네 사원에 나가 자고, 결혼 후에는 처갓집에서 수년간 데릴사위 노릇을 하는 전통이 있다. 16~17세기 이후로 이슬람을 받아들여 아쩨(Aceh)족 다음으로 독실한 무슬림들이 되고, 돈을 벌기 위해 고향을 떠나 도시나 타지로 이주하는 전통과 관습 탓으로 모계제 사회의 특성이 많이 약화된 결과, 딸과 아들에게 균등하게 상속하는 경향이 근대 이후 생겨났다. 그래도 우리의 성씨와 유사한 수꾸만큼은 여전히 어머니의 것을 받아들이는 모계제를 철저히 유지하고 있다. 성씨가 없거나, 최근 성씨를 만들었거나, 아니면 어머니 성씨를 따르는 동남아인이 보면 호주제 폐지를 둘러싼 길고도 격렬한 갈등을 빚었던 한국사회를 이해하기가 힘들 것이다.

동남아의 친족체계만큼이나 가족제도 역시 우리와는 사뭇 다르다. 동남아 전통사회를 다른 사회와 뚜렷이 선을 긋는 가장 중요한 특징의 하나가 바로 동남아의 핵가족이다. 서구사회를 비롯하여 동북아사회가 대개 산업화하면서 핵가족이 생겨나고 이전 전통사회에서는 대가족제도를 유지했지만, 동남아는 전통사회에서부터 핵가족을 고수하고 있었다. 부부와 미혼자녀로 구성된 이 핵가족은 이전에 언급한 바 있는 '희소한 인구와 무한한 토지'라는 천혜의 생태조건 덕분에 태초부터 가능했던 것이다. 마을에서 새로운 부부가 탄생하면 마을사람들 대여섯 사람이 사나흘 뚝딱거리면 소박한 주상가옥 한채를 거뜬히 지을 수 있으니, 이른바 신처제(新處制, neolocality)가 동남아의 전형적 주거방식이 된 것도 바로 이러한 환경과 물적 토대 덕분이다.

동남아의 가족은 대체로 미혼자녀를 포함하여 대여섯명의 성원으로 구성되는 소규모를 유지했다. 이른바 농업의 집약화로 많은 노동력이 필요하게 된 19세기 이전까지는 그러했다. 경우에 따라서는 형제자매, 사촌, 조카들이 함께 살기도 했지만 다른 사회처럼 대가족을 형성하지는 않았다. 왕족이나 귀족을 제외하면 모두 일부일처제를 유지했고, 자식은 두셋만을 낳는 일종의 '가족계획'을 시행하였다. 동남아여성들의 다양한 피임법과 낮은 출산율은 역시 여성의 높은 사회적 지위를 반영한다. 어찌 보면 과거의 동남아여성이야말로 오늘날 페미니스트들이 지향하는 그런 여성상을 이미 보여주고 있었다고 할 수 있다.

동남아가족에서 아내와 어머니는 한국의 어머니보다 훨씬 폭넓은 범위의 사회적·경제적 활동과 역할을 수행한다. 전통사회에 가장 중요한 생산부문인 논밭과 상업부문인 시장에서 주도적 역할을 담당한 여성들이었으니 가계의 경제권을 장악하고 있었던 셈이다. 자식들과의 관계에서도 훨씬 더 친밀하고 영향력있는 위치에 있었으니, 동남아가족의 가장은 아버지가 아니라 어머니라고 단정지어도 큰 과장은 아니다. 그래서 부부가 이혼을 해도 아버지를 따라가는 자식은 거의 없었고, 대다수가 어머니나 외가의 손에서 키워졌다. 근대국가의 표준화가 가져다준 공식적·제도적 부가장제(patriarchy)에도 불구하고 실제에서는 모가장제(matriarchy)를 벗어나본 적이 없다고도 할 수 있다.

양변적 친족체계를 가진 동남아에서 가족의 '성원제'가 엄격하지 않고 경계가 다소 모호함을 두고, 서양학자들은 동남아가족이 "불안정"하다고 이야기한다. 특히 식민지시기까지만 해도 40~50퍼센트에 이르는 높은 이혼율을 기록했으니, 기독교적 가족관에 젖은 서양인의 눈에 그렇게 비쳤을지도 모르겠다. 그러나 자발적 사랑에 바탕한 평등한 부부관계를 유지해온 동남아의 가족제도는 '가변적'이거나 '유동적'일 뿐 아니라 '융통성'이 있고 '인간적'이기까지 하다고 주장하고 싶다. 가문의 명예 때문에, 주위의 눈이 무서워, 직장에서 밉보일까봐, 무엇보다도 자식 탓에, 억압적이고 가식적으로 유지되는 다른 사회의 가족이나 부부와는 근본적으로 다르지 않은가? 동남아의 친족체계, 가족제도, 부부관계에도 모순과 억압 그리고 불평등의 바람이 불어오는데, 그 계기는 서쪽으로부터 유래한 유일신을 믿는 외래종교의 전파 때문이다. 적어도 동남아에서만큼은 모든 세계종교가 여성 억압적이었다.


## 3. 자유로운 결혼과 이혼의 전통


동남아 친족과 가족 체계를 제대로 이해하려면 결혼과 이혼 제도를 들여다보지 않을 수 없다. 결혼 이야기면 됐지 뭐 별스럽게 이혼까지 이야기하려고 하느냐라고 할지 모르지만, 동남아의 이혼은 사실 좀 별스러운 데가 있어서 다뤄보고자 한다.

2006년 9월 내가 연구년을 보내고 있던 싱가포르국립대의 아시아연구소 주최로 국제결혼을 주제로 한 국제회의가 열렸다.[16] 앞아서 귀동

전통의상을 입은 말레이시아의 신랑 신부. ⓒ 이재현

냥을 해보니 과거 동아시아 신흥공업국(NICs)으로 각광을 받았던 나라들에서 요즈음 국제결혼이 부쩍 늘고 있다고 한다. 싱가포르, 대만, 한국 등에서 유사한 양상을 보이는데, 모두 자기보다 못사는 나라에서 신부를 데리고 오며 특히 대만과 한국에서는 현재 베트남 신부가 인기라고 한다. 이들 나라에서 국제결혼은 한때 필리핀 신부들을 많이 맞았던 일본보다 지금은 그 비율이 월등히 높다. 한국의 국제결혼을 보면 남자들이 외국에서 신부를 데려오는 경우가 대부분인데, 이중에서도 베트남이나 필리핀 등 동남아국가에서 시집오는 신부가 큰 비중을 차지한다. 그래서 말이지만 동남아 신부들을 맞는 한국 신랑들이 동남아의 결혼 풍습을 좀 알고 신부를 맞게 되면, 결혼 생활이 좀더 순조롭지 않을까 생각한다.

　동남아 신부들과 이들을 신부로 들이는 한국남성들을 곱지 않은 눈으로 보는 사람들이 많다. 사랑이 아니라 돈이 매개가 되었다는 비난이다. 통상적인 우리네 결혼은 얼마나 순수한 사랑으로 맺어지는지, 또 얼마나 오랫동안 그 사랑이 지속되는지 확신할 수는 없지만, 동아시아에서 불고 있는 국제결혼 바람은 다른 요인들이 크게 작용하는 것은 사실이다. 그중에서도 돈에 관한 이야기부터 해보자.

우리에겐 혼수라고 불리는 '결혼지참금'(dowry) 관습이 있어 가끔씩 말썽이 생긴다. 지참금제도는 현대에 들어 그 취지와 양태가 크게 변질됐지만, 우리뿐 아니라 가부장적 전통이 강한 부계혈통 사회에서 흔히 발견된다. 지참금 이야기가 나오면 인도를 빠트릴 수 없는데, 인도에서는 지참금을 충분히 가져오지 않은 신부를 살해하는 경우까지 있어 지참금을 금지하는 법까지 만들었다. 우리도 최근까지만 해도 '열쇠 세개'니 하는 호화 혼수가 인구에 회자되기도 했고, 또 혼수문제로 부부싸움이 이혼으로 비화했다는 기막힌 기사들도 더러 접하는데, 최근에는 이런 이야기가 쑥 들어간 걸 보니 아마 남녀성비의 불균형으로 신부감이 귀해져서 이런 악습이 줄어든 게 아닐지.

어쨌든 동남아에는 정반대의 관습이 있다. 바로 '신부대'(bride-wealth)라고 번역되는 것으로, 마음에 드는 신부감으로부터 결혼 동의를 받으면 신랑은 신부측에게 돈이나 금 또는 다른 현금가치가 있는 것을 제공해야 신부측의 허락을 얻게 되는 관습이다. 만약 그럴만한 재력이 없으면 데릴사위로 들어가 수년간 일을 해주며 처가살이를 해야 했다. 많은 경우에는 신부대로 받은 돈을 신부 부모나 가족이 갖는 것이 아니라, 신부가 자기 몫으로 간직했으니 '신부대'보다는 한국과 정반대의 지참금으로 보는 것이 옳을지 모르겠다. 그래서 말인데, 만약 한국의 신랑들이 동남아에서 신부들을 구해올 때 처갓집이나 신부측에게 돈을 좀 주었다 할지라도 신부 쪽에서 이를 고맙게 생각하거나 아니면 딸을 '팔았다'고 나쁘게 생각하지도 않을 터이니 그리 괘념치 말 일이다. 어쩌면 신부대 관습을 잘 아는 한국 사위를 기특하게 생각할지도 모를 일이다. (그런데 베트남은 다른 동남아국가들과는 달리 남성우월주의적 중국의 영향을 오래 받은 탓에 신부대의 관습이 3~4세기 전에 사라졌다 한다.)

여하튼 동남아의 신부대는 이슬람과 기독교 성직자들로부터 애꿎게도 '인신매매'라는 오해를 받아 '금지'를 당하는 운명에 처했는데, 실은 그후에도 동남아 전지역에 걸쳐 사라지지 않고 널리 통용되고 있었다. 왜 다른 곳과 달리 동남아에서는 신부대가 깊은 뿌리를 내렸을까? 그것은 다음 두장에 걸쳐 자세히 이야기하겠지만 여성의 높은 '가치'와 지위가 사회 관습과 제도에 반영된 결과다. 주로 여성들이 논밭과 장터에서 경제적 부를 창출하던 동남아 전통사회에서 이들의 지위가 남성 못지않게 높고 그런만큼 여자가 귀중하게 여겨진 것은 당연하다. 또한 신부대의 관습이나 여성의 높은 지위는 앞에서 논한 동남아에서 보편적인 핵가족제도와도 밀접한 관련이 있다. 시부모를 모시고 살지 않으면 아내가 가정의 최고권력자로 '등극하는' 것은 우리에게도 이제 자연스런 가족현상이 아닌가?

결혼 과정과 생활에서 여성들의 지위는 상대적으로 자유로운 이혼으로 이어진다. 앞에서 동남아 이혼은 별스러운 데가 있다고 했는데, 그것은 이혼이 예로부터 유별나게 많다는 의미다. 근대 이전 서구나 동북아의 전통사회를 보면, 여성이 이혼한다는 것은 있을 수 없는 일이었다. 반면 같은 시대에 동남아에서는 여성이 남편에게 자유롭게 이혼을 요구할 수 있었고, 또 이혼한 뒤 재혼, 삼혼하는 것을 마다하지 않았다. 도시보다 더 전통적이라 이혼을 '당'하면 '남부끄러워' 살 수 없는 한 국 농촌과 달리, 동남아에서는 지금도 농촌에 가면 이혼을 하고 애들을 키우는 당당한 20대 여성들을 흔히 볼 수 있다. 재미있는 것은 여성이 이혼을 요구하게 되는 경우에는 신부대를 신랑에게 돌려주는 관습이 있으니, 우리가 흔히 이혼할 때 여자 쪽에 위자료를 지급하거나 재산을 분할하는 것도 그 이치는 같은데 방향만 정반대인 것이다. 동남아에서 는 근대 이후 비록 세계종교와 근대국민국가가 결혼, 부부, 가정을 신 성시하고 법제화했지만, 아직도 이혼이든 (사실상 이혼인) 별거든 다 른 사회보다는 더 흔하게 발견된다.

종종 이슬람교를 믿는 국민이 다수인 인도네시아, 말레이시아, 브루나이 같은 나라에서 여성들이 보호받지 못해 이혼이 많지 않을까 하는 이야기를 듣곤 하는 데 이는 사실과 거리가 먼 억측이다. 결혼을 네번까지 할 수 있도록 이슬람 율법은 허용하고 있으나, 이는 상당한 재력이 뒷받침돼야 하며 모든 아내에게 똑같이 대우를 해줘야 하는 무척 까다로운 조건 때문에 극소수를 제외하고 보통사람들에겐 중혼(重婚)은 꿈도 못 꿀 일이다. 비록 이슬람교가 남편에게만 이혼을 요구할 수 있는 권리를 부여하고 있기는 하나, 이혼을 원하는 남편을 억지로 잡아두는 동남아 아내도 흔하지 않으니, 이슬람교가 이혼을 부추겼다는 주장도 그리 설득력이 없다. 결혼을 못해 목을 매고, 사랑을 받아주지 않는 사람을 스토킹하는 것은 동남아에선 해괴망측한 일에 속한다. 이혼이 쉽고 흔한 것은 동남아의 문화요 관습 탓이다.

한편 한국의 결혼을 보면 동남아와 극명한 대조를 보인다. 두사람이 결혼하는데 다른 사람들의 반대나 방해가 얼마나 심하면 우리 텔레비전 드라마는 온통 사랑, 결혼, 시부모와의 갈등, 이혼 이야기뿐이겠는가. 결혼에 이르는 과정이 아직도 얼마나 끔찍하면, 혼자 사는 독신들이 갈수록 많아질까? 이혼하기가 얼마나 힘들면 — 법적으로는 아닐지 몰라도 심리적으로나 사회적으로 — 이혼을 한 부부는 서로 원수가 되고 마는 걸까? 결혼제도가 엄격하고, 독신과 결혼, 결혼과 이혼 사이의 선이 명확한 한국사회에 살다가 동남아에 와보면 결혼관습이 느슨한 것처럼 보여 편안하게 느껴지는 것은 어쩔 수 없다.

동남아가 다종족 사회이다보니 다른 종족, 민족 간에 결혼이 흔할 수밖에 없고, 국제결혼에 대해서도 별 거부감이나 금기가 없다. 국제결혼은 오히려 부러움의 대상이 된다. 결혼이 문화와 국경을 넘나들다보니, 결혼한 경험이나 나이의 차이 따위는 별 문제가 되질 않는다. 페미니스트들은 분노할 일이지만, 60대 노인이 재혼, 삼혼을, 또는 회교도라 두번째, 세번째 부인으로 20대 젊은 신부를 맞아들여 화려하게 결혼하는 일이 종종 있다. 그래도 동남아에서 결혼에 부모가 결사 반대했다는 이야기를 들어본 적이 없다. 어느 사회나 있기 마련인 극소수의 귀족이나 엘리뜨 가문을 빼고는 자식의 사랑에 조건을 따지지 않는다. 결혼의 조건도 별 까다롭지가 않지만, 결혼의 형태 또한 다양하고 틀에 매이질 않는다.

앞에서 말한 국제결혼에 관한 회의에서 요즈음 싱가포르에서 사회문제가 되고 있는 '바땀(Batam)섬 신부' 사례가 소개됐다. 싱가포르 남성들이 여기서 배를 타면 1시간 이내에 갈 수 있는 인도네시아의 바땀

섬이나 그 주변 지역에 인도네시아 젊은 여성들에게 살림집을 사주고 생활비를 대주며, 주말이면 찾아가 부부생활을 하고 주중에는 싱가포르에 돌아와 일하고 일상생활을 영위하는 식이다. 문제는 인도네시아의 이런 섬들이 대개 싱가포르 남성들이 드나드는 환락지고, 많은 '신랑'들이 기혼자거나 노인이어서, 매매춘인지 결혼인지 구분하기가 쉽지 않다는 것이다. 그래서 이미 적지 않은 인권단체와 여성단체 들이 이를 고발하고 나섰다. 그런데 회의에서 이 사례를 소개하고 분석한, 호주의 한 대학에서 법학을 가르치는 영국인 여성교수는 이 사례를 결혼의 한 유형으로 규정했다.

동남아의 결혼은 일시적 동거로부터 제도화된 것까지 다양한 유형들이 뚜렷한 경계없이 일련의 스펙트럼을 이루고 있으며, 이들간의 구분이 그리 명확한 게 아니다. 더구나 이러한 유형들에 대한 도덕적, 윤리적 비교평가 역시 그리 차별적이지 않은 것 같다. 한·중·일 사이에 사회적 문제가 되고 있는 '현지처(現地妻)'는 도덕적으로 비난받아 마땅한 매매춘 행위임에 틀림 없지만, 과거 동남아에 있던 이와 유사한 형태의 남녀관계는 사회적으로 용인된 결혼 유형이었다.

몬순이라 불린 계절풍을 따라 교역활동이 활발하던 동남아에는 중국, 인도, 아랍에서 몰려든 상인들이 바람의 방향이 바뀌어 고향으로 돌아갈 때까지 한 계절을 동남아에서 살았다. 이런 상인들은 동남아에 사는 한 절기 동안 현지여성과 '결혼'하여 함께 살았다. 매년 같은 시기에 돌아와 아이를 낳고 살며 가정을 꾸미는 '철새' 가족도 있었지만, 그때 그 계절에 함께 살다 헤어지는 한철 '부부'가 대부분이었다. 물론 여성은 그 댓가로 일정한 재산을 받았으니, 요즈음 갑부로부터 큰돈을 받고 몇달간 동거를 해주는 젊은 여성들처럼 보일 수도 있겠다. 어찌 보면 '현지처'의 전신이요, 어찌 보면 '계약결혼'의 원조같이 보이기도 하는 이러한 '일시적 결혼'에 대해 아마 다른 사회라면 따라붙을 저주나 비난이 동남아에서는 들리지 않았다. 더군다나 이들에게도 결혼한 부부의 예가 엄격히 적용되었다. '일부일처'만 허용됐으며, '남편'이든 '아내'든 외도하는 것은 '이혼'사유가 되었다.

반면 어떤 형태든 결혼하지 않은 총각처녀들의 사랑은 정신적으로나 육체적으로나 자유로웠다.


## 4. 스스럼없고 자유로운 쌍방향의 성과 사랑

이렇게 붙여놓은 제목을 보고 어쭙잖게 무슨 작가 흉내냐며 코웃음을 칠지 모르겠다. 사실 동남아인의 성이라고만 하자니 별 야한 이야기도 아닌데 괜스럽게 기대감을 부풀릴 것 같고, 그렇다고 동남아인의 사랑이라고 하자니 그만큼은 고답적이거나 문학적인 이야기도 아니라, 어떡할까 고민하다가 그냥 두가지를 제목에다 다 쓰기로 했다. 더욱이 동남아인의 남녀관계에서는 사랑과 성 사이의 간격이 그리 넓지 않기 때문이다. 우리에게도 이제는 사라졌음직한 정신적인 사랑이니 플라토닉(Platonic) 러브니 하는 것을 동남아에선 더욱 찾아보기 힘들고, 쫓아다니며 슬슬 '찔러'보거나 한두번 추파를 던져보기는 해도 끈질긴 스토킹이나 변치 않는 짝사랑을 했다는 이야기는 별로 들어보질 못했다. 열다섯 앳된 황진이를 몽매간에도 잊지 못하다가 죽었다는 젊은 서생에 관한 일화는 동남아인에게는 당치도 않은 이야기로 들릴 것이다. 근대에 들어 이슬람교나 기독교와 같은 외래종교들이 정조와 순결을 강요하며 여성들의 성을 묶고 숨기게끔 하기 전에는 남녀간의 성은 사랑의 자연스런 표현이었고, 그러한 전통의 잔재는 아직도 동남아인의 성문화에 깊이 남아 있다.

동남아인의 성과 사랑에는 두가지 특성이 있다고 생각한다. 하나는 자유로움이요 다른 하나는 상호성이다. 우선 자유로움이란 억압된 성이나 억제된 사랑이 부재함을 뜻한다. 동남아인의 사랑을 보고 있노라면 그렇게 편할 수가 없고 어찌 보면 쉽게 사랑에 빠져들고 또 사랑을 쉽게 잊는다는 느낌을 자주 받는다. 동남아의 젊은이들과 함께 공동생활을 해보면, 누가 누구를 끔찍이 짝사랑하여 상사병을 앓고, 끈질기게 쫓아다니며 작전과 공세를 펴고, 손을 잡고 포옹하고 입맞추는 단계를 밟고 하는 따위의 시끄러운 소문이나 추문 없이 아무도 눈치채지 못한 사이에 연인관계로 발전해 있는 모습들을 흔히 보게 된다. 자연스럽게 은근슬쩍 사랑하는 관계로 발전한다. 동남아인과 사랑에 빠진 외부인들은 동남아 애인들이 그렇게 '달콤하고 부드러울 수가 없다'고 묘사한다. 발리와 같은 관광지를 가보면 검은 윤기가 나는 피부에 머리를 길게 기른 날씬한 현지의 젊은 남성들이 외국 여성관광객을 오토바이에 모시고 다니며 이곳저곳 관광안내를 하고, 싼값으로 쇼핑도 할 수 있게 도와주며, 심지어 잠자리까지 봐주는 그야말로 '풀코스' 써비스를 하는 '변태 가이드업종'까지 있다. 이들의 써비스가 얼마나 좋았던지 응우라라이(Ngurah Rai)공항에서는 이별을 못내 아쉬워하며 부끄러움도 잊고 눈물 짓는 외국여성을 심심찮게 볼 수 있다.

'지독한 사랑'에 탐닉하고 '치정살인'을 서슴지 않는 우리 눈에 동남아의 사랑은 그저 불장난 같고 깊이가 지나치게 얕아 보일지도 모른다. 외부인 눈에는 좋으면 만났다가 싫어지면 또 쉽게 헤어지는 '무책임한' 사랑으로 비춰지기도 한다. 13세기말 앙코르왕국을 방문한 원나라 관리 주달관(周達觀)은 캄보디아의 "여인들이 매우 쎅스를 밝히고〔多淫〕(…) 일 때문에 (…) 남편이 열흘만 집을 비워도 '내가 귀신이 아닌데 어떻게 혼자 잘 수 있단 말인가?'〔我非是鬼如何孤眠〕라고 불평을 하기 십상이다"라고 비난했고, 앞에서 언급한 한 일본전공 인류학자는 태국인을 보고 "헤프다"(loose)라는 표현을 쓰기도 했다.[17] 이들의 비판이 성모럴이나 남녀관계에 대해 엄격하고 보수적인 유교사회나 일본인의 관점을 드러낸 것이라 할지라도 동남아인의 사랑이 과거에는 ― 그리고 지금도 어느정도는 ― 다른 어떤 사회에 비해 자유로웠던 것만은 사실인 것 같다. '참을 수 없는 존재의 가벼움' 같아 보이는 게 동남아인의 사랑이다. 그러니 춘향전과 '도미의 아내' 설화 같은 열녀 이야기는 동남아에서는 별 호소력이 없다. 오히려 오랫동안 애인이나 아내를 내팽겨둔 남자에게 책임과 비난의 화살을 돌리는 이야기가 훨씬 흔하다. 그래서일까? 동남아의 남녀관계에는 사랑―성관계―결혼 사이가 무척 짧고 이혼도 매우 흔한 일인지 모르겠다.

동남아인의 사랑을 특징 짓는 두번째 요소는 남자에서 여자로 혹은 반대로든지 일방적으로 흐르는 관계가 아니라 서로가 사랑을 주고받는 쌍방향 관계라는 점이다. 쌍방이 아닌 사랑이나 성이 어찌 있을 수 있느냐며 반문할지 모르겠지만, 내 말은 관계 속에서 사랑이나 성을 표현하고 실행하는 일에 쌍방 모두가 대등하게 적극적이란 뜻이다. 그렇다면 남성의 역할이나 행동이 앞서는 것이 여러 문화를 통틀어 보편적 현상이니, 결국 동남아에서는 여성의 자율성이나 적극성이 상대적으로 더욱 돋보인다.

대등관계와 여성의 적극성은 바로 사랑이나 성의 담론에서 표출되는 여성의 대담함에서 잘 드러난다. 이것을 잘 보여주는 중요한 예가 바로 동남아 여러 나라에서 보편적인 구전문학의 한 유형으로 전해 내려오는 4행시다. 말레이어로는 빤뚠 그리고 타이어로 람(lam)이라 불리는 이 시는 남녀가 서로 순서를 바꿔가며 상대방의 시구에 운과 뜻을 맞춘 대구로 응수하여 읊어가는 문학 형태로, 단연 사랑과 성이 다른 소재를 압도한다. 빤뚠에서는 성행위에서 상대방을 주도하거나 무능을 조롱하는 '음란한' 내용도 많이 발견되는데, 이는 전통적인 말레이 문화에서 여성이 성적으로 얼마나 자유로운가를 잘 보여준다. 필리핀으로 가면 세부어로 발락(balak), 따갈로그어로 발락따산(balagtasan) 등으로 불리는 공통의 장르가 널리 발견되는데, 이는 시·노래·춤이 함께 곁들여진 일종의 오페라나 뮤지컬이라고 할 수 있고 주제는 남녀 상열지사(相悅之詞)가 주류를 이룬다. 지금도 동남아에서는 성에 관한 농담이 매우 발달해 있고 남녀간에 성적인 대화가 스스럼없는 것은 이런 전통 때문이 아닌가 생각한다.

지금은 사라지고 없지만 불과 100~200년 전만 해도 동남아에 광범하게 퍼져 있던 독특한 풍습 하나는 동남아여성들이 성적 자유를 얼마나 적극적으로 누리고 있었는지를 잘 방증한다. 남성 성기의 귀두 표피 주변에 조그만 구슬 알로 만든 금속을 삽입하는 이 풍습은 동남아 전지역에서 신분과 상관없이 찾아 볼 수 있었다. 한국에서도 한때 감옥이나 군대에서 극소수 남자들이 비슷한 행위를 했다 하나 동기는 달랐다. 동남아의 왕족이나 부유층은 귀금속을 사용하여 매우 정교하고 아름다운 형태로 삽입물을 만들었다고 한다. 주로 금을 이용해 염주 알 크기만한 종을 만들고 그 안에다 모래알을 넣어 소리를 나게 했다. 포르투갈의 식민지 관리던 뻬레스(Tome Pires)는 멀라까(Melaka)를 방문하는 버고(Pegu; Bago) 상인들의 모습을 생생하게 '들려'주는데, 황금의 나라 버마에서 온 이들은 최대 9개까지 금으로 만든 종을 달고 다녀 걸음을 땔 때마다 "아름다운 트레블, 콘트랄토, 테너"의 3중 화음을 내어 "우리 말레이 여인들이 이를 매우 즐거워했다"라고 적고 있다.[18] 여인들이 그 아름다운 소리 때문만에 즐거워한 것은 아니었을 것이고, 이러한 삽입물을 통해 증대되는 성적 쾌감에 대한 상상 때문이라는 것은 두말하면 잔소리다. 동남아여성들이 성적 쾌감을 극대화하는 자유와 권리는, 여성의 쾌감을 박탈하고자 음핵을 자르던 아프리카나 중동의 풍습과는 정반대로 쾌감을 높이는 방향으로 그것을 돌출시키는 할례풍습이 동남아 여러곳에 있었다는 사실에서도 알 수 있다. 어쨌든 여성은 물론이고 남성의 성생활까지 즐겁고 풍요롭게 하던 이 남성의 '씸벌' 수술과 여성 할례풍습은 이슬람과 기독교가 들어오면서 사라졌다.


## 5. 지위가 높고 활동이 적극적인 동남아여성

동남아사회를 이야기하면서 가장 두드러진 특징 하나만을 꼽는다면 뭐니뭐니해도 바로 여성의 힘이다. 이제까지 그 의미를 전달하고자 노력한 혈통, 친족, 가족, 결혼과 이혼, 성, 사랑 등의 내면을 들여다보더라도 핵심에는 자율적이고 적극적인 여성의 모습이 자리잡고 있음을 알 수 있다. 비록 동남아여성이 아무리 지위가 높아 보았자 남성보다 위에 있지는 않다는 한계와 세계종교·자본주의·근대국가가 동남아에 확산되고 침투한 근대 이후로 전통적 여성상이 크게 약화됐다는 사실을 인정할지라도, 동남아여성의 힘은 정치·경제·사회·문화 분야의 이곳저곳에서 오늘날에도 여전히 강하게 느낄 수 있다. 그래서 그런지 학문의 세계에서도 동남아를 연구하는 이들 중에는 여성학자들이 유달리 많은 게 사실이다. 특히 내가 주로 공부해온 인도네시아 지역연구에서도 여성이란 주제를 가장 집중적으로 다루는 문화인류학 분야는 여성학자의 비중이 절반을 훌쩍 뛰어넘을 정도다. 활기차고 당당한 동남아여성의 이미지가 당연히 많은 여성학자들을 동남아 연구로 유혹했으리라.

동남아를 처음 여행하는 외국인의 눈에는 남자들은 곳곳에 둘러앉아 잡담이나 하며 빈둥대는데 여자들만 집안일과 바깥일을 열심히 하고 다니는 모습이 신기하게 느껴질 것이다. 특히 동남아의 소도시나 농촌지역에서 더 흔하게 이런 모습을 접할 수 있는데, 아무래도 자기 잣대로 다른 사회를 보기 마련인 외국인들은 동남아남성이 여성을 일방적으로 착취하는 것으로 오해하기 십상이다. 그러나 동남아여성이 활동적·적극적이기 때문이지, '남성적 폭력'을 독점한 근대국가가 뒷받침하고 '자본주의적 착취'가 자행되는 상황에서 '힘이 센' 남성이 '힘없는' 여성을 착취하는 그런 일방적 관계는 아니다.

동남아남성의 노동과소 현상은 사실 동남아의 문화와 전통 속에서 형성되어온 남녀간의 역할분담론에 부합하는 남성의 일거리를 현대의 사회와 경제가 충분히 제공해주지 못하기 때문이다. 반면 동남아의 여성상에 맞는 일거리는 예나 지금이나 넘쳐흐른다. 한국의 전통농촌 여성처럼 가사일을 담당하고 채소재배와 모심기나 잡초뽑기 같은 농사일을 하는 수준을 넘어, 시장에서의 상거래, 쟁기질을 제외한 모든 논농사일, 도자기굽기, 조상숭배나 영매 같은 전통적 종교활동까지 여성의 몫이다. 이중 핵심은 시장에서의 주도권인데, 이는 써비스 부문을 여자들이 전담하고 있기 때문이고, 그러다보니 제조업 분야의 성장이 더딘 동남아에서 특히 농촌에서는 남성들이 일감을 찾기가 쉽지 않다.

남녀간의 역할분담이라는 표현을 썼지만, 동남에서는 그 분업이 상하가 있는 계서적 우열관계가 아니라 대등한 수평적 관계라는 점이 매우 중요한 특징이다. 또한 동남아인은 남녀관계가 대립적이고 갈등적인 관계가 아니라 상호보완적이며 조화로운 관계라는 관념을 갖고 있다. 그래서 내가 자주 인용하는 리드(Anthoy Reid)교수는 남성과 여성이 "우주이원론(cosmic dualism)의 본질적 두 요소"로서, 양자간의 통일을 통해 "강력한 이상의 극치"(powerful ideal)를 성취한다고 해석했다.[19] 즉 하나 더하기 하나는 둘이 아니라 그 이상의 씨너지효과를 낸다. 그래서 동남아의 양성(gender)관계를 전근대시기 속에서 집중적으로 관찰한 안다야(Barbara Watson Andaya)교수도 그 관계가 "변증법적이고 상호의존적이며 상대적으로 평등한 관계"라고 결론지었다.[20]

주지하다시피 동남아에서는 민주화의 물결이 밀려온 20여년 전부터 이미 여성대통령을 배출하기 시작하였다. 필리핀에서는 1986년 마르꼬스(Ferdinand Marcos) 독재정권을 무너뜨리고 첫 여성대통령이 된

메가와띠, 아로요, 수찌여사의 모습(왼쪽부터).

아끼노(Corazon Aquino)여사 이후 현재 마까빠갈-아로요(Gloria Macapagal-Arroyo)대통령이 그 맥을 이어가고 있으며, 인도네시아에서는 메가와띠(Megawati Sukarnoputri)대통령이 민주화 이후 두번째 대통령으로서 세계 네번째 인구 대국을 3년간 이끈 바 있다. 버마의 재야지도자로서 가택연금 상태에서 외롭게 민주화투쟁을 벌이고 있는 아웅산수찌(Aung San Su Kyi)여사는 1990년 총선에서 전체 의석의 80퍼센트 이상을 얻어 당연히 수상이 됐어야 할 야당연합의 지도자였지만, 군부가 권력을 넘겨주지 않는 바람에 권좌에 오르는 데 실패했다.

동남아에서 정치나 외교 분야와 같이 일반적으로 남성들이 독점하다시피 하는 영역에서 여성들이 두각을 나타낸 예는 식민통치 이전의 역사 속에서 훨씬 더 자주 발견된다. 이슬람 전파의 허브 역할을 하던 부국 아쩨를 위시하여 수마뜨라, 말레이반도, 보르네오(Borneo), 말루꾸(Maluku) 제도의 수많은 말레이왕국들이 여성을 왕으로 섬겼는데, 놀라운 사실은 공적 영역에서 여성의 역할을 부인하는 이슬람이 이들 왕국에 전파된 이후에도 상당기간 그 관행이 없어지지 않았다는 점이

116

다. 그럴 수 있던 요인에 대해 다수의 가설들이 있지만, 전횡적 독재로 흐르기 쉬운 남성군주에 비해 여성군주가 지배적 사회계급이라 할 수 있던 귀족(orangkaya, 부자)들과 잘 타협하며 평화롭게 나라를 다스렸기 때문이라는 식의 계급분석이 유력하다. 실제로 여성군주가 다스리던 시대에는 평화가 자리잡고 상업이 크게 융성했다. 그래서 17세기 인도의 석학 라니리(Ar-Raniri)도 아쩨왕국에서의 체재 경험을 역사적 기록으로 남겨, 4대에 걸친 여왕의 통치가 시작된 "당시에 수도가 엄청나게 번영하여, 식료품 값은 매우 저렴하고 사람들 모두 평화롭게 살고 있다"는 황금기의 정황을 우리에게 들려준다.[21]

동남아여성이 타협과 협상에 능하여 종교적 제약을 넘어 지도자가 될 수 있었다는 주장은 외교나 통상 분야로 옮겨가보면 그 타당성이 더욱 잘 입증된다. 자와왕국들을 포함한 말레이왕국의 왕들은 외국으로 보내는 사신이나 평화협상을 위한 대표로 여성외교관을 주로 임명했는데, 이는 여성들이 "천성적으로 부드럽고 정중하여" 외교에 적합하다고 여겼기 때문이다.[22] 물론 대규모 국제무역의 경우에는 외국상인을 상대해야 했으므로 남성이 득세한 것이 사실이지만, 이들과 어깨를 나란히 한 여성 거상이나 선주 들이 적지 않았고, 중소규모의 거래에서는 항상 여성들이 한몫을 했다. 흥미로운 점은 이들 여성상인이나 외교관은 협상이나 거래를 하면서 상대역인 외국인 남성과 사랑에 빠지는 일도 흔히 일어났는데, 일시적인 결혼이나 풋사랑으로 종결되는 이러한 외도에 국가적 망신이다 매국 반역행위다 하며 사회적 비난을 하거나 법적인 처벌을 하는 경우가 없었다는 사실이다. 만약 마따하리(Matahari)도 이 시대에 태어나 동남아 무대에서 활동했더라면, 이중첩자나 고급창부가 아니라 탁월한 외교관으로서 역사에 이름을 남겼을 지도 모르겠다.

외교통상 분야에서 여성들이 능력을 발휘하고 이름을 떨칠 수 있었던 것은 여성들이 남성들보다 동남아적 권력 즉 '미시적 힘'을 더 잘 연마했기 때문이 아닐까 나름 생각해본다. 앞에서 몇차례 논한 바와 같이, 동남아의 힘은 미시적 힘에서 나오고 그것의 정수는 바로 흥정이며, 그 흥정의 원형은 시장에서 발견된다. 그런데 그 시장은 바로 여성이 독점하는 영역이다. 시장이란 일상의 영역에서 수없이 반복하는 흥정의 실습은 여성을 미시적 힘을 풍부하게 갖춘 고수로 만들었다. 이러한 시장의 흥정은 국제적 거래로 확대되면 통상이 되고, 평화협상에 적용되면 외교가 된다. 남북관계, 6자회담, 각종 FTA협상 등이 한국의 국제관계와 외교를 지배하는 지금, 흥정을 정찰제로 대체해버린 백화점 위주의 한국 시장문화와 여성들에게 세련된 힘을 연마할 기회를 제공해주지 못하는 한국사회가 안타깝다는 엉뚱한 생각도 해본다.

동남아여성의 힘은 정치·외교·경제 등 세속의 영역을 넘어 종교의 영역까지 미친다. 세계종교가 전파되면서 모든 성직(聖職)이 남성의 몫이 되고 말았지만, 전통적 동남아사회에서 신이나 초자연적 세계에 다가갈 수 있는 자격은 여성에게만 부여되었다. 인간과 신 사이를 매개하며 소통하는 능력은 여성만이 지닌 것으로 믿어졌으며, 많은 전통적 의례에서 영매나 제사장 역할은 일반적으로 경험과 지혜가 풍부한 노년 여성이 수행했다. 여성의 영적 능력 인정은 생리나 임신 중의 여성에게 초인적 능력이나 신통력있다는 믿음이 동남아 전통사회에 널리 받아들여진다는 사실에서도 알 수 있다. 가임여성은 몸속에 정력을 포함한 남성들이 쓰는 어떠한 힘이나 무기를 무력화할 수 있는 신비한 마력을 갖추고 있다고 생각했는데, 특히 생리혈을 '위험한 성물'로 여기는 금기가 동남아에 널리 퍼져 있는 것도 같은 연유다.

동남아여성들의 높은 지위와 적극적인 역할은 앞에서 이미 설명한 바 있는 여러 사회제도들, 경제적 토대, 자연적 조건에 의해 뒷받침된다. 동남아에서 보편적으로 발견되는 양변제적 친족제도는 남성 못지않게 여성을 중시하는 전통과 직접 관련을 맺고 있다면, 부부 중심의 핵가족제도 또한 여성의 역할과 지위를 높여준다. 식민통치가 시작되기 이전까지만 해도 동남아여성의 출산율은 매우 낮았는데, 이 현상 또한 앞서 이야기한 동남아여성들의 성적 적극성과 더불어 높은 지위나 자율성을 반영한다고 할 수 있다. 이는 마치 현대사회에서 여성의 역할이 확대되고 지위가 높아지면서 가족 규모가 작아지는 것과 같은 논리라고 할 수 있다.

그러나 이 모든 양성관계나 가족제도도 경제적 토대가 없다면 유지될 수 없다. 18세기 이전만 하더라도 인구는 희소한데 농사지을 경작지와 집을 지을 대지가 무한하여 결혼하면 독립하여 새집을 짓고 새로운 땅에서 농사를 지을 수 있었다. 주위에 흔한 나무와 풀잎으로 목조가옥을 지었으니, 자재도 구하기가 용이했고 집 짓는 시간도 짧았다. 농사지을 땅은 마을에서 공짜로 얻거나 새로 개간하면 됐다. 여기서 가사나 논농사는 대부분 여성이 담당했으니, 아내가 독자적인 재원이나 권력원을 마련할 수 있었다. 동남아의 여성과 남성은 '안'과 '밖'으로 구분되어, 돈을 벌든 이혼을 하게 되든 집을 떠나야 하는 쪽은 남편이었고 아내는 항상 가정의 중심이었다. 설사 이혼하여 자식을 키우지 못하는 경우가 생기면 친척이나 이웃이 자식을 키워주는 것도 어렵지 않았다. 한국처럼 혈통이나 가문을 따지지 않았기 때문이다.

동남아여성의 지위와 역할을 끝으로, 친족제도에서 출발한 동남아의 사회제도와 관습에 대한 제3장을 끝내려고 한다. 이후 글은 동남아의 힘과 직접 관련되고, 또 내 전공이기도 한 권력·정치·국가에 대한 동남아인의 생각을 알아볼 것이다. 그런데 막상 끝내려다 보니 한가지 약속한 사실을 밝히지 않은 것 같다. 내가 굳이 제사를 모시는 까닭인데, 가족사라 좀 민망하지만 간단히 밝히고 넘어가려 한다.

사람이라면 누구나 숙명적으로 거역하지 못하는 의무 하나쯤은 갖고 태어나는 게 아닌지 모르겠다. 설사 그 의무의 수행이 합리적이거나 과학적인 근거가 없다 할지라도, 사회적으로 무의미하거나 비판을 받는 행위라 할지라도, 시대착오적 관습이라도, 어쩔 수 없이 계속해야 한다고 믿는 그런 의무 말이다. 그 의무란 죽는 날까지 제사를 모시는 일이다. 어릴 때에는 제사가 근거없는 미신이니 봉건적 악습이니 하면서 돌아가신 선친을 비난하고 모친을 힘들게 한 적도 있었다. 그러나 지금은 모친께서 원하는 바대로 기제사(忌祭祀), 차례, 시제(時祭)를 꼬박꼬박 지내고 있다. 불효 막심한 생각이지만 올해 연세가 아흔넷이신 모친께서 운명하시면, 2대 봉사만 하고 제사 격식도 줄이는 개혁을 나름대로 해볼 계획이지만 생전에 내 손으로 제사를 없앨 생각은 없다.

조상숭배에 대해 신앙적 믿음이 있다거나, 유학(儒學)을 제대로 실천하고 싶어서가 아니라, 제사야말로 내가 '존재하게 된 이유'라는 생각을 떨쳐버릴 수 없기 때문이다. 만약 우리의 전통사회도 동남아 같았다면, 혹은 동남아의 친족이나 가족제도 중 한두가지만 닮았더라도, 나

120

는 세상 빛을 보지 못했을 게 확실하다. 동남아처럼 우리 친족체계도 양변제나 모계제였거나 혈통이 중시되지 않았다면, 가족제도가 핵가족이거나 소규모 가족이었다면, 남녀관계에서 주고받는 사랑과 성이 핵심이었다면, 부부간에 이혼이 자유로웠다면, 여성의 지위가 동남아만큼 높았다면 나는 열세번째 막내자식에다 하나 아들로 태어날 명분을 갖지 못했을 것이다. 내 가족사와 정면으로 충돌하는 동남아를 업으로 삼게 된 것이 무슨 기구한 운명의 장난인지 알 수 없지만, 죽을 때까지 제사를 모시는 일만큼은 거역할 수 없는 내 숙명임을 강하게 느낀다. 그러나 이러한 숙명을 자식에게까지 물려줄 생각은 추호도 없다.

제4장

권력과 정치

## 1. 사람으로부터 나오는 동남아의 권력

실은 나는 정치학으로 밥벌이하는 사람이다. 그런 위인이 정치는 이야기하지 않고 만날 문화나 역사만 들먹이고 앉았으니, 내 직분을 다하지 않는 것 같아 부끄럽고 그 전공을 정통으로 하시는 분들께도 죄송스럽다. 아시다시피 동남아에 속한 나라들의 정치는 복잡다단하고 변화무쌍하여 일반화하기가 쉽지 않으며, 이들에 대한 비교연구도 부진하고 미흡하여 한두마디로 축약해줄 간결한 개념이나 모든 사례들을 포괄하는 깔끔한 이론도 없다. 그래서 여태까지 차일피일 정치 이야기는 미루었지만 이제 막다른 골목에 다다랐다. 아직 공부가 덜 되어 생각이 설익고 밑천이 짧은 처지라, 몇가지 주된 정치학적 개념인 권력·국가·정치·국제관계 따위를 아울러 두서없이 몇꼭지만 풀어볼까 한다.

주역에서 만물은 천지인(天地人) 삼재(三材)로 구성됐다 했는데, 권력 또한 이 세 요소를 두루 갖추어야 제대로 형성되는 게 아닐까 생각한다. 하늘이 돕고 땅이 받쳐주며 사람이 따를 때, 국가나 통치자의 권력이 굳건히 서는 게 아닐까? 하늘은 통치자에게 신성함과 천운을 제공해주고, 땅은 터 좋은 수도와 넓고 비옥한 국토로써 나라의 토대를 만들어주며, 사람은 청렴하고 유능한 관료, 어질고 성실한 백성으로서 나라의 주체이자 중심을 세워주는 것이다. 그런데 동남아의 권력도 과연 그러한가? 하늘과 사람은 핵심인 것 같은데, 두번째 요소인 땅에서 의구심이 든다.

터를 무엇보다 중시하던 한반도와 중국의 과거 왕조들은 나라를 창건할 때 기운 다한 옛 수도를 버리고 풍수가 좋은 땅을 찾아 새로운 수도로 삼았다. 국토의 크기가 국가의 힘을 가늠했기에 새로운 경계를 짓기 위한 전쟁이 많았고, 국토를 광활하게 경영한 왕이나 장수는 역사 속에 이름을 남겼다. 그래서 전쟁이 나면 국경을 벗어나는 것은 말할 것도 없고 서울을 떠나 도망을 가거나 심지어 궁전을 버리고 잠시 피신하는 것도 씻을 수 없는 과오로 남아 두고두고 비난거리가 됐다. 전쟁영웅전을 읽다보면 성과 영토를 끝까지 지키다 장렬하게 전사하는 장수 이야기가 자주 등장하는 까닭도 그런 연유가 아닐까? 땅에 대한 애착이나 집착은 백성도 마찬가지이던 터라, 전쟁이나 천재(天災)를 만나 대이동을 하거나 해외로 이주하는 것은 백여년 남짓한 근현대사의 이야기일 뿐 그 이전에는 듣지 못한 이야기였다. 오늘날에 이르러서도 수도 이전 문제로 국론이 분열되고, 아파트 가격의 급등이 정권의 존립을 흔드는 것을 보면, 한국인에게 땅은 매우 중요한 권력의 자원임에 틀림 없다.

동남아에서도 탈식민화 이후 새롭게 탄생한 국민국가들 사이에 영토를 둘러싼 분쟁이나 갈등이 생겨나긴 했지만, 전근대 이전에는 영토나 국경이 국제적인 분쟁거리가 될 수 없었다. 앞에서 한 이야기의 반복인 셈이지만, '고전시대' 동남아국가간에는 국경선이 없거나 모호했고 전쟁이 잦기는 해도 영토를 넓힐 목적은 아니었다. 천재지변이나 외적이 쳐들어오면 통치자는 미련없이 수도(나라)를 버리고 백성들만 거느린 채 새로운 곳으로 도망쳤다. 노동력만 있으면 삽시간에 새로운 도시, 새로운 나라를 건설할 수 있었다. 이런 무한지대 동남아에서 땅이 무슨 가치나 희소성이 있었겠는가? 그래서 천지인 삼재(三才)에서 지(地), 즉 땅은 권력의 핵심 요소가 될 수 없었다.

결국 동남아적 권력은 그 핵심에 천(天)과 인(人), 즉 하늘과 사람만이 남는다. 갑자기 웬 종교철학적 말씀이냐고 할지 모르겠지만, 사실 별 어려운 이야기가 아니다. 먼저 사람(人) 이야기부터 해보면, 따르는 사람이 많은 지도자가 권력이 높고 백성이 많은 나라가 강성한 나라라는 말이다. 동어반복처럼 들릴 수도 있겠고, 선거에서 많은 표를 얻은 후보나 정당이 대통령이나 집권당이 되며, 인구가 많은 나라가 잠재적으로 강한 국력을 가진 나라로 취급받는 현대의 정치와 차이가 없어 보일 수도 있겠다. 그러나 당시에는 민주적 절차나 '민주적 평화'가 국내외 질서를 결정하지 않았던 점에서 지금과 본질적인 차이가 있다. 어쨌든 땅이 아니라 인력 즉 노동력이 귀한 동남아에서 사람을 많이 가진 나라가 부국이자 강국이 되는 것은 당연했고, 왕이든 반란의 수괴이든 추종하는 자가 많으면 그만큼 권력이 커질 수밖에 없었다.

따르는 사람의 수를 늘리기 위해 과거 동남아의 지도자들은 요즘처럼 민주적인 과정이나 대중적인 정책에 의존하지는 않았지만 추종자들과 신의에 바탕을 둔 비교적 성실한 관계를 맺었다. 지도자들은 자신에게 충성을 서약한 신하나 백성에게 물리적 안전을 보장해주는 정치적 관계뿐만 아니라 경제적으로 살아갈 수 있는 생활기반과 여건을 마련해주었다. 문화인류학자들이 '후원·수혜 체계'라고 부르는, 이러한 관계에서는 양자간에 가치를 주고받는 호혜성(互惠性), 상당 수준의 자유의사가 보장된 계약성, 그리고 무엇보다도 인간관계 전반에 걸친 전인격성(全人格性)이 내재되어 있다. 이러한 인간관계 나아가 사회체계는 지도자와 추종자, 후원자와 수혜자, 국가와 농민 사이에 향유하고 상호교환하는 힘과 자원의 불균형과 불평등을 감추긴 했지만, 전체주의 정치나 노예사회에서 나타나는 전적인 지배나 일방적인 착취를 특징으로 하는 그런 관계는 아니었다.

사실 이러한 동남아의 전통적인 사회체계를 놓고 성격을 규명하느라 학자들은 골머리를 앓았다. 1~2세기경에 인도의 종교들이 동남아 대부분의 지역에 침투했지만, 카스트제도는 지금까지 힌두교를 고수하는 발리(Bali)를 비롯한 어느 사회에서도 뿌리를 내리는 데 실패했다. 대륙부의 아예야와디(Irrawaddy)강과 메콩강의 강변과 하구, 도서부의 자와(Jawa)나 발리 등지의 쌀농사지역에 수립, 쇠퇴, 몰락했던 수많은 왕국들도 다른 집약적 수도작에 기반을 둔 농업국가들과 달리 중앙집권적 행정체계와 억압적인 관료제로 발전하지 못했다. 이러한 지역은 또한 농업생산성이 높은 다른 지역에서 볼 수 있었던 복잡하고 분화된 계급이나 신분 질서를 만들어 내지도 못했다. 앞서 논했듯이 혈통에 기반을 둔 친족제도도 없었으므로 부족이나 친족으로 종단하는 사회가 형성되지도 않았다. 현대에도 자본주의적 계급관계나 계층구조가 동남아사회에 형성됐는지에 대해 견해들이 분분하다. 결국 관습과 종교, 법과 제도, 신분과 계급 등 공식화된 틀로는 깔끔하게 묶이지 않는 것이 동남아의 사회체계이고 인간관계라 할 수 있다.

동남아인의 권력관에 숨어 있는 두번째 요소, 즉 하늘〔天〕은 이해하거나 분석하기가 만만치 않은 개념이다. 그래도 민주주의가 헤게모니를 구축한 현대에서는, 이 요소를 한번 뜯어 보는 것이 인(人)의 요소보다 훨씬 더 동남아적인 특징이 잘 드러날 것이다. 다만 불필요한 오해를 방지하고자 미리 밝혀두고 싶은 것은 동남아에서 베트남을 제외하고는 동북아의 유교나 도교에서 쓰는 천과 유사한 개념이나 용어를 찾아볼 수 있는 곳은 없다는 사실이다. 그냥 '천지인'이라는 말을 빌려온 김에 편의상 '천'이라는 단어를 잠시 썼을 뿐이다. 사실 동남아의 권력개념에 숨어 있는 이 요소는 한국의 천이란 개념보다는 오히려 신(神)이라는 개념에 더 가깝다고 할 수 있다. 그러나 우리가 일상적으로 사용하는 '신' 개념조차도 획일적 내포를 갖지 않는다. 동남아적인 신은 인간세계를 초월하면서도 완전히 주재하는 절대적 존재를 인정하는 기독교나 이슬람교와도 다른 신의 의미를 담고 있다. 기독교나 이슬람의 신보다는 오히려 불교의 부처의 개념으로 이해하는 것이 더 쉽게 와닿을 듯하다.

일단 동남아의 전통적 권력개념을 쉽게 '신성한 권력' 한마디로 불러두겠는데, 물론 이러한 고전적 권력개념은 근대 이후 보편화된 세속권력, 특히 무력과 같은 물리적 폭력과 선거를 통해 위임받은 정치권력에 의해 뒷전으로 밀려나고 있다. 그러나 현대에도 이러한 권력에 대한 전통적 관념은 동남아인에게 여전히 정당성의 한 근거로서 받아들여지고 있다는 점에서 여전히 연구가치가 있다. 이제는 동남아 연구의 세석학인 기어츠(Clifford Geertz), 앤더슨(Benedict Anderson), 오스본(Milton Osborne)의 분석을 통해 이 '신성한 권력'을 좀더 깊이 들여다보자.

## 2. 신비롭고도 신성한 절대왕권

내가 인도네시아에 첫발은 디딘 때는 1984년 6월이었다. 수하르또(Suharto)가 1966년에 실권을 장악하여 1998년에 대통령직에서 물러났으니 32년 장기집권을 위한 중간 반환점을 막 돈 시점이었다. 전임 수까르노(Sukarno)로부터 권력을 찬탈하는 데 도움을 준 학생운동세력과 이슬람 정치세력을 1970년대 들어서부터 차례로 제거한 수하르또는 좁지만 흔들리지 않는 군부를 지지기반으로 한 개인독재체제를 구축하고 있던 시기였다.

그해 여름 석달을 살라띠가(Salatiga)라고 불리는 한 시골도시에서 보냈다. 목적은 미국 교육청과 코넬대학이 후원한 인도네시아어 집중훈련프로그램에 참가하는 것이었지만, 그전 2년 동안 미국의 이곳저곳에서 배우기 쉬운 인도네시아어를 열심히 공부하고 왔던 터라 현장에서는 실습이 중요하다는 명분을 앞세워 여름 내내 학교 공부는 도외시한 채 그곳의 대학생들과 이곳저곳을 몰려다니며 노는 일에 집중했다.

그때 정글에서 나와 정부군에 거짓 투항해 정부장학금을 받고 입학한 빠뿌아(Papua) ── 당시는 이리안 자야(Irian Jaya)라고 불렸다 ── 유학생들로부터 전장에 나가기 전 용기를 북돋우기 위해 인육을 나눠 먹는 전사들의 이야기도 재미있게(?) 듣고, 동네 한곳에서 집단으로 자취하던 띠모르(Timor) 학생들로부터 그곳의 척박한 땅과 빈곤 그리고 띠모르레스떼인들의 저항과 전황도 들었다. 그렇지만 나의 주된 관심은 여전히 인도네시아의 정치와 문화의 헤게모니를 갖고 있던 자와 출신 대학생들이었다.

아직도 20대의 젊은 치기와 한국출신 대학생의 운동권 기질을 버리지 못하던 나는 당시 한국의 전두환독재보다도 더 숨막히는 수하르또 독재를 비난하는 위험한 발언을 해대고 대학생들과 지식인들의 침묵을 노골적으로 비판하는 무례와 도발을 일삼았다. 그러나 석달 동안 내가 벌인 '의식화 작업'의 성과는 아무것도 없었다. 대학생들의 정치적 무관심 ── 외면이란 표현이 더 정확하겠다 ── 이 1965년 군인들과 이슬람청년들에 의해 자행된 공산주의자 대학살에 대한 공포스런 기억 때문이라는 걸 뒤늦게 깨닫긴 했어도 젊은 지성인들의 이러한 무책임한 정치적 태도는 나를 실망과 좌절로 몰아넣기에 충분했다. 이들의 정치와 권력의 관념에는 정치적 억압만으로 설명될 수 없는 '그 무언가가 있다'고 생각할 수밖에 없었다.

동남아의 권력에는 한국인이 이해하기 힘든 무언가가 있다. 지금은 다원주의에 바탕을 둔 민주적 권력개념과 물리적 폭력에 의존한 권위주의적 권력개념에 의해 밀려나고 있지만, 동남아인의 전통적 권력관념에는 한국인이 쉽게 이해할 수 없는 요소가 많다. 서구의 사회과학자들은 현대인들이나 권위주의적 인간들이 권력 앞에서 느끼는 소외감으로 표현했다. 그러나 동남아인의 권력으로부터의 소외나 거리감, 정치적 무능함과 상실감에 대해서는 이런 심리학적 해석이 별 설득력이 없어 보인다.

다시 자와의 정치문화 이야기로 돌아가보자. 자와의 대학생들은 내가 토론하고 싶은 정치와 권력에 대해 언제나 침묵으로 일관했다. 독재에 대한 공포나 독재에 의한 세뇌 탓이라고 추론도 해보고 비난도 해보았지만 별 설득력이 없었다. 그냥 정치와 권력은 자신과 무관할뿐더러 감히 이야기할 수 없다는 태도였다. 두려움이 있었지만 공포만은 아니었고, 세뇌라고만 볼 수 없는 믿음 같은 게 묻어 있었다.

처음에 나를 더욱 기막히게 한 이야기는 바로 수하르또에게는 보통 인간에게는 결여된 특별한 힘이나 능력 같은 게 있다는 주장이었다. 실제로 당시 만난 자와인 대다수가 그렇게 믿고 있었다. 수하르또는 가끔씩 명산과 같은 곳에 가서 며칠 머물면서 명상하며, 힘을 재충전하고 초능력을 연마한다는 황당무계한 이야기를 대학생들조차 하고 다녔다. 수하르또보다 '내공'이 더 깊은 사람이 있는 데, 국가장관 수다르모노(Sudharmono)라고 했다. (수다르모노는 1988년 부통령으로 지명 받아 허수아비 의회인 국민협의회에서 당선되었다.) 당시도 지금도 그 능력의 실체가 무엇인지 그 힘이 정치권력과 어떻게 관련되는지 쉽게 와닿지 않지만, 그런 이야기들을 듣고서야 비로소 미국에서 고개를 갸우뚱거리며 읽던 동남아의 권력에 대한 몇가지 문헌이 떠올랐다. 바로 이런 것들을 놓고 한 논의였구나 하는 생각이 그제야 들었다. 동남아의 권력은 '인간의 내면에 응집된 우주의 힘'과 같이 표현되고 그것은 '금

욕적 고행이나 깊은 명상'에 의해 얻을 수 있다고 했다. 바로 '신성한 권력'과 이에 이르는 '신비주의적 과정'에 관한 이야기다.

이쯤에서 자와인의 권력관념을 가장 분석적으로 접근한 앤더슨교수의 이야기를 들어볼 필요가 있다.[23] (학자들은 자와나 발리의 힌두교적 권력 개념과 대륙부 동남아의 불교적 개념을 어렵게 구별하지만 여기서는 공통 측면만 살펴본다.)

우선 동남아의 '신성한 권력'은 불가분의 권력이며 그 자체로서 완전무결하다. 동남아인의 관점에서 권력이란 여러 사람이 나눠 가질 수 있는 것이 아니다. 현대의 민주정치나 과두제처럼 대중이든 소수의 엘리뜨이든 복수의 사람들이 나눠 가질 수 있는 그런 권력이 아니다. 서로 더 많이 갖기 위해 경쟁하는 권력이라면 동남아인의 눈에는 진정한 권력으로 비치질 않을 것이다. 그런 의미에서 왕의 권력은 절대적이다. 만약 누구의 권력이 약화됐다면 그것은 권력이 그만큼 작아진 것이 아니라 완전무결해야 될 권력이 상처를 입어 곧 없어지게 될 운명에 처한 상태의 반영인 것이다. 또한 완전무결한 권력은 약화될 수 없는 것이므로, 약화된 것으로 나타나는 권력은 이미 권력이 아닐 것이다. 동남아에서는 흠집이 나거나 누수하기 시작한 권력은 다시는 회복될 수 없다. 권력은 완전무결하기 때문에 흠집이 날 수도 힘이 새나갈 수도 없으며, 따라서 회복될 것도 없다. 그래서 수까르노도 수하르또도 무소불위로 휘둘렀던 권력에 약점이 보이기 시작하자마자 한꺼번에 와르르 무너져 내렸다. 동남아의 지도자들 중 떵 샤오핑(鄧小平)같이 권력을 잃었다 돌아온 지도자는 찾아보기 힘들다. 한국의 김대중처럼 4수 만에 대통령에 당선되는 경우는 더더욱 있을 수 없다.

신성한 권력이 불가분하다고 하는 것은 다원주의적 권력개념과 본질적으로 차이가 있다. 권력은 나눠 가질 수도 없지만, 정치적·경제적·사회적·문화적 권력 따위와 같이 하위권력들이 있어 이들간에 독립성이나 자율성이 있다고 생각하는 다원주의와는 차원이 다르다. 절대적 권력이기에 이에 대한 균형과 견제라는 민주적 규범도 통할 리 없다. 그건 '신성 모독'에 버금가는 소행일 뿐이다. 권력의 소유는 다원주의에서 말하는 모든 하위권력을 동시에 가지고 있다는 의미를 지닌다. 그래서 정치권력을 가진 자가 권력을 이용해 부를 추구해도 사회적 비난이 약했고, 지도자가 부인을 여럿 거느리거나 여성 편력이 심해도 응집된 권력, 즉 '우주의 힘'의 발산일 뿐이라고 생각한다.

나아가 '신성한 권력'은 선악을 초월하고 합법과 비합법, 합법과 불법의 차원을 넘어선다. 앤더슨교수는 이를 "도덕적으로 모호하다"고 했다. 권력을 가진 자에게 베버의 이야기처럼 정당성은 따지지 않는다. 그래서 세속적 기준에서 가끔씩 악하고 부당하고 탈법적인 행위를 하더라도 그 책임을 물을 수 없다. 흡사 힌두교에서 파괴의 신(시바, Siva), 창조의 신(브라마, Brahma), 보호의 신(비슈누, Vishnu)이 함께 신으로 추앙을 받고, 이 모두가 사실 동일한 신의 다른 현신이라는 것과 같은 이치다. 힌두교적 인간관에서 선한 사람과 악한 사람이 따로 없으며, 모든 사람은 두 측면을 다 갖고 있다고 생각하는 것과도 맥이 통한다. 권력은 그냥 있는 것이고 스스로 발현되는 것이지 평가를 받거나 비판의 대상이 될 수 없다. 결국 권력은 신성한 것이다. 따라서 권력에 도전하는 행위는 결코 용서될 수 없고, 권력에 의문을 표시하는 것도 허용되지 않는다. 그래서 일종의 벌금형이 표준이던 동남아에서 유독 역모나 반란 행위에 대해서만은 말로 표현하기 힘들 정도로 잔인한 극형에 처해졌다. 이 극형에 대해 읽노라면 동남아를 휴머니즘적으로 바라보던 나조차도 정나미가 뚝 떨어져 도망쳐버리고 싶을 정도다. 권력에 도전하는 행위는 신을 모독하는 중죄로 받아들여졌기 때문이다. 과거 힌두불교의 동남아왕들은 신 같은 존재로 추앙을 받았고 그래서 동남아의 왕권은 반신(半神, demigod) 개념으로 이해된다.

이러한 반신적 왕권은 서구에서 말하는 왕권신수설의 왕권이나 이슬람의 신정을 능가하는 신성함과 절대성을 향유한다. 왕권신수설의 왕이나 이슬람의 술탄(sultan)은 신으로부터 인정과 가호는 받겠지만 자신은 인간 존재에 불과하다. 반면 동남아의 반신적 지도자는 자신이 바로 신이다. '신의 이름으로' (신을 대신하여) 백성을 다스리는 것이 아니라 신이 직접 다스리는 것이다. (물론 동남아의 왕은 다스리지만 시시콜콜한 행정업무를 할 정도로 세속적이지 않다. 다음장에서 살필 것이다.) '짐이 곧 국가'가 아니라 '짐이 바로 신'인 것이다. 또한 동남아의 왕은 통치자로서 어릴 때부터 잘 훈련 받은 준비된 왕도 아니다. 즉 세속적인 의미에서 지도자가 아니다. 유교국가에서 볼 수 있는 치수(治水)를 잘하는, 즉 행정능력이 뛰어난 왕일 필요가 없다. 플라톤이 말하는 지도자로서 완벽한 '철인왕'이나 스키너(B. F. Skiner)의 '심리학자왕'도 동남아의 반신왕 앞에서는 발 아래 무릎을 꿇어야 하는 인간일 뿐이다.

1993년 킬링필드(killing fields)로 알려진 캄보디아에서 평화선거가 치러진 후 개원한 국회가 처음 한 일은 정체를 입헌군주제로 바꾸고 왕조를 부활한다는 결정이었다. 15년간 이 비극적인 나라를 통치하면서 사회의 근본까지 바꿔보고자 한 친중(親中)적인 공산주의자들과 이에 이은 친베트남적인 공산주의자들의 통치가 끝난 지 2년이 채 안된 시점이었다. 맑스주의도 왕조의 오랜 전통을 뿌리뽑지는 못했다.

한편 20세기초 절대왕정에서 입헌군주제로 이행하기는 했어도 왕조의 단절을 경험하지 않았던 태국에서는 왕의 권력은 통상적인 입헌군주국의 수준을 훨씬 능가한다. 그 권력은 정부의 권력, 세속적 권력을 초월하면서도 이들 위에 군림한다. 영국이나 유럽의 왕실들처럼 국민들에게 가십거리를 제공하여 즐겁게 해주는 왕정이 아니다. 정당하지 못한 방법으로 부를 축재하며 가끔씩 발휘하는 정치적 개입마저 때로는 민주화를 저해하는 태국 왕실이지만, 그 역할에 대해 문제제기를 하거나 비판하는 소리는 들리지 않는다. 태국 왕실과 경쟁한 탁신(Thaksin)총리는 군사쿠데타로 날아가고 말았다. 1992년 민주세력의 편을 들어주던 푸미폰(Bhumibol) 국왕이 2006년 9월에는 군부의 손을 들어 민주화를 역행시키는 큰 오점을 남겼다. 동남아의 신성한 권력도 드디어 세속화하려는 것일까? 2007년을 맞는 태국의 새해와 그 전야에는 방콕 시내에서 연달아 터진 아홉발의 폭탄이 폭죽을 대신했다. 과거 일본의 천황이 그러했던 것처럼, 이제 태국의 국왕도 인간 피를 손에 묻혀 인간으로 환생하려는 게 아닌지.


## 3. 연성국가로 환생한 전통국가

학자들이 동남아의 '국가'(state)들에 대해 내리는 평가는 호의적이지 않다. 독재·부패·무능·압제·약탈 등 좋지 못한 수식어가 자주 따라 붙는다. 대다수 동남아국가들이 권위주의 체제하에 있었거나 여전히 그렇고, 소수로 구성된 엘리뜨·가문·집단들이 국가권력을 독점하고 있으며, 정부 관료들은 부패하거나 기강이 없어 제구실을 못하고, 독립이나 자치를 요구하는 분리주의와 쉽게 폭력을 수반하고 폭동으로 비화하는 종족적·종교적 갈등이 국민통합과 국가형성을 가로막는 나라들이 많기 때문이다. 인도네시아, 필리핀, 태국 등 민주화를 경험한 나라에 대해서도 그 '국가'에 대한 시선만은 여전히 곱지 않다.

민주주의를 하든 하지 않든 국가의 권력은 예외없이 소수집단이 독점하는 게 동남아다. 세계적인 갑부로 꼽히는 볼끼아(Bolkiah)국왕이 '개인통치'(personal rule)를 하는 브루나이, 시대착오적인 군사독재체제가 세사람의 장군 손에 끌려가고 있는 버마, 개발독재의 숭배자 훈싸인(Hun Sen)의 철권통치가 갈수록 강도를 더해가는 캄보디아, 정치안정과 정통성을 향유하지만 공산당 일당독재에 다름 아닌 베트남 등이 일인 내지 소수의 정치집단에 의해 국가권력이 장악되어 있다는 데 이견이 없다. 이 나라들에 비해 좀더 폭넓은 자유와 다원주의가 인정되는 말레이시아나 싱가포르도 기껏해야 '선거권위주의'(electoral authoritarianism)체제로서 종족주의적 패권정당과 소수의 엘리뜨가 압도적인 영향력을 행사하는 것은 마찬가지다. 게다가 동남아에서 가장 안정적인 민주체제로 손꼽히던 태국이 군사쿠데타로 무너지는 걸 보더라도, 동남아정치에서 과두제는 철칙인가보다.

한편 흔히 민주화되었다고 평가를 받는 필리핀과 인도네시아는 어떠한가? 필리핀은 지방에서 토지를 소유한 2백여의 가문들이 정치와

경제를 장악한 악명높은 과두제적, 가산제적 체제 탓에 민주주의 20년
이라는 역사적 가치가 빛을 잃고 있으며, 인도네시아에서는 군부가 여
전히 제도적으로나 실제적으로나 힘이 있을 뿐 아니라 이 나라 역시 지
방선거를 통해 지방엘리트와 정치인들이 결탁함으로써, '인도네시아
의 필리핀화' 문제가 새로운 걱정거리로 떠오르고 있다. 기후가 좋고
식량이 풍부해 굶어죽을 걱정없고, 사람들이 별 욕심이 없어 소박하게
행복을 느끼며 살아온 동남아에서도 유독 정치가 문제인 걸 보면, 정말
정치 잘하기란 어디서나 힘든가보다.

자본주의를 비판적으로 바라보는 사람이면 자본가든 재벌이든 지배
계급의 도구가 아닌 국가가 어디 있냐고 반문할 것이다. 그러나 동남아
국가는 소수의 권력독점이란 문제에 그치지 않고 국가의 능력이나 자
격의 측면에서 심각한 약점을 드러낸다. 국가기구의 구성원인 관료들
은 — 싱가포르를 제외하고는 공통적으로 — 부패, 무능하며 기강이 없
고 복지부동과 무사안일에 빠져 관료제가 흔히 드러내는 각종 병폐를
다 보여준다. 1974년 노벨상을 받은 스웨덴의 경제학자 미르달(G.
Myrdal)은 남아시아국가들과 마찬가지로 동남아국가들도 잘못된 개발
계획이나 발전전략보다도 이를 제대로 집행할 능력을 갖추지 못한 이
른바 "연성국가 증후군"(soft-states syndrome)을 안고 있는 것이 더 심
각한 문제라는 통찰력있는 지적을 했다.[24] 특히 부패 문제는 큰 골치거
리이다. 대다수 동남아국가들이 천연자원이 풍부하고 이를 국가가 소
유, 관리하니 '고양이에게 생선을 맡긴 꼴'이 아니겠는가. 2006년 국제
투명성기구(Transparency International)가 측정한 부패인식지수(청렴
지수)를 보면, 언제나 예외적인 싱가포르를 제외하고는 159개국 중

100위권 안에 든 나라로는 말레이시아(39위)와 태국(59위)만 있을 뿐 다른 모든 동남아국가들은 바닥권이다.

오죽하면 비꼬기 좋아하는 정치학자 앤더슨이 인도네시아를 "반민족적이고 반사회적인", "국가 자신만을 위한 국가"(state-qua-state)라는 극단적 표현을 서슴지 않았을까. 앤더슨은 인도네시아 국가의 반민족성, 반사회성, 착취성, 억압성은 최소한 식민통치초까지 거슬러 올라가 당시 자와를 지배하던 네덜란드 동인도회사 — 사실상 국가 — 가 오로지 회사원, 관료 들과 주주, 정치인과 자본가의 이익만을 위해 식민지 사회와 경제를 강압적으로 쥐어짜며 이윤의 극대화를 추구하던 정치경제체제에 그 기원이 있다고 주장했다. 이러한 기원은 현대로 오면서 그 주체가 외국인 식민주의자들로부터 관료, 군부, 정치인, 국영기업, 관변단체 등 토착인으로 바뀌어 이제 자신들의 배를 채우기 위해 자국민을 착취하고 억압하는 모습을 띠게 된 것이다. 결국 주인공의 국적만 바뀌었을 뿐 무대, 플롯, 다른 등장인물 모두 변치 않은 형태 그대로 유지한다. 신자유주의자들은 '약탈국가'(predatory state)란 용어까지 들먹이며 동남아의 국가를 비판하는 데 열을 올린다.

여하튼 동남아국가들이 '국가성'(stateness), 즉 국가의 자격에 심각한 결함이 있다는 사실은 부인하기 힘들다. 베버(Max Weber)가 이야기한 국가를 구성하는 세 요소, 즉 합리적이고 전문적인 관료제, 배타적이고 합법적인 무력 독점, 경계가 명확한 영토 중 어느 하나도 조건을 제대로 갖추고 있지 못하다. 첫번째 요소는 부정부패가 만연하고 관료가 국민 위에 군림하는 동남아에서는 — 다시 싱가포르를 제외하고 — 기대하기 힘든 것이며, 두번째 요소는 테러, 내전, 선거폭력, 종족·종교분쟁이 빈번한 동남아국가들에서 역시 문제를 안고 있다. 또한 분리주의 세력의 끈질긴 저항에 당면하고 있는 버마, 필리핀, 인도네시아 같은 나라는 영토도 제대로 보전을 못하고 있는 실정이다.

동남아국가에서 보편적으로 드러나는 '국가성의 결핍'을 어떻게 설명할 수 있을까? 물론 대다수 연구자들이 따르고 있는 바와 같이, 식민지 유산, 종속, 개발독재, 발전국가, 시민사회의 미성숙 같은 정치경제학적 분석이 나름대로 논리적 근거와 풍부한 경험적 증거를 제공한다는 점에 나도 동의한다. 그러나 다른 한편으로 동남아국가를 그냥 '설명'하는 게 아니라 잘 '이해'하려 한다면 이러한 정치경제학적 분석은 어딘지 모르게 부족하고 미흡한 느낌을 버릴 수 없을 것이다. 경험적 연구방법은 머나먼 역사적 과거로 원인을 추적하는 것을 허용하지 않고, 문화 같은 조작화하여 측정할 수 없는 개념을 변수로 인정해주지 않기 때문이다.

나는 해답의 미흡한 부분을 동남아의 전통적 국가 관념에서 찾을 수 있다고 생각한다. 동남아의 전통적 국가는 외세가 지배한 식민지시대 동안 긴 동면에 들었다가 2차대전 후 출현한 토착 신생국가를 통해 환생했다. 비록 몇백년의 역사가 이들 토착국가를 전통국가와 근대국가로 갈라놓았다 할지라도 본질적 속성이든 외양적 형태든 무엇인가가 지속된다는 것을 부인할 수는 없다. 다만 이렇게 환생한 새 국가는 20세기 후반이라는 시대적 맥락과 환경 속에서 변질·변형되었을 수는 있다. 그렇다면 과거의 전통국가의 성격과 모습은 어떠했을까?

동남아의 전통적 국가란 도서부의 이슬람화, 대륙부의 불교개혁, 동남아 전반의 식민화, 서구화가 시작되기 이전인 이른바 "고전적 시기"

(classical period)에 존재한 힌두불교적(Hindu-Buddhist) 국가를 말한다.[25] 대륙부에서는 지금의 캄보디아, 버마, 중부 베트남에 그리고 도서부에서는 수마뜨라, 자와, 술라웨시, 남부 필리핀 등지에 광범하게 분포하던 동남아 보편적 국가 형태였다. 이 전통국가는 지역에 따라 인도화(Indianization)가 시작된 1~2세기경부터 1000년 이상 지속된 장구한 역사를 지닌 국가의 한 형태이지만, 고전시기가 끝나는 15~16세기에 거의 사라지게 되며,[26] 식민지 쟁탈전이 가속화된 18세기가 되면 발리를 마지막으로 완전히 종적을 감추고 만다. 많은 역사학자와 정치학자의 관심을 끈 이 동남아적 전통국가는 "만다라(mandala)적 국가"(O.W. Walters), "동심원적(concentric) 국가"(Milton Osborne), 그리고 매우 은유적인 표현인 "극장(theatre)국가"(Clifford Geertz)와 같은 다양한 개념을 통해 분석되었다.

이런 풍부하고 다채로운 개념들을 종합해보면 동남아의 전통국가는 일종의 '절대주의 국가'(absolutist state)이며 따라서 왕의 권력도 절대적이지만, 우리에게 잘 알려진 서구의 그것과 다른 점은 그 권력이 세속적이지 않고 앞에서 논한 '신성한' 권력이라는 것으로 요약된다. 흔히 왕권신수설로 해석되는 서구의 절대주의 권력은 비록 신이 그 정당성을 제공해주었으되 권력 자체는 어디까지나 세속적 권력에 불과하였다. 그렇지만 동남아의 절대주의 권력은 그 자체가 신성한 것이며 이를 소지한 왕은 신과 같은 '반신적' 존재, 즉 '신왕'(神王, devaraja)이었던 것이다.

서구와 동남아의 절대주의 권력이 그 본질에서 근본적인 차이가 있던 것만큼, 그 권력이 행사된 방식에서도 커다란 차이를 드러냈다. 동남아의 신성한 권력은 특정의 구체적인 상황에 직접적이고 적극적으로 행사되는 것이 아니었다. 현대의 세속적 국가가 하는 징세, 행정, 치안은 한단계 낮은 행정관리들의 임무였지 신왕의 임무는 아니었다. 어찌 보면 동남아의 권력체계는 세속적 권력체계를 한단계 업그레이드한 형태다. 신왕의 권력은 적극적으로 행사되지 않고 그냥 그대로 있을 뿐이었다. 평범한 인간이 느낄 수 있는 것은 그 자태, 후광, 냄새일 뿐 그 신비스럽고 성스러운 본질은 접할 길이 없었다. 따라서 동남아의 신왕은 자신의 권력을 유지하기 위해 물리적 강제력, 즉 폭력이나 군사력을 쓸 필요가 없었다. 대신 통치자들은 국가를 우주의 축소판이자 현실세계의 중심으로, 자신을 신이자 절대권력자로, 백성들이 신봉하고 받아 들이도록 하는 정신적·문화적 프로젝트를 수행했다. 사람들의 세계관과 신념체계를 직접 통제하기 위한 것이었다. 그렇게 문화적 패권을 재생산하는 일이 국가와 왕의 주된 역할이자 임무였다.

그래서 동남아의 전통국가는 기어츠가 그려낸 "극장국가"의 모습을 띠었다.[27] 화려한 의례와 제사를 통해 장엄한 우주적 질서를 재현해보이고, 우주의 축소판이자 소우주의 중심인 국가에게 모든 백성을 복속하게 하며, 그 의례의 제사장이자 절대자인 왕의 신적 위엄과 신성한 지위를 백성들에게 거듭 각인시켰다. 오늘날 발리에서 관광객들을 위해 일상적으로 실연되는 화려한 공연과 세련된 예술들이 신왕이 존재하던 18세기 이전에는 이런 엄청난 의미와 목적을 갖고 있었다. 인간의 정신·이념·종교·문화의 세계를 지배한 동남아의 고전적 왕의 권력에 어찌 다른 문명권 통치자들의 세속적 권력을 감히 비교할 수 있겠는가? 이렇게 왕의 권력이 신성하고 절대적이던 까닭에, 국가나 왕권에 대한 어떠한 도전도 허용되지 않았다. 앞에서도 언급했듯이 왕이나 국가권력에 도전하는 반역행위에 대해서는 신성모독 같은 죄목이 붙어 잔인한 형벌이 가해졌다. 보통 동남아에서 다른 범죄는 대체로 벌금이나 채무변제의 형태로 처벌된다.

아이러니하게도 동남아의 전통왕조에서 왕의 권력이 쉽게 부패하고 남용되고 약화된 것은 엄연한 역사적 사실이다. 절대주의국가와 신성한 권력이 본디 향유하는 정통성과 도덕성 덕분에 이를 유지하고 강화하기 위한 세속적 노력이 없었기 때문이다. 권력에 대한 도전이 없으니 견제와 균형이 가해질 리 만무했다. 권력은 '다원적으로' 분할되거나 공유되지 않았으므로 비정치적인 영역에서도 자의적으로 행사됐다. 하지만 과거에는 최소한 상징적 제어장치가 그런대로 작동해 통치자들로 하여금 선정을 베풀도록 유도했다. 착취적이고 억압적인 권력으로 유지되는 왕권은 취약성을 내재한다. 통치자 개인의 욕심(자와어로 pamrih)에서 비롯된 권력 행사는 신성함을 상실하는 첩경으로 해석됐고 권력 찬탈의 빌미를 제공했기 때문이다. 물론 이는 결과론적이고 목적론적 해석으로 찬탈되거나 몰락한 권력은 신성함을 잃었기 때문이고 찬탈하거나 확립한 권력은 신성함을 갖고 있었기 때문이라는 것이다. 바로 이러한 순환론적 논리야말로 왜 동남아의 전통왕조들이 항상 승계의 위기, 정치적 불안, 짧은 역사에 끊임없이 시달려야 했는가를 잘 설명해준다. 이러한 동남아국가의 전통적 유산은 서구화, 물질주의화, 세속화가 급속히 진행된 현대에 들어서면서 그 장점보다 모순과 한계를 더욱 극명하게 드러냈다. 동남아의 현대국가를 비판하는 데 따라다니는 갖가지 수식어는 바로 고전시기의 전통국가에 그 역사적·문화적 기원을 두고 있었다.

　지난번 권력에 이어 이번에는 국가에 대한 긴 사설로 무척 지겨워할 독자들에게 부탁하고 싶은 말이 있다. 그래도 전공이 명색이 정치학인데, 동남아의 국제관계 및 민족주의와 같이 도저히 빼놓을 수 없는 주제만큼은 다룰 수 있도록 조금만 더 끈기있게 읽어주길 바란다.


## 4. 다양한 유형과 규모의 전쟁으로 점철된 국제관계

　최근까지만 해도 동남아에서는 크고 작은 전쟁이 끊이질 않았다. 대부분 내전의 형태를 띠었지만, 조금만 들여다봐도 모두 외국세력들이 도발하거나 개입한 전쟁임을 쉽게 알 수 있다. 동남아에서 전쟁이든 반란이든 무력 충돌이 많기는 옛날도 지금과 마찬가지였다. 이웃국가끼리는 늘 티격태격 싸웠다. 역사를 통하여 드러나는 빈번한 전쟁사는 지금까지 내가 이 글에서 그려온 풍요롭고 여유로운 동남아의 본래 모습과 크게 모순되는 이야기가 아닌가라며 의문을 제기할지도 모르겠다.

　전쟁의 빈번함이 동남아의 평화를 자주 깨기는 했지만, 식민주의 도래기를 분기점으로 한 고전시기와 근·현대 사이에 전쟁의 형태와 결과는 근본적인 단절을 보인다는 점이 매우 중요하다. 여기서 이미 여러차례 이야기했듯이 과거의 동남아전쟁은 부족한 인력을 보충하고 확보하기 위한 목적이거나 '또하나의' 정통성을 주장하는 경쟁적인 정치체계를 제거하는 목적을 갖고 있었으므로, 중요하지 않은 병졸들을 마구잡이로 죽이거나 무고한 백성을 살상할 이유가 없었다. 상대방 왕이나 지도부만 없애면 목적을 달성할 수 있었다. 그래서 대부분 장수들끼리의 결투로 승패를 결정짓거나 전초전에서 기선을 제압당하는 쪽이 그냥 항복하는 그런 전쟁의 형태를 띠었다. 부족한 경작지를 확보하고 영토를 넓히기 위해 '땅보다 덜 소중한 사람'을 죽이는 서양이나 동북아의 전쟁과 본질적으로 달랐다.

이러한 '인간적' 전쟁은 식민통치가 시작되면서 점차 대량살상전의 양상으로 바뀌게 된다. 네덜란드 지배하의 바타비아(Batavia)로 불린 자까르따에서 만여명의 중국인들이 죽고 불과 '3431명'만 살아남은 1740년의 '바타비아의 분노'(Batavian Fury)나 1603년과 1639년 두차례에 걸쳐 스페인령 마닐라(Manila)에서 중국인들을 각각 2만여명씩 '보이는 대로' 죽인 대학살은 향후 동남아에서 전개될 대량살육전의 전사(前史)였다. 모두 구교로나 신교로나 매우 종교적이던 스페인인과 네덜란드인이 자행한 생명에 대한 도륙이었다. 1899년 아시아 최초로 독립을 선포한 필리핀에 대해 3년간 전쟁을 벌인 미군들은 '필·미전쟁'(Philippine-American War)을 "깜둥이(토착 필리피노Filipino) 죽이기 비즈니스"(nigger killing business)라고 부르면서 "10살 이상인 필리피노는 무조건 죽였다." 필리핀 독립전쟁에서 생명을 잃은 미군은 4,000여명으로 적지 않은 수였지만, 처형되거나 학살 당하고 굶고 병들어 죽은 필리핀인은 무려 150만명에 이른다. 당시 필리핀의 총인구를 600만에서 900만으로 추정하므로 무려 15~25퍼센트의 필리핀인이 희생된 대참극이었다. 정말 인류사적 비극이 아닐 수 없다. 그런데 필·미전쟁은 20세기에 진행될 동남아 학살사의 서곡에 불과했다.

1945년 2월 미군과 필리핀군 공격에 퇴각하던 일본군은 마닐라 시내

전역에서 방화, 살인, 강간을 자행한 결과, 어린이들을 포함해 최소한 10만명의 무고한 시민들이 생명을 잃었다. 일본군 중에는 징병된 조선인 출신 해병들도 악명을 날렸다고 필리핀 문헌은 전한다. 그러나 이 천인공노할 사건조차도 20년 뒤 다른 동남아국가에서 벌어질 살육지변(殺戮之變)에 비하면 조족지혈(鳥足之血)로 보인다. 1965년 9월부터 다음해초까지 인도네시아에서는 군인들과 무슬림 청년들이 인도네시아 공산당에 소속되거나 동조적인 사람들을 아무런 사법적 절차 없이 닥치는 대로 잡아 죽였는데, 대부분이 이념이나 정치를 모르는 무지몽매한 농민들이었다. 얼마나 많은 사람들이 한꺼번에 살해됐던지, 중부 자와의 솔로(Solo)강에는 며칠 동안 붉은 핏빛 물이 흐를 정도였다고 한다.

알다시피 베트남전은 1, 2차대전, 한국전과 함께 20세기의 대표적 전쟁이다. 여기에는 화학무기가 등장하고 마을을 통째로 불태우고 주민을 소개시키는 전략을 썼다. 전사한 군인 수만 해도 민족해방전선, 북베트남군, 남베트남군, 미군, 한국군 순으로 무려 150만명 가까이 되니 한 국가의 전쟁사에서 가장 치열한 전쟁 중의 하나가 아니었을까. 군인들의 희생이 이렇게 컸다면 민간인 피해는 어떠했을지 상상하기조차 힘들다. 킬링필드 캄보디아에서 내전은 1975~79년 3년여에 걸쳐 벌어졌다. 극단적인 민족주의자들이던 크메르루즈(Khmer Rouge)는 모든 도시거주자들을 농촌으로 이주시켜 강제 노역을 시켰으며, 이 과정에서 반혁명분자로 찍혀 처형된 사람의 수만도 적게는 25만명에서 많게는 150만명이 된다. 지식인 일색으로 구성된 크메르루즈 지도부 — 대부분 프랑스 유학파였는데, 그중 키우 삼판(Khieu Samphan)은

뚜올슬렝 감옥(현 학살박물관). 벽에 붙어 있는 해골로 그린 캄보디아 지도. ⓒ 송승원

빠리대학 경제학박사 학위까지 갖고 있었다 ─ 는 교육받은 계층을 특히 싫어하여 안경을 착용한 사람을 무조건 살해하는 말도 안되는 반인류적 범죄를 저질렀다. 캄보디아내전은 인구를 3분의 1쯤 감소시킬 정도로 엄청난 희생을 낳았다.

여기서 하나 짚고 넘어갈 점은 동남아에서 일어난 이러한 대량살상극이 모두 인류사에 기록될 가공할 사건임에도 불구하고 정확하게 밝혀지지 않은 사실이 여전히 많다는 것이다. 일례로, 이러한 전쟁 와중에 죽은 군인과 민간인 숫자는 어림조차 못할 정도로 추정치의 폭이 크다. 내가 본 자료들만 해도 필·미전쟁 25~150만, 베트남전 100~400만, 인도네시아 9·30사태 30~100만, 캄보디아내전 80~330만명으로 잡고 있으니 도저히 종잡을 수 없다. 얼마나 많은 사람들이 이름을 남기는 것은 고사하고 익명으로 사망자 수치에 포함되지 못하고 억울하게 죽었을까? 동남아야말로 '역사 바로잡기'가 꼭 이뤄져야 할 곳이다. 안타깝게도 시간이 흘러 이들 전쟁과 사건에 대한 기억과 기록은 사라져가고 있는데, 진실과 사실을 밝히려는 노력은 미흡하기 짝이 없다. 동남아에서 이제 막 시작된 민주화의 바람이 이러한 노력을 앞당기리라 기대해본다.

동남아의 국제관계를 이야기하려다 논의가 옆길로 새버렸다. 내 이야기의 초점은 동남아에는 예나 지금이나 전쟁이 많다는 것이고, 그 형태가 근·현대로 넘어오면서 대량살육전으로 변질되었다는 것이다. 20세기에 전쟁이 특히 제3세계에 많았던 것은 충분한 설명들이 있다. 그것은 아시아든 아프리카든 이른바 '탈식민화 제3세계'의 공통된 경험이었다. 이들 국가들은 서구의 식민통치로부터 벗어나 신생국가로 거듭난 후 역사·종교·종족이 다른 민족들을 식민주의가 정해준 같은 테두리에 묶어 새로운 국민으로 '주조해'내는 과정에서 강압과 저항, 학살과 테러, 분리주의와 내전 등 엄청난 부작용을 수반하였다. 게다가 2차대전 이후 수십년간 지속된 냉전적 국제질서는 동남아의 갈등과 대립을 더욱 부채질했다. 민주화되지 못한 국가끼리 전쟁을 한다는 이른바 '민주평화론'(democratic peace)도 상당히 설득력이 있다. 아직도 새로운 국민형성과 국가건설을 완결하지 못한 동남아국가들에서는 내전이 사라지지 않고 있다. 버마의 국경지대는 모두 독립이나 자치를 바라는 소수민족의 저항을 받고 있고, 필리핀·인도네시아·태국 등에서도 무장된 분리주의 세력이 여전히 존재한다.

그런데 20세기뿐 아니라 전 역사를 통하여 동남아는 항상 전쟁이 빈번했다. 풍요롭고 여유로운 생활을 즐기던 과거에는 동남아에 왜 전쟁이 많았을까? 혹시 이러한 역사와 근·현대에 벌어진 인류사적 전쟁들이 연관되어 있는 것은 아닐까? 앞서 나는 식민통치기 이전과 이후에 나타난 전쟁의 형태와 결과에 근본적인 단절이 있다고 했는데, 그것은 전쟁 규모와 피해의 측면에서 지금의 전쟁이 국민들의 생명과 자산에 미치는 충격이 옛날과는 비교가 되지 않을 정도로 크다는 의미에서다. 이 모든 책임을 서구의 식민주의자에게 돌리자는 주장은 아니지만 — 즉 17세기 이후 점차 늘어나 20세기에 급증한 인구와 이로 인한 자원 부족이 근본적인 요인을 제공했을 수도 있기 때문에 — 식민주의자들의 출현은 동남아에서 전쟁개념을 본질적으로 바꿔놓았다는 점만은 부정하기 힘들다.

그럼에도 불구하고 나는 최근까지 동남아에서 전쟁이 빈번한 데는 동남아 고유의 역사적이고 문화적인 측면이 어느정도 있다고 생각한다. 그것은 지난번에 논의한 신성한 권력과 만다라적 국가개념과 연관된다. 국가는 신의 세계인 우주를 현세에 재현한 소우주이며, 왕의 존재는 이 우주를 대변하고, 소우주적 질서를 관장하며, 이 두 우주를 매개하는 절대적이며 신성한 존재이다. 하늘에 태양이 둘일 수 없듯이 우주도 둘일 수가 없는 것이다. 그래서 가까운 이웃이나 변방에서 왕을 자임하며 국가임을 내세우는 경우를 못 본 척 내버려둘 수 없었다. 치명적인 정통성의 약화를 가져올 수 있기 때문이었다. 다른 왕이나 국가의 존재를 인정한다는 사실은 자신과 자기의 국가를 부인하는 꼴이다. 상대방의 정통성 확립은 나의 왕권 상실을 의미한다. 일종의 영합(zero-sum)게임이라 볼 수 있다. 과거 앙코르왕국과 참파, 버마와 태국의 왕조들, 자와섬에 들어선 여러 왕국들이 하나같이 서로 사이가 좋지 않은 것은 이웃 국가를 자신의 신성한 정통성을 위협하는 존재로 인식했기 때문이다.

과거 동남아에서 전쟁의 위협은 항상 그리고 도처에 도사리고 있었다. 국가의 힘이 수도에 집중되며, 변방이 넓게 열리고 국경이 모호한 동남아의 국가체계에서 새로운 국가를 만들려는 야심을 가진 통치자 후보는 자주 출현할 수밖에 없었다. 동남아적 자연환경은 새롭게 등장하는 이 후보들에게 물적 토대를 제공했다. 게다가 여러가지 요인들 때문에 제국(empire)을 탄생시키지 못한 동남아에서 기존의 전통국가들은 행정적, 군사적 제도나 능력이 탄탄하지 못해 그 생명이 길지 못했다. 특정 국가 내부에서도 왕의 지위는 그 절대주의적 상징성에도 불구하고 매우 불안정했다. 대안적 왕족 집단이 항상 존재하며, 왕권의 승계(succession)가 비제도적 신비주의에 의존하고 있던 까닭에, 왕권에 대한 도전은 끊임없이 야기됐다. 반란, 찬탈, 협박, 암살을 통해서든, 왕의 자리를 상실한 왕은 그 신비하고 신성한 권력을 이미 잃었으며, 반대로 그 자리를 차지한 새로운 왕은 이미 그러한 권력을 이미 갖추고 있었다는 식으로 결과론적 정통성이 주어졌다. 역사학자들은 동남아의 전통적 정치체계가 바로 이 승계 방식에 치명적 약점을 내포하고 있었다고 지적한다. 왕족들 사이에, 왕과 형제들 사이에, 심지어 부자지간에, 내분, 권력투쟁, 반란, 암살 등이 끊이지 않았던 것이 동남아였다.

그렇지만 과거 이들 힌두불교국가들간의 전쟁의 파괴력은 극히 제한적이었다. 16세기 이전 대륙부 동남아왕국들의 전쟁은 대부분 왕이 기거하는 수도를 공격하여 왕궁인 종교건물을 파괴하고 왕을 사로잡거나 죽이는 것으로 그 목적을 달성했다. 종교건물을 파괴한 것은 그것이 왕의 권력을 충전하거나 반영하는 신성한 상징물이었기 때문이다. 적국의 왕과 그 상징적 근거를 없애 버림으로써, 소우주인 이 현실세계는 다시 통일된 모습을 되찾게 되고 따라서 국가는 유일, 완전한 우주의 만다라적 형태를 그대로 재현하는 모범을 과시하게 되는 것이다. 그리고 새롭게 등장한 왕은 빠른 시일 내에 '질서와 평화를 회복하여 국민들이 풍요롭고 행복하게 살 수 있도록 하는 것'(자와어로 *tata tenterem karta raharja*)이 자신의 임무요 그래야 그의 왕권이 완전무결함을 증명할 수 있었다. 역설적이지만 동남아 전통사회를 명확하게 가로지른 엘리뜨와 대중 간의 균열선 또한 왕권이나 국가권력을 둘러싼 갈등이 일반 백성들에게로 확산되지 않도록 하는 방벽 역할을 했다.

식민지 동안 서구의 종주국들은 토착국가들의 대내외적 약점을 최대한으로 활용하고자 했다. 왕족들간의 갈등과 인접국들간의 적대관계를 교묘히 이용해 식민지정부에 영향력을 끊임없이 확대해나갔다. 네덜란드는 동인도회사를 세워 1619년에 바타비아(지금의 자까르따)에 비지(飛地, enclave)를 건설한 후 쉬지 않고 이편 저편을 들며 전통왕국들을 이간질하며 전쟁을 부추겼다. 비록 18세기 중반 이후 자와 전역으로 지배권을 확보했지만, 토착왕국의 내분과 전쟁에 개입하고 간섭하다 엄청난 전쟁경비를 지출했고, 그 경비 부담으로 1799년 파산하기에 이른다. 식민주의자들의 소수민족 정책 또한 비열하고 교묘하여, 버마에서 영국은 소수민족인 까렌(Karen)족을, 인도네시아에서 네덜란드는 역시 소수민족인 암본(Ambon)인을 용병으로 포섭하여 토착인들의 단합을 방해하고 분열을 조장했다. 이른바 '분할통치'(divide and rule) 전략이었는데, 이로 인한 종족간 불신과 반목이 독립 후에는 민족

형성과 국가건설에 큰 걸림돌로 작용했다.

1967년에 인도네시아, 태국, 필리핀, 말레이시아, 싱가포르 5개국은 동남아국가연합(ASEAN)을 결성하였고, 그뒤 30여년에 걸쳐 모든 동남아국가들을 회원으로 받아들였으며, 지난해에는 창설 40주년을 맞았다. 가끔씩 유럽연합(EU)과 부당하게 비교되는 아세안을 두고 성과가 신통치 않다며 이런저런 말들이 많은 게 사실이지만, 적어도 그동안 이 지역에서 전쟁이 모두 끝나고 새로운 전쟁이 일어나지 않고 평화가 지속됐다는 사실만으로도 지역협력체는 충분히 그 존재가치가 입증된 셈이다.


## 5. 동남아의 민족 '만들기'와 한국의 민족 '가르기'


초등학교 1학년 코흘리개 시절 선생님의 선창에 따라 "반공을 국시의 제일의로 삼고"로 시작되던 「혁명공약」을 아무 뜻도 모른 채 큰소리로 외우던 기억이 난다. 그러다 중학교에 들어가서 「국민교육헌장」을 시도때도 없이 듣고 읊어야 했는데, "우리는 민족중흥의 역사적 사명을 띠고 이 땅에 태어났다"라는 그 첫 문장만큼은 우리 세대라면 모두 기억하고 있을 것이다. 그리고 고등학교를 졸업하던 해에 박정희 대통령은 "우리민족의 영광스러운 중흥과 통일"을 이루기 위해서라며 이른바 '10월유신'을 선포했다. 유신헌법 전문을 시작하는 "유구한 역사와 전통에 빛나는 우리 대한국민"으로 시작되는 구절은 사실 제헌헌법 이래 수십차례 헌법개정의 위기와 곡절을 극복하고 꿋꿋이 살아남아 대한민국의 간판처럼 자리잡았다.

　결국 군사쿠데타, 3선개헌, 장기집권이 모두 명분으로 삼은 것은 바로 민족과 국민을 위한다는 것이었다. 개인의 자유나 행복, 인간으로서의 권리나 인격은 없었고, 오로지 조국과 민족이라는 전체와 집단, 역사와 발전이라는 거대한 목표가 있을 뿐이었다. 그래서 공약, 헌장, 헌법, 선언문이나 연설문에 "민족 정기", "민족적 숙원", "민족 중흥", "국민 정신", "신념과 긍지를 가진 근면한 국민", "민족의 슬기", "민족의 운명"같이 민족과 국민 운운한 표현들이 수없이 등장했다. 그래서 요즈음 '과거사 정리' 사업에서 친일파 명부에 넣을지 말지로 논쟁의 대상이 되는 박정희가 그의 진정한 의도와 실제 행적이 어떠했든 결과적으로 한국민족에게 애국심과 민족주의 전파에 가장 크게 공헌한 지도자일 수 있겠다는 역설적인 생각조차 해본다. 민주화 이후 지난 20여 년 동안에도 남북한관계의 개선과 통일을 향한 분위기도 크게 고조됐지만, 일본이나 미국의 외교적 행태는 별로 나아진 게 없는 데다, 이웃 일본의 군국주의화, 극우세력, 일부 정치인들, 교과서 왜곡, 독도분쟁, 종군위안부에 대한 책임 회피에 참지 못하는 우리 언론과 정부가 앞장서 민족감정을 자극하고, 또 노무현정부에 들어서 과거 인물과 지도자들의 반민족·친일 행적을 백년 이상이나 거슬러 올라가며 낱낱이 캐기도 하였으니, 예나 지금이나 우리 한국인은 언제나 민족을 생각하며 민족주의의 망령과 함께 살아야 하는 운명인가보다.

　이렇게 어린시절부터 민족주의 교육과 '세뇌'를 받은 내가 머리가 굵어 동남아를 만났던 것이다. 당시 민족주의의 허구 정도는 간파하는 식견을 갖췄지만, 처음에는 동남아의 애매한 민족적 정체성과 흐릿한

민족주의에 실망하기도 했다. 그러나 새롭게 탄생한 동남아 신생국의 민족에게 '유구한' 역사가 있을 턱이 없다. 고작해야 19~20세기 반식민주의 독립운동을 하며 극소수 지식인들 사이에 싹튼 게 가장 긴 역사이고, 20세기 후반 식민주의자들이 그어준 국경선 안에서 우연히 함께 살게 된 여러 종족과 소수민족이 새로운 민족, 새로운 국민이 된 것이다. 민족의 역사가 장구하지 않으니 국가나 민족의 이름으로 기억되는 영욕도 별로 없고, 그러다 보니 풀어야 할 '숙원'도 없으며 '중흥'도 도모할 게 별로 없다. 20~30년 전까지만 하더라도 동남아 민족과 국민은 "신념과 긍지"도 없고 "근면하지도" 않으며 더욱이 "슬기롭지도" 못하다는 악의에 찬 비난까지 듣고 있었다. 그래서인지 민족정신에 충만한 한국인들이 민족의 역사가 일천한 동남아를 처음 만날 때 갖게 되는 경멸적 선입견은 어쩌면 당연해 보이기조차 한다. 그러나 나는 다행히도 동남아 현장에 발을 디딘 지 얼마 지나지 않아 정말 예외적인 민족은 저들이 아니라 바로 우리 한민족이라는 사실을 깨달았다. 그래서 한국인들이 으레 갖게 되는 그 선입견은 동남아의 민족주의 '결핍' 때문이 아니라 한국인들의 민족주의 '과잉' 탓이라고 생각한다.

동남아의 민족을 자세히 들여다보자. 동남아의 모든 나라는 이른바 다민족국가다. 일반적으로 여러 종족(민족)들이 모여 하나의 큰 민족을 이루는데, 큰 민족단위를 우리가 흔히 쓰는 용어로 바꾸면 국민이 되지만, 국민이란 말은 다분히 법적이고 형식적인 개념인 반면 민족(nation)은 정치적으로 같은 운명을 가진 공동체라는 의미가 담겨 있다. (사실상 종족도 본질적으로 민족과 다를 바 없지만 여기서는 혼동을 피하기 위해 국가 수준의 큰 민족이 아닌 다른 민족은 편의상 종족

또는 소수민족이라고 표현한다.) 동남아의 모든 국가는 적게는 서너개 많게는 수백개의 종족들이 모여 한 나라의 민족을 이룬다. 그것이 싱가포르민족, 태국민족, 베트남민족, 인도네시아민족 등이 된다. 이 민족들은 같은 국가 아래서 정치적 공동체를 꾸려나가고 있으므로 민족으로 불러야 한다. 그러나 이들 나라 이름 뒤에 민족이란 이름을 붙이는 것이 여전히 어색한 까닭은 과연 그런 민족이 실제로 또 실질적으로 이미 형성됐느냐, 즉 이들 종족간에 민족적 일체감이나 정체성이 형성되었느냐는 의문이기 때문이다. 대부분의 동남아국가는 민족형성의 문제가 여전히 완결되지 못한 과제이고, 심지어 버마, 인도네시아, 필리핀처럼 중앙정부를 장악한 다수민족과 주변부의 소수민족 간에 극심한 분열을 보이거나 내전 상태에 있는 나라들도 있다.

다종족국가가 당면하는 문제는 다양하고 복잡하다. 가장 큰 문제는 종족간, 국가와 소수민족들 사이의 의사소통 문제다. 한 나라 안에 서로 통하지 않는 여러개, 수십개, 수백개의 언어가 존재한다고 생각해보라. 서로 통할 수 있는 유일한 언어인 국어나 공용어를 학교에서 가르쳐야 한다고 생각해보라. 그 국어나 공용어가 한 종족에는 적대적인 다수 종족이거나 착취적이고 억압적인 외래민족의 언어라고 생각해보라. 게다가 교육체계조차 제대로 틀을 잡지 못해 언어교육이 효과를 거두지 못한다면, 어떻게 여러 종족을 하나의 민족으로 통합하는 일이 쉬울 수 있겠는가?

단일 언어를 쓰는 이른바 단일민족인 한국은 수많은 제3세계국가가 겪는 의사소통 문제를 잘 이해하지 못한다. 인도네시아 국민의 90퍼센트는 국어가 아닌 지방어를 모어(mother tongue)로 갖고 태어나고, 필리핀에는 국어의 모태가 된 따갈로그어를 쓰는 사람들과 세부어 (Cebuano)를 쓰는 비사야(Visaya) 도서지방 거주자들 사이에 경쟁과 갈등이 국어 정착을 가로막고 있으며, 말레이인과 화인(중국인) 간의 종족갈등이 국민통합을 가로막는 말레이시아에서는 중국어 사용과 중국어학교 설립 허용여부가 매우 민감한 정치적 쟁점의 하나다. 내가 머물고 있는 이곳 싱가포르는 표지판, 게시판과 책자들을 영어, 중국어, 말레이어, 타밀어 네 언어로 표기하는 불편을 감내하고 있다. 그럼에도 동남아국가들은 이런 복잡한 언어 상황을 대체로 잘 극복하고 국어를 널리 보급하는 데 상당한 성공을 거두었다. 그것도 싱가포르를 제외한 모든 나라에서 서양의 식민지 지배국의 언어가 아닌 동남아 토착어를 국어나 공용어로 사용하고 있다. 특히 인도네시아의 경우에는 다수종족의 언어인 자와어가 아닌 배우기 쉬운 말레이어를 모태로 삼은 인도네시아어를 국어로 채택한 결과, 짧은 기간 안에 광범한 국어 보급에 성공했고 이는 500여 종족을 하나의 인도네시아 민족으로 통합해가는 데 결정적 기여를 하고 있다. (앞에서 이 말레이인도네시아어야말로 이 세상에서 가장 위대한 언어라고 스스럼없이 주장한 바 있다.)

동남아에서도 한때 매우 배타적 민족주의가 휩쓴 시대가 있었다. 버마군부가 주창한 '버마식 사회주의'(Burmese Way to Socialism)나 크메르루즈가 시도한 농업사회주의 모두 그 바탕에는 외국혐오 (xenophobia)적 민족주의가 자리잡고 있었다. 인도네시아의 수까르노는 자신의 통치철학을 나사꼼(Nasakom)이라 부르며 민족주의와 사회주의를 하나로 묶으려 했다. 베트남 통일 직후 남부를 대거 탈출한 해상난민(boat people)들은 다름 아닌 중국계였다. 대부분의 나라들이 독립한 직후 외국인 재산을 몰수하거나 국유화하고 중국인의 경제활동과 거주이전을 제한하는 경제민족주의 바람에 휩싸였던 것이다. 그러나 이것이 국민경제 전체를 위축하고 국가의 존립까지 위협한다는 사실을 깨달은 동남아국가들은 얼마 가지 않아 외국인들과 특히 국적 취득 중국인들에 대한 차별을 대부분 없애 버렸다. 말레이시아에 그 잔재가 조금 남아 있을 뿐, 가장 차별적이던 인도네시아에서조차 1998년 민주화 이후 반(反)화인정책은 적어도 제도상으로는 완전히 사라졌다. 지금은 모든 동남아국가들이 토착 종족들뿐만 아니라 중국인, 인도인, 유라시아인들과 같은 비동남아 소수민족까지도 포용하는 새로운 민족 만들기에 나서고 있다.

동남아의 민족주의는 다민족 민족주의라고 한다면 우리의 민족주의는 단일민족 민족주의라고 부를 수 있다. 그런데 이 두 유형을 보면 함께 민족주의 범주로 묶을 수 있을지 의문이 들 정도로 커다란 차이점을 느낀다. 동남아에서는 여러 종족이 필요에 의해 우연한 역사적 계기를 맞아 민족이라는 공동체를 '만들었다'고 생각한다면, 역사적 필연에 의해 '생겨난' 숙명적인 일차집단이 바로 민족이라고 믿는다. 한민족은 반만년의 역사를 가졌다고 생각하지만, 많은 동남아민족은 길게 잡아야 수백년 짧게는 수십년에 불과한 역사를 가지고 있음을 솔직히 받아들인다. 한민족은 같은 조상으로부터 면면히 이어져 내려온 단일혈통을 믿는 데 반해, 동남아민족은 여러 갈래에서 온 언어, 전통, 종교, 문화가 다른 종족들이 정치적으로 모인 집단이라고 믿는다. 그래서인지, 한국의 민족주의는 다른 민족에 대해 강한 배타성을 드러내지만, 동남아의 민족주의는 타 민족에 대해 관용적인 것 같다. 결국 우리의 민족

개념은 단일민족적 동질성과 유일문화적 획일성을 강하게 드러내지만, 동남아의 민족개념이 다종족적 이질성과 다문화적 다양성을 그대로 인정한다.

　이러한 두 유형의 민족주의는 서로 다른 시기에 영욕과 굴곡의 과정을 겪었다. 동남아에서 민족형성이 이루어지지 못한 상태에서 다종족적 이질성과 다문화적 다양성은 심각한 분열과 갈등을 낳았다. 종족, 종교, 지역 갈등을 겪지 않았던 동남아국가는 없으며, 이념적 충돌 이면에도 이러한 원초적 갈등구조를 감추고 있었다. 높은 민족형성과 국민통합의 문턱은 경제발전을 지체시켰으며, 정치적 불안정을 일상화했다. 그러나 21세기에 들어 동남아국가들은 이러한 시대적 난제를 슬기롭게 극복하고 능동적으로 세계화를 맞이하고 있다. 아직도 몇나라가 소수민족의 분리주의 운동으로 갈등과 내전을 겪고 있고, 대다수 나라들이 정치적 민주화와 경제적 선진화를 이룩하지 못하고 있지만, 세계화가 필요로 하는 타 민족이나 문화에 대한 이해와 수용만큼은 한국보다 한결음 앞서 있음이 분명하다.

　드디어 한국인들이 과연 민족이란 무엇인지 진지하게 논의해야 할 시점에 다다랐다고 생각한다. 밖으로는 세계화·지역통합·FTA 등의 바람이 거세고, 내부적으로 국제결혼·이주노동·저출산의 추세가 뚜렷한 이때, 우리는 지금까지 믿어온 민족개념이 올바르며, 앞으로 당면할 엄청난 도전들에 대처할 수 있는 개념인지 꼼꼼히 따져봐야 한다. 대부분의 나라들이 개방과 협력으로 나아가는 이 시대에 유독 우리만이 반미·반일·반중으로 외부세계에 대한 경각심과 의심을 드높여야 할까? 세계 여러 나라들이 외국인 투자와 외국 두뇌들을 유치하려 경쟁이 치열한 데 반해 우리는 첨단산업과 고급인력들을 해외로 내몰아야할까? 이곳 동남아에 오니 여러 나라들이 이민 규정을 완화하여 능력있고 돈 가진 외국인들에게 국적과 영주권을 제공하며 유치하려 경쟁을벌이고 있는데, 왜 우리는 이중국적이다 군복무 회피다 하며 능력있는동족들의 국적을 박탈하고 반민족행위자로 낙인 찍어 해외로 방황하게 하여야 할까? 민족주의 교육을 핑계로 내세우는 교육계 기득권층의포로가 된 우리 교육 현실은 얼마나 더 많은 어린 학생들, 그리고 그 어머니들을 미주와 유럽국가들을 넘어 이제는 중국, 말레이시아 등 우리보다 못사는 나라까지 유학하게 만들 것인가? 대부분의 나라들이 국제경쟁력을 강화하기 위해 영어다 제2외국어다 하며 언어교육을 우선적정책으로 삼고 있는데, 어찌 한국정부는 그렇게 능통하던 한자까지 외국어라며 배격하고 외국어교육을 사설학원에 맡기는 무책임한 정책을일관하고 있을까?

이 글의 앞부분에서 한국의 문제는 민족주의의 '결핍'이 아니라 '과잉'이 문제라고 썼다. 우선 시급한 과제는 민족개념을 순화·합리화·과학화하는 일이다. 어느쪽이 더 민족주의적이냐를 놓고 남북을 가르고 동서를 가르더니, 이제는 역사까지 갈라 고구려를 미화하고 신라를폄하하는 행위야말로 반역사적·반민족적 작태가 아닌지 반성해야 할일이다. 조그만 땅덩어리와 한줄기 역사를 이리저리 갈라 가지를 치고버린다면, 민족으로 남을 자 과연 얼마나 될까? 무엇보다도 혈통이나핏줄 따위로 민족을 규정하는 것은 반인륜적인 인종주의적 범죄행위일 뿐 아니라 과학적으로도 근거가 없는 주장이므로 하루빨리 철폐되어야 한다. 중화문명의 수용 여부로 정의되던 한족이나 유대교 신봉 여부로 민족을 정의하는 유대민족처럼 우리의 혈연적 민족개념도 이제 선천적이고 원초적인 과거회귀적 요건이나 기준이 아니라 자발적이고 선택할 수 있는 미래지향적인 것으로 바뀌어야 한다. 누군가 21세기에 국적이란 신용카드와 같은 것이라고 했던 기억이 난다. 조건 좋은 것만 골라 몇개씩 동시에 가질 수 있는 것이 국적이란 말이다. 이 땅에 살고 싶어하고 이 나라를 좋은 나라로 만드는 데 동참할 수 있는 사람이라면 한민족의 일원이 될 수 있도록, 이제 국적 취득의 문턱도 낮춰야 한다. 그리하여 이 한반도가 세상에서 가장 살기 좋은 땅으로 만드는 일이야 말로 참다운 민족주의자가 추구해야 할 과업이 아닐까?

제5장

한국 속의 동남아, 동남아 속의 한국

## 1. 싱가포르 연무와 자까르따 한국음식 기행

2006년 10월말쯤 우리 가족에게 조그만 비상사태가 생겨 잠시 싱가포르를 떠나 인도네시아의 수도 자까르따(Jakarta)로 '피난'을 갔던 적이 있다. 한국과 동남아 간의 관계를 살펴보고자 하는 제5장을 당시 이야기로부터 시작해보자.

비상사태란 다름 아닌 연무(煙霧, haze)라고 불리는 고약한 연기와 먼지가 싱가포르 하늘을 가득 덮은 일이다. 어찌 보면 한국의 황사와 비슷한데, 대체로 하루이틀 만에 사라지는 황사와 달리 이 연무란 놈은 통상 여러 날, 여러 주 머무르면서 사람의 건강을 해치고 일상생활에 영향을 끼친다. 그해 연무는 무려 두달간이나 계속됐다. 인도네시아에서 발생하여 말레이시아, 싱가포르, 태국 등 주변국가로 날아드는 연무는 중국 사막에서 발생해 한국으로 날아드는 황사처럼 '다국적' 환경 문제이지만 연무는 사람들의 방화로 인한 인재가 직접적인 원인이라는 점에서 사막화라는 자연현상 또는 이를 방치한 간접적 인재에 해당하는 황사와 그 성격이 기본적으로 다르다고 하겠다. 나는 동남아문화나 풍속에 관한 글을 쓸 때마다 동남아를 지상낙원처럼 미화한다는 비난을 종종 받아왔는데, 결국 이렇게 '험한' 모습도 그리게 되어 다소 씁쓸하지만 피해 당사자가 되고 보니 모른 채 그냥 넘어가기가 어렵다.

연무는 인도네시아의 건기가 막바지에 달하는 9~10월쯤 수마뜨라(Sumatra)와 깔리만딴(Kalimantan)의 밀림에 화전민이 불을 질러 일어난 연기가 바람을 타고 주변 지역으로 날아드는 것이다. 화전은 숲속 밀림에서 '나무를 베어내고 불을 질러'(slash and burn) 기름진 땅을 얻어내 몇년을 경작하다가 땅의 양분이 다하면 다른 곳으로 옮겨가는 방식의 경작이다. 그런데 이 수천년 지속된 화전경작이 왜 최근에야 연무 문제를 일으키는 것일까? 인구가 희소한 밀림지대에서 화전민이 듬성듬성 지른 과거의 소규모 화전경작과 달리 최근에 와서는 큰 농장과 플랜테이션을 소유한 기업들이 울창한 밀림 전역에다 대규모로 불을 지르기 때문이다. 여기에는 국내기업뿐 아니라 외국계 대기업들도 한몫을 하고 있다. 주민들의 생계문제도 있고, 기업농의 생산증대와 이해관계가 같은 지방정부와 부패하고 무능한 관료들이 해마다 거듭되는 방화행위를 단속하거나 처벌하지 않고 눈감아준 결과다. 결국 연무는 자연적이거나 생태학적 문제라기보다 정치경제학적 문제이다.

그런데 더 답답한 것은 피해국인 말레이시아와 싱가포르의 정부·언론·국민의 반응과 대응이었다. 천성적으로 약한 목이 더 아프고, 현재

병을 앓고 있는 눈도 더 따갑고, 괜찮던 머리조차 두통 증세를 매일 보이고, 아침에 일어나 맞은 편 산을 바라보면 뿌연 연기와 먼지로 뒤덮여 가시거리의 축소를 분명 느끼는데도, 연무가 시작된 한두주 동안은 이에 대한 발표와 보도를 찾아볼 수 없었다. 우리 같으면 어떻게 할까? 성격이 급한 데다 불의를 보면 참지 못하는 한국민은 아우성칠 것이며, 힘센 시민단체들이 일제히 들고 일어나고, 언론방송들도 경쟁적으로 법석을 떨 것이다. 와중에 골프를 친 장관이나 국회의원이 있다면 가십거리가 될지도 모르겠다. 그런데, 말레이시아와 싱가포르 국민은 텔레비전 귀퉁이에 조그맣게 표시된 오염수치만 확인하며 '방안에 콕' 박혀 있을 따름이다. 강한 국가가 일방적으로 만들어낸 복지국가의 한계인 것이다. 게다가 인도네시아가 하도 큰 나라라서 그런지 말레이시아와 싱가포르는 눈치만 슬금슬금 살필 뿐 항의 한번 제대로 못했다.

이러던 양상이 연무가 3주째 접어들자 조금씩 바뀌기 시작하였다. 2008년 현재 싱가포르 총리인 리센룽(李顯龍)이 인도네시아정부를 향해 부드럽게 한말씀을 하시고, 말레이시아정부는 동남아국가들이 연무를 연구·조사·예방하는 공동기금을 만들자는 다소 한가한 제안을 했으며, 아세안 환경장관 비상회의가 열려 '심각하고 진지하게' 그 대책을 논의했다는 보도가 나왔다. 며칠 뒤에는 인도네시아의 유도요노(Susilo Bambang Yudhoyono) 대통령이 드디어 화내고, 정부는 방화를 한 열두 회사를 고발했다고 한다. 그렇지만 동남아 지역경제에 무려 90억달러의 손실을 입힌 1997년 연무 이후 지금까지 방화 책임을 물어 처벌을 받은 기업은 단지 회사 하나밖에 없고, 인도네시아정부가 연무와 "싸움을 벌이려고 하지만 자연이 도와주지 않는다"는 환경장관의 발언을 접하고는 할말을 잃고 말았다. 그 "자연"(nature)이란 바로 '비와 바람'(우기와 몬순)인데, 그해는 어찌된 셈인지 우기가 가까운데도 비 한방울 오지 않고, 수마뜨라에서 불어오는 서남풍과 깔리만딴에서 불어오는 동남풍은 야속하게도 그 방향을 쉽사리 바꿔주지 않았다. 그러다가 급기야는 10월말이면 끝날 것 같다던 건기가 11월말까지 연장될지 모른다는 예측이 1면 기사로 난 것을 보고 우리 가족은 미련없이 여행가방을 쌌다.

그래서 간 곳이 기막히게도 인도네시아 수도 자까르따였다. 호랑이를 잡을 것도 아니면서 호랑이 굴로 들어 간 것이다. 역설적이게도 계절풍이 서북, 동북 방향으로 부니 연무 근원지로부터 동남, 서남 방향에 있는 이 자까르따는 발생의 책임에도 불구하고 연무로부터 안전하고 그 피해로부터 자유로운 곳이다. 연무에 대한 소행이 괘씸하기 짝이 없는 인도네시아에게 우리 가족의 관광으로 인한 외화수입을 설사 몇 푼 되지 않더라도 보태주는 것이 마음에 내키지 않았지만, 급하게 '싱가포르 탈출'을 결심한 터라 다른 대안이 없었다. 가까운 말레이시아는 싱가포르보다 연무가 더 심하고 방콕은 공해나 교통체증이 연무 못지 않게 관광객을 괴롭히는 도시다. '지구상의 마지막 낙원' 발리(Bali)는 러바란(Lebaran) 장기 연휴로 예약할 수 없었다.

아플 때는 잘 먹는 것만한 보약이 없다고 하질 않던가? 솔직히 자까르따 행을 결정한 데는 동남아에서 가장 맛있고, 다양하고, 값싼 한국식당이 이곳에 즐비하다는 점이 크게 작용했다. 동남아에 사는 교민들의 공통된 의견은 자까르따 한국음식이 동남아에서 최고라는 것이다. 어떤 교민은 이곳 음식 맛이 미국의 로스앤젤레스에 견줄만 하고, 어떤 사람은 "한국보다 더 맛있다"고 주장한다. 자까르따에서 발행되는 교민잡지를 보니 무려 90개나 되는 한국식당 이름이 있다. 교민들 이야기로는 130여 군데가 영업중이란다. 자까르따 한인식당은 넓은 면적, 천장이 높아 시원하게 보이는 공간, 깨끗한 실내장식, 친절하고 상냥한 종업원, 다양하고 넉넉하게 제공되는 밑반찬, 신선한 식재료, 한국의 절반도 안되는 가격, 무엇보다도 원조에 가까운 음식 맛에서 방콕, 콸라룸푸르, 마닐라, 싱가포르 등 이웃도시들을 훨씬 능가한다. 내가 다녀본 바에 의하면, 한인이나 조선족 수가 훨씬 많은 중국이나 일본의 한국식당들도 교민 5만에 불과한 자까르따를 쫓아오지는 못할 것 같다. 이런 자까르따 식당들이 요즈음에는 더욱 고급화, 대규모화하여 입구에 들어서면 그 화려하고 웅장함에 감탄사가 절로 나올 지경이다. 더욱이 자까르따 한인식당들은 해외에서 많이 볼 수 있는 모든 요리를 다 취급하는 백화점식 한국 식당이 아니라, 종류별로 전문화된 식당이다. 고깃집이나 한정식은 물론이고, 곱창전골, 냉면, 회, 한국식 중국요리, 두부요리, 순대, 심지어는 보신탕까지 실로 없는 게 없다.

자까르따의 한인사회를 들여다보고 있노라면, 혹 이러다가 한국이 가장 전통적이고 고유한 부문조차도 비교우위를 상실해버리는 게 아닐까 하는 우려까지 든다. 때가 되면 고국과 고향을 찾아 그 정취와 맛을 느끼려는 귀향의 전통과 관습이 현실적이고 실용적인 성격의 여행에 자리를 내주는 것 같다. 추석이나 설날 등 명절에는 고향을 가는 것이 아니라 연휴를 즐기러 해외에 나가고, 내 음식기행처럼 값싼 항공료와 숙식 비용으로 더 맛있다고 '생각하는' 한국음식을 찾아 다른 나라로 여행가는 새로운 풍습이 생겨나는 것은 아닌지…… 이제는 미풍양

속 같은 규범, 정부규제로 제공되는 독점, 민족주의와 애국심을 등에 업고 '삼천리 금수강산', '신토불이', '원조' 따위로 상품을 포장하여 팔던 마케팅 방식은 합리적 소비자로 변한 우리를 더이상 설득하거나 유혹할 수 없을진대……

게다가 이곳 동남아국가들을 보면 외국의 자본, 인력, 관광을 유치하기 위해 앞다투어 새로운 정책들을 내놓고 있다. 알다시피 최근 은퇴이민으로 유명한 말레이시아와 태국은 승용차 한대값 정도만 은행에 저금하면 영주권 비슷한 10년간 장기체류비자를 주고, 싱가포르는 기술이나 돈을 가진 고급인력에게 거주 2년 만에 시민권을 주는 파격적인 이민정책을 편다. 작년에 12,900명에게 시민권을 부여하고 향후 매년 15,000명 수준에서 시민권을 부여하는 계획을 통해 저출산 현상에 대비하고 있다. 이를 인구비율로 계산을 해보면 한국에서 매년 20만명 이상에게 시민권을 주는 셈인데, 우리로선 상상도 할 수 없는 일이다. 하여튼 서울에서 제주도로 가는 국내선 항공료보다 더 싼 국제선 항공료를 내고 근사한 독일 루프트한자(Lufthansa) 항공편으로 자까르따로 가서 충분히 '한국을 즐기고' 싱가포르로 돌아가면서 단상에 젖어보았다. 세계 최저의 출산율, 고령화사회, 지역갈등과 세대갈등, 저성장, 복지문제, 북한 핵실험 등 점점 살기 어려워지는 남북사회의 강력한 대안으로 '제3의 한국', 즉 해외 한인사회가 부상하지 않을까? 눈여겨볼 일이다.

## 2. 한국과 베트남, 그 특별한 관계[28]

한국과 동남아라는 주제와 관련하여 인도네시아와 함께 특별히 언급하고 싶은 나라는 베트남이다. 한국과 베트남 간의 관계는 말 그대로 너무나 '특별'하기 때문이다.

베트남의 도이머이(Doi Moi, 쇄신)정책과 한국의 민주화 이후 베트남으로 진출하는 한국인들과 베트남인들 사이에 파고드는 한국 상품과 문화가 크게 늘어났다. 2006년만 해도 30만이 넘는 한국인들이 베트남을 방문했으며, 베트남은 인도네시아와 함께 한국인 투자자들이 투자 상대국으로 가장 선호하는 나라가 됐다. 한국의 공적개발원조(ODA)나 민간단체들의 개발협력활동에서도 베트남은 특별 취급을 받는다. 최대 도시 호찌민시를 가보면 교민이 4~5만이 되어 마닐라, 자까르따, 방콕 못지않게 큰 한인사회가 형성되고 있다. 국립호찌민사회인문대학에서 베트남어를 배우려고 등록하는 한인 학생 수가 매달 수백에 이른다고 한다. 베트남이 한국인 투자를 적극적으로 유치하고, 많은 한국인을 받아들여 교민사회가 형성되기에 이른 것을 보면, 베트남 정부나 국민은 한국인이 베트남의 경제발전에 기여할 바가 많다고 생각함에 분명하다.

한국에 대한 베트남인들의 친밀감은 한국의 대중문화, 즉 '한류'(Korean wave)의 적극적인 수용에서도 잘 나타난다. 동남아에서 한류는 다른 나라들보다 5, 6년 앞서 베트남에서 시작됐으며, 베트남의 한류는 비단 텔레비전 드라마에 그치지 않고, 영화, 대중음악, 한국어, 화장품, 치장법, 액세서리, 음식과 일반 한국상품 등 일종의 '종합 패키지'라고 할 수 있을 정도로 폭발적이다. 이 한류현상을 보면 한국을 바라보는 베트남인의 인식이 특별하다는 느낌을 받는다. 한 회의에서 만났던 역사학자 응우엔 반 릭(Nguyen Van Lich)교수는 베트남이 한국만큼 호감을 갖고 특별한 관계를 유지한 나라는 자기 나라 역사에서 일찍이 없었다고 했다.

한국에는 수만명의 베트남인 신부와 노동자가 들어와 있다. 2006년에는 베트남에서 온 신부가 한국으로 시집온 전체 외국인 신부의 28퍼센트를 차지해 중국인 국적자를 꺾고 가장 인기가 좋은 외국인 신부로 떠올랐다. 한국에서 일하는 베트남 노동자들은 일 잘하고 한국생활에 적응 잘하기로 소문났다. 또 우리나라에는 '베트남을 사랑하는 사람들의 모임'(Vesamo)까지 있다. 일찍이 남의 나라를 미워해 반미, 반일은 해보아도, 어떤 나라를 너무 좋아해 모임을 만드는 경우는 없었던 것 같다. 베트남(전쟁)에 대해 문학작품을 쓴 수십명의 작가들은 '베트남을 이해하려는 젊은 작가들의 모임'을 결성하여 양국간의 이해를 증진하기 위한 활동을 적극적으로 벌이기도 하다. 아마도 특정 외국을 소재로 글을 쓰는 한국작가들의 유일한 모임일 것이다. 동남아역사를 전공하는 학자들 중에서도 베트남사 전공자가 제일 많다.

베트남인에게 한국이 특별하듯 한국인들에게도 베트남이 특별하다. 흔히들 베트남 신부들이 돈 때문에 팔려 왔다고 하고 이주노동자 처지를 벗어나지 못한다는 비판과 차별이 있기는 하지만, 한국인들의 인식 속에 있는 베트남은 각별하다. 베트남인은 중국에 대적하고 프랑스나 미국을 이긴 강한 민족이라는 존경심이 있으며, 또 한국인들이 자부심

베트남을 방문한 노무현 전 대통령이 호찌민 전 국가주석의 묘소에 헌화하고 있다.

으로 내세우는 근면, 인내, 교육열 등을 베트남인도 똑같이 지니고 있
다고 생각한다. 주변에는 동남아국가들 중에서 베트남이 중국문명을
받아들인 유일한 '문명국'이라고 여기는 모화주의(慕華主義)자들도 있
다. 베트남전쟁 참전조차도 한국인에게 베트남에 대해 친밀감 같은 것
을 갖게 한 측면이 있다.

　베트남과 한국이 서로를 특별하게 생각하는 이유는 무엇일까? 베트
남에서 한류의 유행이나 한국에서 베트남 신부나 노동자의 인기를 보
노라면, 양국의 문화간에 서로 이해하고 소통할 수 있는 요소들이 풍부
하다는 생각이 든다. 베트남전쟁을 예외로 한다면, 한국과 베트남이 적
대적 관계에 놓인 역사가 없고, 과거 중국에서 양국 사신이 만나면 특
별히 반가워하고 존중했다 하니 서로에 대한 호감은 옛날부터 있었나
보다. 이러한 직접적인 역사적 관계 — 또는 그 부재 — 에 못지않게, 역

사적 경험 또한 중요할 것이다. 양국은 공히 식민지배, 분단, 전쟁, 빈곤 그리고는 최근에는 급속한 경제발전을 경험했다. 경제에서 한국이 조금 앞서 있을 뿐이다. 이러한 요인들 외에도 한국과 베트남이 과거 동아시아문명의 '중심'이던 중국으로부터 비슷한 '문화적 거리'를 가진 주변부에 자리 잡고 있던 요인 역시 중요하다고 생각한다.

어쨌든 한국과 베트남은 서로에게 특별한 감정이 있는 것만은 틀림없다. 국제관계에서 진정한 친구를 찾기란 힘들지만, 양국은 서로에 호감을 가지면서 대등한 관계를 갖는다는 점에서 한국과 베트남이 진정한 친구가 될 가능성은 높다. 중국과 일본 사이에 낀 한국이 동북아에서 친구를 찾지 못했다면, 중국문화의 영향이 짙고 대국적 의식을 지닌 베트남도 동남아에서 친구가 없다. 베트남과 한국이 지금 관계에서 한 걸음 더 나아가 더 협력하고 소통하여 진정한 친구가 됐으면 좋겠다. 그리하여 양국이 동남아와 동북아를 이어 동아시아를 형성하는 가교가 되고, 동아시아인 모두가 꿈꾸는 '동아시아공동체'(East Asian Community) 건설에 중추적인 역할을 할 수 있으면 좋겠다.


## 3. 동남아를 얕잡아 보는 동북아중심주의


지난 25여년 동안 동남아 연구를 업으로 삼아 이에 천착하는 동안 이런저런 '수모'를 더러 당했다. 학문에 발을 들여놓은 사람이 갖가지 현실적인 어려움을 겪는 것은 당연지사지만, 수모라고까지 표현한 것은 학문하는 이들이 남의 학문 영역, 즉 동남아 지역연구를 비웃는다는 것을 종종 느꼈기 때문이다. 중요한 분야를 많이 두고 시시한 지역연구를 학문이라 이름하며 소일하고 하필 많은 지역 중에 별 볼일 없는 동남아를 전공하느냐며 한심하고 측은한 듯 눈빛을 보내기도 했다. 대개 은연중에 그런 속마음을 드러냈지만 면전에 대고 동남아 연구를 폄하하는 동료들도 있었다. 그나마 동남아에 관심을 조금 보이는 이들조차 그것이 중요하거나 유익하다고 생각해서가 아니라 신기하고 재미있어 귀를 기울이는 척했던 것 같다. 아마 내 동남아이야기가 무슨 몬도가네류나 무용담같이 들렸을 게다.

한번은 동남아 연구자와 선거전문가 몇사람이 모여 인도네시아에서 53년 만에 실시되는 민주선거를 참관하기로 하고 선거관리위원회에 경비 지원을 신청한 적이 있었다. 선관위가 깨끗이 거절한 것까지는 괜찮았는데, 사유인즉 인도네시아 같은 나라에 가서 배워올 게 뭐가 있느냐는 것이었다. 친절하게도 선거참관을 하려면 당연히 유럽이나 미국 쪽을 가야 한다는 정답까지 제시해주었다. 가끔씩 내 전공인 비교정치 분야에 교수 채용공고가 나 동남아지역을 전공하는 내 후배나 제자들을 추천하기 위해 문의를 할라치면, 아직 자기 학과에는 미국 (또는 중국, 일본, 유럽) 전공자도 없는데 어떻게 동남아전공자를 뽑을 수 있겠느냐는 '핀잔'도 흔히 듣는다. 이 분야들을 다 채운 뒤에 동남아를 고려할지 생각해보겠다는 식이었다.

자주 나를 실망시키는 것은 동아시아담론과 관련해 우리의 식자층이 알게 모르게 드러내는 동남아에 대한 편향된 시각이다. 한번은 내가 공동연구 계획서를 발표하는 공개적인 자리에서 한국사인지 동양사인지를 전공하는 한 역사학자가 나더러 어떻게 동남아를 동아시아라는 지역 개념에 포함시킬 수 있느냐며 얼굴을 붉히고 흥분하는 것을 본 적이 있다. 과거에 동북아국가들만 포함하는 뜻으로 쓰이던 동아시아란 용어가 최근 동남아의 부상으로 '오염'되기에 이르자, 우리의 일부 인사들은 중국이나 일본에서도 이제 거의 사용하지 않는 '동북아'라는 단어를 찾아내 동남아와 차별적인 의미를 부여하고 있다. 이런 분위기 형성에는 남북한 관계와 6자회담에만 시야가 고정되어 있는 지난 정권의 이른바 '동북아 중심국가', '동북아 경제허브', '동북아 시대' 구상도 한몫을 한 것 같다.

이들의 '동북아중심주의'는 중국과 일본 등 다른 동북아국가들로부터 오해와 비웃음을 사기도 했지만, 무엇보다 한국을 동병상련의 친구로 믿었던 동남아로부터 한국도 중국이나 일본과 힘을 겨루는 강대국이 되려고 하거나 아니면 이들과 힘을 합쳐 동북아집단을 형성하겠다는 의도일지도 모른다는 의심을 받게 했다. 중국과 일본이 아세안의 환심을 사기 위해 적극적인 접근을 시도하는 동안, 한국은 동남아국가들을 외면하며 동북아 타령만 읊고 있는 셈이다. 동북아중심주의는 그 인식을 잘 뜯어보면, 단순한 '자민족 중심주의'(ethnocentrism)의 차원을 넘어 한국을 중국과 일체화하는 자기부정 내지 자아분열의 측면까지 엿보인다.

중국은 과거 동남아를 남쪽에 사는 야만인 즉 남만(南蠻)이라 부르며 얕잡아 보았다. 하기야 중국인은 모든 주변 민족들을 북적(北狄), 서융(西戎), 동이(東夷)로 부르면서 오로지 중국인 자신들만 문명인이라고 자부했다. 이들이 우리의 선조들을 부른 '동이'라는 말이 우리에겐 어감이 나쁘지 않은 쪽으로 해석되어왔지만 중국인들에겐 오랑캐나 야만인이나 이음동의어(異音同義語)일 뿐이다. 중국인의 눈으로 보면 한국인이 동남아인을 얕보는 것은 '오랑캐'가 '야만인'을 얕보는 꼴인 것이다. 우리 스스로의 세계관을 갖지 못하고 남의 나라, 그것도 우리를 깔보는 나라의 세계관을 빌려다 우리와 비슷한 처지의 사람들을 비웃고 있는 것이다. 이 얼마나 심한 자기부정인가?

이제부터 이어질 내용에서 자세히 밝히겠지만, 한국과 동남아는 우리의 역사지식이 담고 있는 것보다 훨씬 가깝고 밀접한 관계를 이어왔다. 어디까지가 역사적 사실인지 확정 짓기란 쉽지 않아도, 오늘날 우리가 한국사람과 한국사회라고 부르는 것에는 배워 알고 있는 수준을 훌쩍 뛰어넘는 정도의 동남아적 요소가 깊숙이 그리고 넓게 자리잡고 있음을 인정하지 않을 수 없다. 예를 들어, 이 땅에 불교가 전래된 것은 삼국의 불교 공인보다 3~4세기 앞선 시기에, 그것도 중국을 통한 육로가 아닌, 인도-동남아-남해안에 이르는 뱃길을 통한 것이었다. 바로 1~2세기에 인도의 불교는 동남아 거의 전지역에 전파되었고, 학자들은 이를 동남아의 '인도화'(Indianization)라 부른다. 엄청난 강도의 인도화로 그 충격의 여진이 한반도에도 전해진 것이다. 정수일교수는 이 시기의 불교 전래를 "초전(初傳)"이라 불렀다.

가야의 건국설화, 허황옥(許黃玉, 허황후)에 대한 기록과 전설, 가락국들의 유적지에 널리 퍼져 있는 초기 불교의 유적들 등 많은 사실과 분명한 증거에도 불구하고 사대주의자들은 한국의 불교가 중국을 통해 육로로 유입되고 4~6세기에 삼국 왕조에 의해 공인된 "공전(公傳)을 불교 전래의 시원으로 삼는" 역사 왜곡을 가하고 있다. 사대주의자들은 심지어 허황후와 불교의 관계는 "후대인들이 불교의 권위를 이용하여 시조전승을 신성화하려는 윤색"이라며 조작설까지 제기한다.

우리 역사와 문화 속에서 '동남아를 파내고 중국을 심는' 사대주의적 역사 왜곡은 뿌리깊게 그리고 오랫동안 이루어져, 사계의 전문가들이 폭넓게 참여하여 심층적이고 체계적인 연구가 있어야만 비로소 바로 잡아질 수 있을 것이다. 한민족의 기원, 불교의 전래, 서역문화를 신라와 고려에 전해준 뱃길, 이 두 왕조의 적극적인 해양정책과 해상무역, 조선조의 대동남아 교류, 기독교의 전래, 일제식민지기의 징병과 징용된 군속(軍屬)과 종군위안부들의 이야기까지 우리역사 속에서 묻혀지고 지워진 동남아 부분은 너무나 많다. 나같은 얼치기 비전문가가 한두 사람이 나서서 될 수 있는 작업이 결코 아니다.

나는 중국인보다 더 중화사상에 젖어 있는 우리의 학계와 일부 식자층을 자주 본다. 시대착오적인 생각을 버리지 못한 이들은 아직도 동남아를 어떻게 우리와 동격으로 놓을 수 있느냐며 흥분하고 분개한다. 그러나 중국인이 주변 국가들을 얕잡아 본다고 덩달아 춤추는 것은 앞서 이야기했듯이 자기부정이요 자아분열과 다를 바 없다. 중국인을 흉내내어 동남아를 낮춰 보아야 문명인이 된다면 그런 문명인은 결연히 거부해야 한다. 중국인의 자민족 중심적 문명관과 '야만적인' 남만관을 철저히 배격하는 것이 진정한 문명인이 되는 길이 아닐까? 이제부터는 '한국 속의 동남아'와 '동남아 속의 한국'을 찾아봄으로써 한국과 동남아의 관계를 밝혀보자.

## 4. 동남아와의 관계를 축소한 한국의 역사

한국 속에 동남아가 있는가? 아마 대다수의 한국인은 이런 질문을 받으면 있기는 하나 우리 사회의 주변부에 있을 뿐이고, 그것도 아주 최근에 생겨난 현상이라고 대답할 것이다. 동남아라고 하면 모두들 지난 20여년 사이에 우리나라로 밀려든 이주노동자와 신부만 머리에 떠오를 것이기 때문이다. 현재 한국에서 합법 또는 불법적으로 취업하고 있는 50만 이주노동자의 절반 이상이 인도네시아, 베트남, 필리핀 등 동남아국가들로부터 온 사람들이고, 최근 몇년 사이 급증해 전체 결혼 8건 중 1건, 농촌 결혼의 3건 중 1건을 차지하는 국제결혼에서 중요한 비중을 차지하는 사람들이 베트남과 필리핀에서 온 어린 신부들이다. 결코 무시할 수 없는 숫자이기는 하나, 이들 이주노동자들은 하나같이 '3D'라고 불리는 더럽고(dirty), 어렵고(difficult), 위험한(dangerous) 업종에 종사하고 있으며, 동남아 신부들은 꽃다운 어린 나이에 농촌 노총각이나 도시 이혼남에게 '팔려 왔다'는 곱지 않은 시선을 받다보니, 한국사회가 이들의 물리적 존재는 인정할지라도 이들을 우리 사회의 일원으로 받아들일 준비는 되지 않은 듯하다. 결국 한국 속에 동남아인은 있을지라도, 한국인의 안중에는, 인식 속에는, 동남아가 없는 셈이다.

하지만 갈수록 심화되고 있는 동아시아경제의 통합과 좁혀지지 않는 역내 개발 및 소득 격차를 감안한다면, 한국경제는 갈수록 풍부하고 저렴한 이주노동에 대한 의존도가 높아질 것이고, 한국사회도 서구사회처럼 이주노동자 계층이 한부분을 차지할 수밖에 없을 것이다. 한국

이주노동자의 야유회 단체사진. ⓒ 오산이주노동자쎈터

은 동질적 사회라서, 한국인은 단일민족이라서, 서구사회와 다를 것이라는 주장은, 그렇게 생각하는 사람들에게 미안한 말이지만, 역사적·경험적·논리적 근거가 모두 빈약하다. 독일, 프랑스, 이탈리아, 영국도 한국사회 정도는 아닐지라도 매우 동질적인 문화를 유지하고 있었지만, 중동, 아프리카, 아시아로부터 몰려오는 이주노동자의 물결을 막을 수 없었다. 한국사회가 겪고 있는 세계화, 낮은 출산율, 높은 이혼율 탓으로 국제결혼도 한 추세로 자리잡았다. 국제결혼은 국내 남성과 제3세계 여성 사이에 이루어지는 경우가 압도적이라 국내 거주하는 한민족의 혼혈화, 다민족화가 진행되고 있다. 아직도 인종주의적 편견과 혈연주의의 허위의식을 불식하지 못하고 있는 우리 사회에서, 이들 이주노동자들과 신부들 그리고 그 자식들은 이런저런 차별과 천대를 이겨내며 살아가고 있다. 우리는 아직도 다민족·다문화 시대를 맞이할 준비가 되어 있지 못하다.

나는 우리 속에 뿌리를 내리고 있는 동남아가 엄연한 실체임에도 불구하고, 동남아적 요소를 우리의 일부로 받아들이지 않거나 우리를 바꾸는 추동력으로 인정하지 않으려는 한국인의 경직된 세계관, 왜곡된 동아시아 시각에 문제를 제기한다.

우리에게 강대국은 보여도 제3세계는 보이지 않는다. 우리에게 동북아는 있어도 동남아는 없다. 우리의 동아시아 인식에는 중국과 일본은 있어도 동남아는 없다. 그러나 우리 안에 동남아가 존재하지 않은 것은 사실이 그러하기 때문이 아니라 인식이 그러하기 때문이다. 중국, 북방, 대륙만 바라보고 의식하던 한국인과 선대들은 동남아가 다가오고, 우리 속에 들어와 앉아도 이를 오롯이 알지 못했다. 중화사상, 동북아주의, 사대주의에 젖은 지도자와 지식인에 의해 무시되고, 지워지고, 감춰진 우리 안의 동남아를 재인식하고, 복원하고, 찾아내는 작업이야말로 우리네 왜곡된 역사를 바로잡고 정체성을 주체적으로 확립하는 데 꼭 필요한 작업이다.

안타깝게도 이 작업은 전망이 그리 밝아 보이지 않는다. 한반도와 동남아의 교섭을 시사하는 많은 정황증거와 가설들이 있음에도 불구하고 이를 입증할 물증이나 역사적 기록이 흔하지 않다. 그나마 빈약한 자료들이나마 엄격하고 치밀하게 분석할 학자나 전문가조차도 손가락을 꼽을 정도다. 예를 들어 『조선실록』은 세계 학계로부터 동남아 연구를 위한 귀중한 사료로서 주목 받고 있음에도 불구하고, 아직도 속에 실린 동남아에 관한 기술은 물론이고 조선의 동남아 교섭사조차 종합적으로 분석된 바 없다. 중국중심적 사관에 입각한 정사(正史)들에 대한 우리 동남아 학계의 소홀과 무지가 이럴진대, 하물며 한반도-동남아 관계를 꿰뚫어 볼 수 있는 대안적 시각, 연구방법, 자료에 대해서는 오죽하겠는가? 이러한 연구과제들과 동떨어진 거리에 위치한 정치학도이기에 감히 내 주장을 펴지는 못하지만, 답답한 마음에 한국사의 통설에 대해 몇가지만 의문점을 제기해본다.

첫째 한민족의 기원에 관한 것이다. 최근 DNA 분석과 체형 비교를 통해 한국인들을 북방계와 남방계로 나누고 후자가 전인구의 적게는 20퍼센트, 많게는 40퍼센트를 차지한다는 주장이 제기됐다. 한반도에서 그다지 거리가 멀지 않은 대만의 원주민들이 말레이족 같은 오스트로네시안(Austronesian)에 속하며, 일본민족의 형성에 남방계의 영향이 뚜렷하다는 점을 상기한다면, 한반도도 태초부터 바닷길을 통해 동남아와 접촉하고 있었으리라는 주장은 충분히 설득력이 있지 않은가? 동남아의 도서지역에서 찾아볼 수 있는 난생(卵生)신화, 동남아 계통의 고인돌, 인도 해안으로부터 남해안에 이르는 젓갈 문화권, 중국보다 앞서는 벼농사 등의 고고학적, 인류학적 증거들이 한민족의 조상이 남방으로부터도 기원했을 수 있다는 점을 전해주고 있다. 언어학자들은 한국어를 알타이어로 분류하여 중앙아시아로부터 유래한 것으로 보고 있으나, 드라비다어(Dravidan), 태국의 몇몇 고산족 언어, 버마어 등 남아시아와 동남아 언어들과도 많은 유사성을 갖고 있다는 점에 주목할 필요가 있다.

둘째는 지난 장에서도 언급한 불교의 전래에 관한 것이다. 동남아가 1~2세기 경에 '인도화'되기 시작했다는 점에 비춰 볼 때, 한반도에 불교가 전래된 것은 3국에 의해 공인된 4~6세기보다 몇백년 앞선 시기에 바닷길을 통해서였고, 이는 인도화의 물결이 한반도에도 그 여파가 미쳤기 때문이라고 볼 수 있지 않을까? 김수로왕의 부인이 된 아유타국(阿踰陀國) 공주 허황옥이 서기 1세기초에 남해안에 도착했다는 『삼국유사』의 설화도 이 시기에 불교가 남쪽으로부터 전래됐다는 사실을 암시하는 것이 아닐까?

셋째 해상무역을 통해 적극적인 개방정책을 폈던 통일신라나 고려의 대외활동이 과연 중국 및 일본과의 삼각무역에 국한됐을까? 이 시기의 중국왕조가 역사상 동남아와의 대외관계에 가장 적극적이던 당나라와 송나라였다는 점과 동남아에도 스리비자야(Srivijaya)나 앙코르(Angkor)와 같은 강성부국들이 전성기를 구가하고 있었다는 점을 아울러 고려한다면, 동남아와 한반도가 직접적인 교섭을 했을 가능성이 매우 크지 않을까? 신라나 고려의 존재가 서양까지 알려진 사실, 베트남의 리(Ly)왕조가 멸망하자 둘째 아들 이용상(李龍祥)이 고려에 망명하여 화산(花山) 이(李)씨의 시조가 된 사실, 아랍상인이 고려에 귀화해 덕수(德水) 장(張)씨를 창건한 사실 등이 양 지역간의 빈번한 관계를 반영하는 사건들이 아닐까? 예컨대 중국의 당과 송, 한반도의 통일신라와 고려, 동남아의 해상왕국들 등이 하나의 지역체제를 형성하고 있었을 가능성은 없을까? 혹 활발하던 두 왕국의 동남아 교류가 『삼국사기』와 『고려사』 같은 친중국적 역사서에서 폄하되고 무시된 것은 아닐까?

역사에 무지하기 짝이 없는 내가 지켜야 할 선을 지나친 것 같아 이쯤에서 멈춰야겠다. 동남아전공자도 아닌 어려운 처지에서도 한반도와 동남아의 역사적·문화적 관계를 파헤치고자 헌신적으로 노력한 몇 분의 선구적인 연구에 고무되어 나같은 문외한도 용기를 내어 몇자 적어 보았다. 김병모교수(고고학)와 단국대 정수일교수(역사학)의 독보적인 연구성과들은 장차 한국 동남아 연구자들의 나침반이 되어줄 것이다. 이 분들은 우리네 시각을 교정해줄 신선한 가설들을 많이 제시해주고 있는데, 이를 경험적으로 검증하고 역사학적으로 고증하는 것은 우리 동남아 연구자들의 몫이라는 생각이 든다. 다행히 최근에는 동남아학계에서도 '한국 속의 동남아'를 본격적으로 추적할 탄탄한 실력을 갖춘 역사학자들이 속속 등장하고 있어 큰 희망과 기대를 품게 한다. 부산대의 조흥국교수(태국사)는 우리의 사서들을 바탕으로 대(對) 동남아관계사를 총정리하고 있으며, 인하대의 최병욱교수(베트남사)는 양측 사료를 모두 동원하여 한반도인과 베트남인의 관계를 객관적으로 분석하고 상호인식을 비교하는 독창적인 연구를 수행하고 있다.


## 5. 동남아 속에 우뚝 선 한국: 급증하는 한국 상품, 사람, 문화

앞의 글에서 '한국 속의 동남아'가 역사적인 뿌리를 가진 실체이고 오늘날에는 엄연히 한국사회의 일부가 되어가고 있음에도 한국인은 이 사실을 받아들이질 않고 있다고 개탄했다. 그렇다면 '동남아 속의 한국'은 어떠한가? 이런 질문에 대해 나는 "동남아 속에 한국은 있다"라고 자신있게 대답한다.

한국인이 동남아에 본격적으로 발을 들여놓기 시작한 지 불과 20여년 만에 한국 사람, 문화, 상품, 그리고 이미지는 거의 모든 동남아국가에 꽤나 굳건하게 자리를 잡았다. 과거에는 흔히 한국의 경제발전을 보고 "압축적"이라는 표현을 쓰며 고속성장을 칭송했고 우리의 정치발전, 즉 민주화과정도 못지않게 괄목할 만하지만, 한국의 해외진출을 보면 이 또한 그 성장과 변화 속도를 가늠하기 힘들 정도로 빠르다. 언젠가부터 동남아인의 인식 속에는 한국이 경제·정치·문화의 선진국으로 각인되어 있다.

1980년대 중반, 학위논문을 준비하기 위한 현지조사를 하면서 인도네시아 자와의 소도시와 시골 마을들을 돌아다녔는데, 어린애들이 나를 보고는 "아지노모또!"(味の素) 또는 "토요따!"(豊田)라고 큰 소리로 놀려대던 기억이 선하다. 그때만 해도 그곳에서는 한국인을 볼 수 없었고, 그들에게 알려진 한국도 없었으니, 나를 일본인으로 생각한 게 당연할지 모르겠다. 석유 붐을 타고 일찍이 해외로 진출하던 건설이 큰몫을 하고 있었지만, 한국 수출상품은 주문자생산방식(OEM)에 의존한 것이거나 고작해야 값싸고 그런대로 쓸만한 제품이라는 평가를 받고 있을 때였다. 하지만 일본상품의 질을 따라잡는다는 것은 당시만 해도 어불성설이었다.

이러던 한국상품들이 20여년 만에 도저히 믿기지 않을 정도로 인지도와 인기가 높아졌다. 많은 제품들이 동남아시장에서 일본을 제치고 최고의 브랜드로 떠오르고 있다. 대부분의 전자제품과 가전제품들은 일본제보다 질이 좋고 값도 비싼 최고급 제품으로 평가를 받는다. 특히 한국산 액정텔레비전, 휴대전화, 냉장고, 세탁기 등에 대한 품질평가는 타의 추종을 불허하는 것 같다. 10년 전까지만 해도 유럽산과 일본산 고급자동차 취향 때문에 값싼 차는 거들떠보지도 않던 이곳 싱가포르 사람들도 최근에는 한국산 자동차의 인기 앞에 굴복하고 말았다. 소유

한국재벌을 소개하는 베트남 서적들. ⓒ 이한우

지배구조, 변칙상속, 탈세 혐의, 노사갈등 등 한국재벌이 안고 있는 문제가 한둘이 아니지만, 역사 속에서 한번도 일등을 해보지 못한 우리가 상품 수출을 통해 세계 최고로 인정 받고 있다고 생각해보면 한국인이라는 자부심과 감동이 슬그머니 솟아오르는 것은 어쩔 수 없는 것 같다.

경제적 측면에서 볼 때 동남아는 우리에게 네번째로 큰 수출시장이고, 세번째로 중요한 투자지역이며, 두번째로 큰 건설 수주시장이다. 무엇보다도 동남아 10개국이 참여하고 있는 아세안과 우리는 FTA(자유무역협정)를 체결하여 2007년 6월 1일부터 부분적으로 발효함으로써 양 지역간에 단일시장화를 추진하기 시작했다. 지금까지 칠레, 싱가포르, 유럽자유무역연합(EFTA) 같은 소규모 시장들과 FTA를 실시해온 한국이 인구 5억 규모의 동남아와 체결한 FTA는 그것이 경제 효과든 충격이든 예상하기 힘들 정도로 클지도 모른다.

동남아로 진출한 한국사람보다 한국경제 이야기를 더 먼저 끄집어 낸 까닭은 동남아에서는 후자가 먼저 명성을 얻었기 때문이다. 한민족 의 동남아 교섭사 내지 이주사 역시 재조명되어야 할 연구과제이긴 하 지만,[29] 우리가 알고 있는 한국인(조선인) 집단의 첫 동남아 진출은 2차 대전중에 동남아를 침공한 일제가 강제 동원한 군인, 군속, 종군위안부 들이었고, 그다음은 1965년 이후 베트남에 파병된 군인들이었다. 이들 모두 사실상 '용병'으로서 남의 전쟁에서 끼어들어 '비인간적인' 포로 감시원이나 '용감무쌍한' 군인으로서 나쁜 평판만 얻었으니, 한국인이 동남아와 맺은 첫 인연은 악연이었던 셈이다. 2차대전중에 일본이 징 용, 징병해간 조선인 수가 정확히 얼마인지 모르는 군인, 군속 중 동남 아로 보내진 사람은 수십만명은 족히 될 것이고 이중 전사자만도 1만 명은 넘었을 것으로 추산된다. 베트남전에는 30여만명이 파병되어 전 사자 5,000과 부상자 1만여명을 냈다.

1990년을 전후하여 냉전이 종식되면서 모든 국가에서 경제건설과 자유화에 경쟁적으로 박차를 가하게 됐는데, 때를 맞춰 동남아로 돌아 온 한국인은 무기를 든 군인이 아니라 자본, 상품, 기술, 돈을 가진 투자 자, 상사 직원, 관광객, 유학생, 은퇴이민자였다. 1987년 6월 이후 한국 정치의 민주화, 노사관계의 자율화, 해외관광 자유화 등의 조치로 이들 새로운 한국인이 대거 해외로 몰려 나갔는데, 목적지로서 단연 동남아 가 여타 지역이나 나라보다 각광을 받았다. 이들은 동아시아의 금융위 기를 맞게 되는 1997년까지 물밀듯이 동남아로 밀려 나갔다. 1990년대

초 인도네시아가 한국해외투자자들에게 미국에 이어 두번째로 선호하는 투자상대국이 된 적이 있고, 그뒤에는 베트남이 한국인 투자자들에게 가장 인기 좋은 동남아국가가 되기도 했다. 현재 한국의 해외투자자들은 중국과 미국에 이어 세번째로 동남아를 선호하고 있다.

한국인의 해외관광에 있어서도 동남아는 단연 인기다. 2006년말 태국을 방문한 사람의 수는 처음으로 100만명을 넘어섰고 ― 이중 압도적 다수가 관광객임은 분명하다 ― 이는 중국 방문객 390만과 일본 방문객 210만명에 이은 세번째 많은 수이지만, 총인구 대비로 본다면 이 두 나라를 훨씬 앞선다. 동남아 전체를 방문한 사람 수는 300만명을 훌쩍 넘어 중국 뒤를 바짝 쫓아가고 있다. 반면 미국을 방문한 한국인 수는 76만명, 호주 방문객은 26만명에 불과했다. 태국 이외의 동남아국가들의 인기도 이에 못지 않은데 2006년에 싱가포르, 필리핀, 베트남을 찾은 한국인은 모두 40만명을 넘었고, 캄보디아와 인도네시아 방문객도 이 수치에 육박하고 있다. 동남아국가 중 무려 여섯 나라가 각각 30만명 이상의 한국인 방문객을 받아들여, 한국 입장에서 보면 해외관광 목적지 3위부터 8위까지를 동남아가 차지한 셈이다. 이중 캄보디아를 방문한 한국인 수는 2005년 처음으로 중국인과 베트남인을 앞질러 1위를 차지했다.

캄보디아를 방문한 외국인 중 한국인이 가장 많다고 하면 놀라고 신기해 할지도 모르겠다. 그만큼 동남아에 발을 딛는 한국인이 급속히 늘었다는 말이고, 동시에 그곳에 뿌리내리는 한국인도 많아진 것이다. 자까르따, 마닐라, 방콕, 싱가포르, 호찌민 도시는 모두 수만명에 이르는 한국교민이 모여 사는 곳이 됐다. 정확한 통계인지는 알 수 없지만, 동

마닐라의 교민 가게와 한글간판들.

남아 11개국 중 일본인이 한국인보다 더 많이 사는 곳은 싱가포르와 태국 두 나라밖에 없다고 한다. 자까르따 예를 보면, 경제위기가 발발한 다음해인 1998년에 큰 폭동을 겪은 뒤, 조심성이 많은 일본인은 돌아가고 '겁이 없는' 한국인은 더 많이 들어와 현재 한국 교민사회는 인도네시아에 거주하는 최대 외국인 집단이 되었다.

　세계화 덕분인지 아니면 '3불정책' 탓인지 몰라도 지난 몇년 사이에 싱가포르, 말레이시아, 마닐라 등지로 몰려드는 조기유학생으로 교민사회가 더욱 커지고 있다. 싱가포르에 체재하는 한국인 1만 5,000여명 중 3분의 1이 유학생이며 이를 따라온 이른바 '기러기 엄마'도 많다. 말레이시아에 조기 유학하는 한국학생도 3천명에 이르며, 이들은 콸라룸푸르 지역내 세 국제학교의 재학생 중 3분의 1을 차지한다. 이들 나라는 자국 학생들조차 밖으로 내모는 우리나라의 교육정책과는 달리, 외국인학생 유치를 전략산업으로 정하고 유학생을 동반하는 어머니에게도 비자를 내주는 상술에 가까운 정책으로 자국의 교육 수준도 높이고 외화도 버니, 일석이조의 재미를 보고 있는 게 아닌가. 말레이시아·태국·필리핀·인도네시아는 최근 외국으로부터 은퇴이민을 받아들이는 정책을 시행해, 높은 물가와 사회 소요에 지친 한국노인들을 모셔와 외화를 벌려 하고 있다. 모른 척할 일이 아니다.

'동남아 속의 한국'을 말하자면 빼놓지 말아야 될 이야기가 있다. 바로 한국 대중문화의 유행, 즉 '한류'가 그것이다. 한류는 텔레비전 드라마가 핵심을 이루지만, 영화, 대중음악, 음식, 치장도 일부를 구성한다. 동남아국가 중 베트남은 중국, 대만, 몽골 등과 함께 한류가 처음 시작된 곳이기도 하다. 1990년대까지만 해도 한류는 이른바 한국문화와 친근한 유교문화권에서만 나타나는 현상이라고들 했다. 그러나 이들 국가에만 머물던 한류는 경제위기 이후 다른 동남아국가로 급속히 파급됐다. 급기야는 캄보디아, 라오스, 버마 같은 빈곤국가는 물론이고 말레이시아나 인도네시아와 같은 이슬람사회까지 한류가 인기를 얻고 있다. 근자에는 유럽, 일본, 중국 등 대국 편향적인 문화적 취향을 지닌 싱가포르에도 한류의 물결이 도달했는데, 드라마 「대장금」은 역사적 시청률을 기록할 정도로 인기가 좋아 6개월 사이에 지상파방송으로만 두번 방영할 정도였다. 이제는 동남아 어느나라를 가더라도 3대 한류드라마인 「가을동화」, 「겨울연가」, 「대장금」 이야기는 기본이고 내가 알지도 못하는 한국 드라마나 배우 이야기를 꺼내는 통에 애를 먹곤 한다. 자까르따에는 모두 130여 한국식당이 고급으로 분류되어 음식 맛을 자랑하고, 싱가포르에서는 거의 모든 푸드코트(food court)에 한식

자막 처리되어 방영중인 「겨울연가」. ⓒ 이한우

코너가 입점하여 성업중에 있다.

한류에 대해 국내 학자들이나 평론가들 사이에 이러쿵저러쿵 말이 많은데, 몇가지 중요한 오해가 있는 것 같아 이 기회에 밝혀두고 싶다.[30] 첫째는 한류작품에 들어 있는 한국적 요소, 전통적 요소, 유교적 요소 등 우리만이 가진 고유한 어떤 것 때문에 인기있다는 생각은 크게 잘못된 것이다. 그냥 재미있고, 아름답고, 감동적이기 때문이라는 진솔하고 소박한 이유 때문이라는 점을 알아야 한다. 바꿔 말하면 한국 문화, 역사, 민족이라는 개별적인 특수한 요인이 아니라 인간성이나 작품성이라는 보편적 요인 때문이라는 것이다. 이런 이유로 최근 한국 영화나 드라마 중에 노골적으로 한국적인 것을 표출한 작품들은 동남아 흥행에서는 예외없이 실패했다. 한국에서 크게 인기를 끈 영화 「왕의 남자」나 「괴물」, 그리고 한국에서 엄청난 인기를 누리던 고구려와 관련된 서너 드라마 중 동남아에서 히트한 것은 단 한편도 없다. 한국의 분단과 남북 문제를 소재로 하여 역사상 가장 많은 관중을 끌어 모은 일련의 작품들, 즉 「쉬리」, 「공동경비구역 JSA」, 「실미도」, 「태극기 휘날리며」 등도 (우리 문제에는 유별난 관심을 보이는) 일본에서는 히트했지만 다른 나라들, 특히 동남아에서는 별 주목을 받지 못했다는 사실을 곱씹어야 할 것이다. 따라서 한류작품을 구상하는 작가나 감독은 제발 민족주의자나 이데올로그가 되지 말지어다. 작가든 감독이든 프로정신을 지닌 그냥 작가, 그냥 감독이면 좋겠다.

둘째는 한류를 부당하게 폄하하는 데 대한 반론이다. 외국에서는 별로 만난 적이 없는데 이상하게도 국내에는 그렇게 한류를 폄하하는 학자나 비평가들이 많은 것 같다. "저속하다", "천박하다", "지나치게 상업적이다" 심지어는 "쓰레기"나 "배설물 같다"라며 비판하거나 욕을 퍼붓는 글들을 종종 보았다. 이들 비판자들은 서양의 클래식, 박물관에 전시된 미술 작품, 이른바 예술성이 '뛰어난' 영화나 연극 등, 일반인은 너무 비싸고 내용이 난해하여 접근하기 힘든 것만 문화로 여기는 것 같다. 대중문화를 문화로 받아들이길 거부하는 이런 사람들이야말로 귀족적 편향과 오만한 가치관이 비난 받아 마땅할 것이다. 만인을 웃기고 울리는 대중문화야말로 진정한 문화의 소임을 다하고 있는 게 아닐까?

3년 전 좌파학자만 주로 참석한 국제회의에서 스웨덴 출신의 유명한 맑스주의자 테르보른(Göran Therborn)을 만난 적이 있다. 그 회의를 여는 기조연설에서 한류현상을 "일대 세계문화사적 사건"이라고 규정하는 이 노교수의 말을 듣고 깜짝 놀랐다. 과거 유럽이 제국주의라는 힘을 바탕으로 자기의 문명과 문화를 식민지에 강요하고, 현재 미국이 패권주의와 경제력을 앞세워 미국문화를 제3세계에 퍼뜨려 성공을 거둔 적은 있어도, 한국처럼 일종의 주변부나 제3세계의 문화가 지역적 경계를 넘어 다른 문화권으로 파급된 적은 없다는 것이다. 지금까지 인도의 '볼리우드'(Bollywood) 영화, 홍콩의 '무협' 영화, 이딸리아의 '스파게티 웨스턴'(Spaghetti Western) 등이 엄청난 인기를 얻었던 적이 있지만 지역적, 문화적 한계를 극복하지는 못했다. 테르보른은 동북아, 동남아, 중동, 동유럽, 중남미를 넘어 이제 미국 서부까지 확산되고 있는 한류는 막강한 미국을 배경으로 성공을 거둔 할리우드에 도전하는 유일한 문화가 될지도 모른다고 했다.[31]

이렇듯 동남아 속에 한국은 우뚝 섰다. 내가 동남아 이 나라 저 나라를 돌아다니기 시작하던 1980년대초만 하더라도 식자층을 빼고는 한국을 아는 사람이 없었으니, 30년도 채 지나지 않은 지금 벌써 격세지감을 느낀다. 당시 한국사람을 만난 적이 없는 동남아인은 나를 얼마나 반겨주고 도와주었는지 모른다. '인도네시아의 재벌 형성 과정'이라는 당시만 해도 정치적으로 매우 민감하고 위험한 주제를 연구하는데도, 한국사람이라는 이유로 선뜻 인터뷰에도 응해주고 자료도 내어주던 사람들이 많았다. 후진국에서 중진국으로 도약한 나라, 경제적 기적을 이룬 나라, 축구를 잘하는 나라, 올림픽을 개최하는 나라로 칭송하며 모두들 부러워하던 기억이 선하다. 그러던 것이 불과 30년 만에 어느덧 한국의 상품, 사람, 문화가 동남아 곳곳에서 넘쳐흐르고 또 단단히 뿌리내리고 있다. 그러면서 한국인에 대한 인식이 변하고 전형적인 한국인의 이미지가 구축되고 있다. 좋은 것만은 아니다. '추악한 한국인' 이야기도 심심찮게 들려오기 때문이다.

## 6. 신사들(gentlemen)의 나라, 한국을 꿈꾸며

동남아 연구에 입문한 직후 첫 몇해는 이 지역에 대한 선입견과 오해를 씻어내기 위한 수련과정이었음을 고백한다. 현지조사를 떠나기 전 '무려' 2년씩이나 언어 공부를 하고 관련된 중요한 책은 모조리 읽은 터라 내 딴에는 자신만만하게 입성한 인도네시아였지만, 처음부터 내 기대와 예상은 크게 빗나가고 자존심이 여지없이 무너지는 사건들이 연이어 일어났다. 내가 인도네시아에 첫발을 디딘 1984년 6월, 내 눈에 비친 자까르따의 정경은 충격 그 자체였다. 유럽산 고급 자동차가 굴러다니는 대로변을 따라 사람들이 맨발로 길을 걸어다니고 있었고, 키 작은 관목들이 숲을 이룬 듯 도시 전체를 덮은 슬럼 사이를 비집고 어울리지 않은 고층건물들이 듬성듬성 솟아 있었으며, 건물들 벽면이나 옥상에는 한국에서도 보기 힘든 다국적기업과 상품을 선전하는 광고판들로 장식되어 있었다. 시커먼 매연과 소음을 연신 쏟아대며 굴러다니던 수많은 종류의 '근대적' 공공 교통수단들 ─ 나는 여전히 이것들을 어떻게 부르는지 모두 알지는 못한다 ─ 은 이게 과연 버스인지 트럭인지 오토바이인지 그 정체조차 알 수 없었다. 와중에 '전통적' 교통수단인 마차와 인력거(베짝, *becak*)도 헉헉대면서도 버젓이 '승객'들을 실어나르고 있었다.

유학을 가기 전에는 한국이야말로 세계에서 가장 억압적인 정치, 모순된 사회, 의존적인 경제를 가진 나라라고 믿었고, 유학을 하면서도 당시 유행하던 종속이론과 계급이론에 심취하여 제3세계는 동일한 처지라고 배운 나로서는, 인도네시아나 한국이나 모두 종속, 후진, 독재국가일 뿐, 그사이에 무슨 우열과 어떤 다양성이나 차별성이 있다고 생각하지 않았다. 나에게도 이렇게도 유치하고 단순한 사고를 하던 시절이 있었다. 그러나 한국 외에 내가 처음 만난 또하나의 제3세계 국가 인도네시아는, 그리고 훗날 다른 동남아국가들이야말로 한국보다 훨씬 더한 군사독재요, 종속경제이자 모순사회였다. 그즈음에 한국을 처음 방문한 당시 인도네시아의 대표적 좌파지식인 아리프 부디만(Arief Budiman)박사는 서울 거리에는 모양과 크기가 똑같은 한국산 자동차만 굴러다니고 외국어로 된 외국기업 간판을 전혀 볼 수 없다—당시에는 그랬다—는 데 깊은 감동을 받아 한국이야말로 자주적 발전을 하는 모범적 개발도상국이라는 취지의 글을 인도네시아 최고 권위지인 『꼼빠스』(Kompas)에 실은 적이 있다. 글을 읽고 난 뒤 나 스스로 인도네시아뿐 아니라 한국에 대한 판단에서조차 잠시 혼란 속으로 빠져들었던 기억이 난다.

동남아전문가가 되겠다고 준비하고 나선 내가 그 정도로 무지와 편견에 가득 찼으니 그냥 동남아로 무작정 '쳐들어간' 대부분의 한국인이야말로 충격과 당혹감이 오죽했으랴. 미국이나 유럽, 일본이나 중국 쪽으로만 귀를 갖다대고 눈길을 보내던 한국인이 동남아에 대해 무지하던 것은 당연하다. 게다가 동남아란 곳은 정말 우리나라 사람들이 쉽게 이해하고 접근하기에는 너무나 다른 환경과 문화를 가진 곳이다. 우리처럼 사절기도 없고 '여름'만 지속되는 열대성기후, 지진이나 화산같이 인간의 힘으로서는 이겨낼 수 없는 자연재해, 느릿느릿한 행동거지와 무사태평한 사고방식, 수십·수백의 종족으로 이루어진 다민족사회, 가부장적·남성우위적 질서가 부재한 가족과 공동체, 엄격하지 않은 시간 관념, 느슨한 사회적·집단적 결속력, 겸양과 절제의 미덕, 어느것 하나 우리의 상식으로 이해하기에 만만한 게 없다. 일년 내내 일출 일몰 시간이 변하지 않고, 낮 기온은 언제나 30도대에 머물러 있으며, 종종 천재지변이 근거지를 송두리째 빼앗아 가버리는 곳에 산다면, 우리도 지금처럼 세속적 욕심에 순간순간을 발악하며 살지 않을 것이다. 그러나 성미 급한 한국인에게 동남아인의 느긋한 태도는 참을 수 없으며, 속내를 쉽게 드러내는 우리에게 절대로 박자를 맞춰주는 법이 없는 동남아인에게 인간적 신뢰가 쉬이 가질 않는다. '화끈하게', '남자답게', '솔직하게', '깨끗하게', '까놓고' 등등의 수식어가 붙는 '멋들어진' 방식으로 일거에 문제를 해결하려는 한국사람들의 성급한 시도가 문제를 해결하는 미덕이 되기는커녕 비합리적이고 심지어는 정신병적 행동으로 받아들여지는 곳이 바로 동남아다.

그러니 물 다르고 말 다른 이역만리 동남아에 온 한국인이 처음 저지른 실수는 들어보지 않아도 뻔하지 않겠는가. 한국인이 대거 몰려나오기 시작한 1980년대 후반부터 10여년 동안 해외로 진출한 한국인이 남긴 이미지는 '추악한 한국인'(ugly Koreans)이었다. 다행히 최근 10여년 동안 한국의 대중문화, 브랜드상품, 스포츠정신이 그런 나쁜 이미지를 많이 지워주기는 했지만, 그런 행태나 이미지가 완전히 불식되지는 못했다. 이런 이미지 형성에 가장 큰 기여를 한 두 집단을 꼽는다면 그것은 동남아 직접투자 기업과 관광객들이다.

이 시기에 진출한 한국기업은 대부분 봉제, 섬유, 신발 같은 노동집약적 분야에 투자한 중소기업들이 대다수였다. 이들은 대개 한국정치의 민주화와 노동운동의 활성화를 피해 정경유착, 노동통제, 저임금이 여전하던 동남아 등 제3세계로 활로를 찾아 나갔다. 그러다보니 한국 기업이 현지의 정치인이나 관료들을 동원해 정치적 보호와 정책적 특혜를 받아내고, 권위주의와 공권력의 힘을 빌려 노동자들을 억압하고 저임금을 강요해 '비교우위'를 지닌 기업들이란 불명예를 안게 됐다. 정경유착에는 대기업들도 큰몫을 했는데, 예를 들어 수하르또정권 말기에 한국의 유력 자동차기업 3사가 각각 대통령 두 아들과 장녀와 '합작'하여 전세계의 비웃음을 받기도 했다. 동남아국가들 중에서 한국기업의 활약상이 남다르게 두드러졌거나 지금도 여전한 인도네시아, 필리핀, 베트남, 버마 등은 한때 또는 지금도 여전히 정치적 독재와 부정부패로 얼룩진 나라들이다.

1990년대말까지만 해도, 동남아 현지 신문들은 한국인 투자기업의 경영방식이나 노동착취 사례를 단골 기사로 싣곤 했다. 우리의 개발독재체제 하에서 폭력적이고 비인간적인 방식으로 노동자를 통제하고 대우하던 관행을 그대로 해외로 이전하여 현지 노동자들에게 써먹으려 했으니 얼마나 많은 문제가 생겼을까. 현지 정부가 비록 철권으로 통치하고 부정부패가 만연해도 결국에는 자국민들 편을 들기 십상인데, 한국 투자기업들은 과거 한국의 독재정부가 그러하던 것처럼 언제까지나 기업 편이 되어줄 것으로 생각했던 모양이다. 그러다 큰 코를 다친 한국인 회사가 한둘이 아니다. 듣자하니 작금 중국에서도 비슷한 일이 일어나고 있다고 한다.

결국 동남아에서 한국적 경영 내지 노무관리는 어딘지 남다른 독특한 방식으로 인식되었고, 연이어 현지 노동단체나 인권단체의 공격의 표적이 되기도 했다.[32] 한국에서 하던 방식(버릇?)대로, 공장 마당에서는 반드시 뛰어다니게 하고, 정신교육을 시킨답시고 바깥에 몇시간씩 세워놓거나, 화장실을 자주 간다고 작업장 문을 밖에서 걸어 잠그고, 기숙사 욕실은 몇개만 개방해 단체로 샤워를 하게 했다는 기막힌 이야기들도 있었다. 혹독한 기후에 익숙한 현지인이라고 낮 기온이 항상 30~35도를 오가는 열대의 땡볕을 견딜 수 있는 게 아니며, 생리적 욕구를 참는 것은 인간 보편의 고통이고, 동남아 정신세계에서 동성에게 맨몸을 보이는 것은 신성모독적 행동이나 다를 바 없을진대, 그게 사실이라면 어디 될 법한 소리인가. 직장 상사나 공장의 중간관리자들이 하도 고함을 지르고 욕지거리를 하며 "빨리빨리"를 외쳐대는 통에, 한국회사에서 일해본 현지인들은 다른 한국어는 몰라도 욕 몇마디만은 꼭 배우고 나올 정도였다고 한다.

'추악한 한국인' 이미지 구축에 기여한 또하나의 집단은 해외 관광객들이다. 1990년대 중반에 이들의 추태가 얼마나 심했으면 한국인을 좋아한다는 태국인보다 싫다는 태국인이 더 많다는 여론조사까지 나왔겠는가. 태국은 단일 국가로서 중국과 일본에 이어 세번째로 한국 방문객이 많은 나라로 2006년 이후 그 수가 백만명을 넘어섰다. 2005년에는 해외 여행객 수가 드디어 천만명 선을 돌파했는데, 이는 해외관광의 증가가 가장 중요한 이유이다. 그중에서도 동남아는 한국 방문객 중 관광객 비중이 특히 높은 지역이다. 그래서 한국인의 나쁜 이미지 형성에 동남아 관광객들이 가장 큰 기여를 하지 않았나 싶다.

동남아전공자인 나같은 사람들을 무엇보다 분노케 하는 추태스러운 관광이야기는 꼭 동남아에서 터져 나온다. 왜 미국이나 유럽, 일본이나 심지어는 중국에서도 일어나지 않는 일들이 유독 동남아에서만 일어나느냐 하는 것이다. '선진국'에서는 그렇게 모범적인 사람들이 '후진' 나라에만 오면 무법자로 변한다. 강하고 잘사는 나라에서는 양같이 온순하고 말같이 충직하던 사람들이 약하고 못사는 동남아에만 오면 늑대나 야생마같이 변해버린다. 한국인이 막되고 거친 것보다도 강한 자 앞에 약해지고 약한 자 앞에서 강해지는 정의롭지도 도덕적이지도 못한 그 '추악함'에 더 분노한다. 어쨌든 동남아 '추태관광'의 요체는 다음 서너가지인 것 같다.

첫째는 아무래도 매춘(賣春이 아닌 買春)의 문제이다. 최근에는 한국 관광객들과 어린 유학생들이 필리핀 현지에서 성을 매수한다는 여성단체 보고서가 언론에 크게 보도되어 문제가 되기도 했다. 거의 모든 동남아국가에서 매춘행위를 하고 있으며, 그중에서 특히 필리핀, 태국, 베트남은 인기(?)있는 나라들이다. 매매춘은 이에 대한 현지 문화의 관용성에다 정부의 묵인정책 탓에(덕분에?) 큰 정치적 문제나 사회적 쟁점이 되지 못하고 있다. 외국인이 모이는 대도시나 관광지를 가면 이를 조장하고 알선하는 조직이나 술집이 있기 마련이지만, 한국인이 다른 점은 일반 외국인을 대상으로 하는 업소들 외에도 한국인 고객만을 대상으로 하는 업소가 따로 있다는 점이다. 이른바 '한국 가라오케' (Karean Karaoke) 같은 곳이 성행하는 까닭은 무엇보다도 폭음과 광란적인 분위기를 즐기는 일부 한국인의 음주 행태와 이를 해외로 끌어내 상업적으로 이용하는 악덕 업소들 때문이리라. 그러나 동남아관광을 뜯어보면, 남성보다 여성 관광객의 수가 훨씬 많고, 갈수록 배낭여행, 가족여행, 노인관광이 많아지는 점을 감안한다면, 이런 '추태관광'은 다소 과장됐고 그나마 줄어드는 추세일 거라고 믿고 싶다. 이것이 문제되는 것은 매춘관광의 숫자보다 죄질이 특히 나쁘기 때문이다.

매춘관광과도 밀접히 관련된 문제이기도 하지만 해외관광 중에 한국인을 추악하게 만드는 또하나의 주범은 한국인의 과도한 음주행위와 이에 동반하는 추태들이다. 한국인의 음주 습관이나 행태는 사실 한국을 소개하는 책자나 외국 언론과 방송에도 자주 등장할 정도로 유명하다. 그것은 우리네 음주문화가 아주 독특하고 예외적이기 때문일 것이다. 세상에서 우리만큼 술을 강권하고, 술로써 진심을 소통하며, 또술로 인한 실수를 관용하는 사회가 어디 있을까. 우리처럼 애주가를 찬양하고 대주객을 존경하는 문화가 몇이나 더 있을까. 그러나 특히 동남아에서 조심해야 할 것은 많은 나라에서 음주 행위를 범죄로까지는 아니어도 '도덕적으로나 윤리적으로 나쁜 행위'로 본다는 사실이다. 이슬람교의 계율은 음주를 엄격히 금하며, 동남아의 무더운 기후가 술을기피하는 문화를 만들어냈기 때문이다. 그런 현지에서 '맛이 갈' 정도로 곤드레만드레 취한 한국인의 모습은 '매우 아픈' 병자 꼴과 다르지않다. 한국인이 해외여행 중에 저지르는 많은 사고들이 주로 술과 관련된다는 사실을 보더라도, 우리의 음주 행태나 문화에 대한 성찰은 사회적 의제가 되어야 할 사안이다.

추태관광의 세번째 모습으로 우리 관광객이 현지인이나 현지문화를 깔보고 무시하는 행태를 꼽고 싶다. 동남아에 오는 단체 여행객을 보노라면, 도대체 왜 이들이 외국관광을 왔는지 도저히 이해되지 않을 때가많다. 도착하자마자 한국식당으로 직행하여 한국음식을 시켜놓고 들고 온 소주를 마시는 사람들이 바로 한국인이다. 현지 식당을 가더라도 고추장, 김, 깻잎이나 소고기 장조림에다 심지어 김치나 밑반찬까지 줄줄이 꺼내놓고 현지음식은 뒷전인 사람들이 바로 우리다. (세계 제일의 '음식 민족주의자'인 한국인이야말로 농산물 시장개방과 FTA를 전혀 두려워할 필요가 없을 것이다.) 물론 외국으로 나가서도 자기나라 음식만을 고집하는 것 자체를 추태관광이라고 주장하는 것은 아니다. 그러나 바로 그런 행동에서 여지없이 드러나는, 남의 문화를 보는 한국인의 관점에 문제가 있다고 생각한다. '문화의 정수는 바로 음식'이라는데, 다른 문화권에 가서 자기나라 음식만을 고집하는 것은 다른 문화를 깔보는 것이요, 문화 전수자들을 배려하지 않는 태도이며, 말 그대로 참된 문화인의 자세라고 할 수 없다.

음식은 또 그렇다손 치더라도, 한국 관광객들은 현지 사람이나 관습을 무시하는 태도를 너무도 노골적으로 드러낸다. 단체관광을 즐기는 것은 일본인들이나 중국인들도 마찬가지지만, 유독 한국 관광객만이 멀리서도 알아볼 정도로 소란스럽고, 분주하고, 무질서한 모습을 보인다. 문화유적지를 가더라도 사전지식을 담아가거나 가이드의 해설을 귀담아 들으면서 타 문화나 역사를 배우고 진지하게 감상하는 태도를 보이지 않는다. 대충 보고, 인물 사진 몇장 찍으면 그만이다. 동남아의 박물관들이 좀 신통찮은 탓도 있겠지만 한국 여행사의 단체여행 일정에 박물관을 포함하는 경우를 본 적이 없다. 남의 문화재가 훼손되든 말든 불상이나 부조들은 꼭 한번씩 만져보고 두드려보아야 직성이 풀리는 사람이 바로 우리 한국사람들이다. 불교가 국교인 태국의 한 사원에서 현지인 소녀를 모델로 삼아 대낮에 누드사진을 찍어대다 현지 경찰에 끌려간 한국 사진작가들도 있었다.

추악한 한국인의 모습은 바로 우리 한국인 모두의 자화상이라 생각한다. 해외에서 형성된 한국인의 이미지는 바로 우리 자신의 몸통인 한국사회 내부로부터 나오는 것이다. 우리 안의 모습이 겉으로 표출된 것이다. 그렇다면 해외 투자자나 관광객만 특별히 나쁘다며 이들에게 책임을 묻는다고 해서, 사라질 추악한 한국인의 이미지가 아니다. 한국경제가 공동화될 정도로 모든 기업들이 해외로 빠져나가고, 국민 네명 중한명 꼴로 해외여행을 하는 시대에, 이들의 행동은 바로 우리 국민 모두의 행동과 다를 바 없다. 한국인의 해외 추태관광도 바로 우리 자신이 안고 있는 문제에서 비롯됐다고 생각한다. 국내에 만연한 퇴폐업소와 왜곡된 성문화가 만들어낸 것이 바로 매춘관광이요, 우리네 일상적음주문화를 그대로 옮겨놓은 것이 해외에서의 음주 행태. 부동산 투기가 만들어낸 졸부들의 과소비가 명품 선호를 만들어내고, 국내에 유통되는 많은 가짜들 때문에 공항의 면세점에서 명품 사재기가 펼쳐지는 것이다.

어찌된 영문인지 근자에 들어 추악한 한국인 이야기가 부쩍 줄었다. 노골적인 추악함이 세련된 형태로 바뀌었든지, 한국인이란 의당 그러려니 해서 무감각해졌든지, 아니면 최근 한류나 한국상품의 인지도 덕분으로 부정적인 측면이 좀 상쇄됐든지 그중에 하나일 것이다. 다행스럽기는 하나 어찌 좀 불안하고 찝찝한 느낌을 버릴 수 없다. 추악한 한국인 이미지를 영원히 불식하는 길은 우리 안의 정치, 경제, 사회로부터 사라지지 않고 있는 모순과 병폐를 해결하고 치유하는 것이다. 우리 사회로부터, 내가 사랑하는 동남아로부터, 나아가 지구촌 전체로부터, 하루바삐 추악한 한국인이 사라질 날을 고대한다. 내가 꿈꾸는 한국의 미래상은 경제대국도 아니오 군사강국은 더욱 아니다. 이웃나라 사람들이, 온세상 사람들이, 진정한 '신사들'(gentlemen)만 사는 멋있는 나라라고 말해주는 그런 나라다.


## 7. 동남아와 함께 '동아시아공동체'를 건설하자

나는 한국정부를 비롯해 대다수 정치인과 외교전문가들이 내세우는 한국의 대외정책과 안보전략이 근본적으로 잘못됐다고 생각하는 사람이다. 아니 그 발상이 단지 잘못된 것이 아니라 위험하기까지 해서 크게 우려가 된다. 이런 안보관을 공유하는 집단을 들여다보면 생각이 다른 두가지 흐름을 찾아볼 수 있는데, 문제를 갖고 있기는 둘 다 마찬가지인 것 같다. 첫째는 미국이나 중국 같은 강대국과 동맹을 맺어 이들의 힘을 빌려 우리를 지키자는 생각이다. 이런 입장을 외교정책의 기조로 하던 한반도의 국가들은 과거에는 중국에 조공을 바치는 속국으로 살았고 건국 이후에는 미국과 안보동맹을 맺어 보호를 받았다. 다른 하나의 흐름은 우리도 주변 강국만큼 강력한 군사력을 길러 그들을 힘으로 압도하거나 그들과 최소한 세력 균형은 이룩하자는 생각이다. 이런 주체적이고 적극적인 안보론은 우리가 외세의 침략을 당하거나 지배를 받은 직후에 곧잘 등장하곤 했다. 이런 안보론은 지금처럼 한국이 상당한 경제발전 덕분으로 과거 상처 받은 민족적 자존심을 어느정도 회복하고 국제사회에서 자신감을 갖게 됐을 때 민족주의를 기치로 고개를 들기도 한다.

첫째의 '강대국의존론'은 시대의 역사적 맥락에서는 생존을 위한 어쩔 수 없는 선택이었을지 모르지만, 한민족의 운명과 국가의 생존을 스스로의 의사와 능력에 따라 주체적으로 결정할 수 없는 슬픈 한계를 지닌다. 그래서 미국이나 중국의 힘이 약화되거나 외교적 우선순위가 달라질 때 한국과 그에 앞선 한반도의 국가들은 버림을 받거나 방기되어 외침이나 내전을 겪어야 했다. (이쯤에서 나의 안보관이 좌파이거나 민족주의 쪽으로 기운다고 추측할지 모르겠다. 그러나 그쪽도 물론 내 입장이 아니다.) 자주국방론 내지 부국강병론 따위로 불릴 수 있는 둘째 안보론은 한반도가 중국이란 초대형 국가와 바로 이웃하는 지리적 제약성을 결코 넘어설 수 없다는 태생적 한계를 지닌다. 우리도 힘을 기르면 일본 정도는 넘어설 수 있겠고 중국도 혼란이나 분열을 보일 때면 잠시 눌러볼 수도 있겠지만, 우리가 패권적 위치에 놓이거나 군사적 우위에 서는 지역질서가 동북아에 영원히 고착될 수 있다고 믿는 것은 환상에 불과하다. 아무튼 한번쯤 우리도 그렇게 주변 국가를 호령해보는 위상을 가져보자는 주장은 매우 위험한 결과를 초래할 수 있는 지극히 모험적이고 무책임한 언동에 속한다.

내가 이러한 전통적 안보관들에 대해 비판적인 입장을 취하면서 또 우려하는 까닭은 무엇보다도 이 양자가 공통적으로 폭력의 논리를 담고 있기 때문이다. 힘만이 진정한 승자를 결정하고, 힘에는 힘으로 대항해야 한다는 전제를 깔고 있다. 강대국 동맹론에 따라 남한이 미국과 동맹하니 북한이 중국과 동맹을 맺었다. 한국이 중국에 다가가면 일본과 미국의 관계가 더욱 굳건해진다. 그 결과 군사적 경쟁이 벌어졌고 전쟁도 터졌다. 부국강병론을 좇아 남한이든 북한이든, 또는 통일국가든, 군비를 증강하고 심지어 핵으로 무장하면, 일본 또한 같은 길을 밟으려 할 것이요, 중국도 이를 방관하지 않을 것이다. 결국, 동북아에서 무력 충돌의 가능성은 그만큼 높아질 것이다. 동북아가 전쟁에 휩싸일 때마다, 전장이 된 장소는 바로 한반도가 아니었던가? 동북아가 냉전에 빠져들면, 갈등이 가장 격화된 곳이 바로 이곳이 아니었던가?

우리의 장기적 안보를 가장 위협하는 요소는 바로 이러한 폭력의 논리와 그것이 인정하는 전쟁의 가능성이다. 최후의 수단은 전쟁이 될 수도 있다는 가능성을 열어놓는 것이다. 전쟁가능성을 인정하거나 위험성을 무시하는 국방정책은 바람직한 안보전략이 아니다. 전쟁의 위험성을 완벽하게 예방하고 전쟁의 가능성을 전적으로 배제하면서 영구적으로 평화를 보장하는 진정한 생존전략을 찾아야 한다. 그래서 우리가 철저히 추구해야 하는 국제정치 이념은 평화주의가 되어야 하며, 군비축소와 비핵지대를 향한 다자주의적 협력체제의 구축이 우리의 안보전략이어야 한다. 평화주의는 영원한 초강대국 중국을 극복할 수 있는 유일한 이념이며, 항상 재무장을 노리는 일본을 제압할 수 있는 가장 강력한 무기이다. 무력이 강한 나라를 누를 수 있는 수단은 무력이 아니라 설득과 지혜, 즉 이념과 사상이기 때문이다. 나는 이런 제안이 국제정치에 대한 비현실적 가정이나 이상주의적 관점에 근거한다고 생각지 않는다. 현실주의자들이 비판할 이 평화주의야말로 사실 한국에게는 가장 현실적인 안보수단이다. 또한 평화주의로부터 도출되는 전략은 구성주의적 접근법, 연성권력론, 다자주의적 안보체제론 등 여러 최신 국제정치이론들에 의해 탄탄하게 뒷받침되는 전략이다. 이 전략은 동아시아에 평화체제를 구축하는 데 가장 적합한 동반자로 동남아시아국가연합(아세안, ASEAN)과 그 회원국들, 동남아국가들을 요구한다.

같은 맥락에서 한국은 앞으로 군사력 같은 경성권력이 아니라 민간 외교나 문화 같은 '연성권력'(soft power)을 축적해나가는 방향으로 전환해야 한다.[33] 연성권력은 정보화에 따른 지식사회의 도래로 더욱 중요해지는 권력의 유형이기도 하지만, 특히 한국은 연성권력의 자원을 풍부하게 보유한 남다른 이점이 있다. 지난 20여년간 한국이 축적한 연성권력이 빛을 발하는 곳이 바로 동남아다. 한국의 대중문화 즉 한류가 큰 인기를 얻은 곳이 동남아를 포함한 동아시아이며, 동남아국가들은 높은 수준의 우리 IT산업과 기술을 인정하여 그것을 받아들이고자 한다. 또한 한국의 해외청년봉사단의 활동이 집중되고, 축구, 태권도, 배드민턴 등의 종목에 강세를 보이는 한국 스포츠가 큰 인기를 얻는 곳도 바로 동남아지역이다. 그래서 동남아 어디를 가나 한국이란 나라는 부러움의 대상이 되고 한국인들은 인기가 높다. (앞선 글에서 이야기한 추악한 한국인만 없어진다면 한국인의 인기는 더욱 커질 것이다.) 적어도 연성권력으로만 측정한다면 동남아에서 한국은 이미 (문화)강대국의 반열에 올라섰다고 할 수 있다.

장차 한국의 안보와 번영, 생존과 미래는 동남아와의 관계를 어떻게 정립해 나가는가에 의해 크게 좌우될 것이다. 우리는 한국전쟁 이후 한국의 안보를 책임져온 한·미 안보동맹이 앞으로는 더이상 과거만큼 튼튼하지 않을 것임을 이미 감지하고 있다. 남북관계의 변화나 반미주의의 확산 같은 한반도 내부의 변화뿐 아니라, 세계 패권을 추구해온 미국의 대외정책과 군사전략이 거세지는 도전에 직면하고 있기 때문이다. 또한 우리는 지난 10여년간 한국의 지도자들이 꿈꾸어온 남북 또는 북미 관계의 개선을 통한 동북아 지역의 안정이 하루 아침에 이룩될 수 없음을 절실히 체험하였다. 한국이 중심축이나 한 꼭지점이 되어 동북아의 세력균형을 만들어보겠다는 야심도 현재 우리가 보유한 힘이나 능력의 수준으로는 실현 불가능한 환상에 불과하다는 것을 깨닫지 않았던가. 중·일간의 갈등과 대립에 직면해서 중재는커녕 한국도 그 소용돌이에 휘말려 들지 않았던가.

우리는 하루바삐 한국을 최약자(最弱者)의 위치에 놓는 동북아 구도나 강대국 중심 구도에서 벗어나야 한다. 미국도, 중국도, 일본도 우리의 진정한 우방이나 친구일 수 없다. 이들 국가와 대등한 상호관계를 기대하기가 힘들기 때문이다. 만약 오늘날의 한국을 이들 국가와 어깨를 나란히 할 수 있다고 믿는다면 이는 망상이며 그렇게 주장한다면 그것은 허풍에 불과하다. 이런 주장을 내세우는 지식인은 곡학아세(曲學阿世)하는 것이요, 그런 제안을 하는 정치인은 혹세무민(惑世誣民)하는 자들이라고 고발하고 싶다. 이런 자들이 국제정치의 냉엄한 질서에서 진정한 친구를 찾는 것은 순진하고 낭만적인 생각이라고 비판을 한다면, 이는 폭력과 무력에 기반한 패권국가나 강대국 중심의 기존 세계질서를 정당화하는 현실주의적 관점을 옹호하는 주장과 다를 바 없다. 냉정히 생각하고 꼼꼼하게 따져보면 우리의 안보가 장차 나아갈 방향이 명확해진다. 그 방향은 동북아를 벗어난 동아시아가 되어야 하며, 군사적 대결을 지양한 협력과 평화를 추구해야 하고, 강대국에 의존하는 양자적 안보동맹이 아니라 우방국가들이 대등한 관계를 유지하는 다자주의적 안보체제를 모색해야 한다. 여기서 우방이란 바로 동아시아 구도

내에서 아세안과 그 회원국들이 되어야 한다.

내가 동아시아로 지형을 넓혀 아세안과 연대를 추구하자는 주장을 하는 것은 중·일 양강(兩强) 구도에서 한국은 별 힘을 발휘할 수 없지만 한국−아세안 연대는 안정적인 삼정(三鼎) 구도에서 한축을 차지하는 힘을 가질 수 있다는 현실적 고려이기도 하고, 동남아를 '평화, 자유, 비핵, 중립 지대'(ZOPFAN: Zone of Peace, Freedom and Neutrality in Southeast Asia)로 형성하려는 아세안의 목표가 우리의 평화주의 이상과 그대로 합치할 수 있기 때문이기도 하다. 2007년으로 창설 40년을 맞은 아세안이 성공을 거두는 배경에는 다양하고 이질적인 회원국들이 독립적이고 평등한 관계를 유지하며 추구해온 평화와 자유라는 이상적 목표가 있었다. 실제로 아세안이 출범한 이후 지금까지 회원국 간에는 한번도 무력 충돌이 없었다는 점은 다자주의적 지역협력체의 효과를 웅변해준다. '아세안+3'의 제도화는 이러한 아세안의 성공을 동아시아 수준으로 확대해줄 수 있고, 만약 좀더 통합의 수준이 높은 지역협력체를 구축할 수 있다면 그때는 동아시아에 영구적인 평화가 도래하는 시대를 꿈꾸어볼 수 있게 될 것이다.

동아시아로 확대된 다자주의적 평화체제야말로 진정한 민족주의자들이 발벗고 추진해야 할 안보체제라고 할 수 있다. 바로 이 체제에서 한국의 교섭력이 최대한 발휘될 수 있고, 안보이익이 극대화될 수 있기 때문이다. 지정학, 인구규모, 경제력, 풍부한 역사적 경험(식민화, 내전, 빈곤, 경제발전, 민주화, 경제위기 등) 등은 한국에게 동아시아 지역질서 속에서 이상적인 '중간국가'(middle power)의 자격과 위상을 부여해주기 때문이다. 물론 중간국가의 지위는 협소한 동북아가 아닌

동아시아의 넓은 지형에서만 보장됨을 명심해야 한다. 강대국과 약소국, 부국과 빈국, 동북아와 동남아 간에 존재하고 야기될 수 있는 갈등, 개발격차, 이질감 등을 해소하고 줄이는 선도자, 중재자, 균형자의 역할이 쉽게 주어지는 세력관계가 형성될 것이다. 중·일·한의 양강일약(兩强一弱)의 구도에서 아무런 역할을 할 수 없는 한국이 동남아와 연대하고 동남아의 지원을 받게 되면, 동북아의 권력관계 속에서도 비로소 중재자나 균형자의 입지를 확보할 수 있을 것이다. 이는 이미 '아세안+3'의 형성과정에서 한국이 담당한 적극적이고 건설적인 역할을 통해 입증된바 있다. 이렇게 본다면 아세안과의 협력과 연대를 민족주의자들이 거부할 아무런 이유가 없을 것이다. 오히려 어떻게 하면 아세안으로 하여금 한국을 새로운 동반자로 받아들이도록 할 것인가가 더 어려운 문제가 될 수 있다.

16세기 이후 각 시대들을 풍미한 강대국들은 모두 동남아를 가까이 했다. 포르투갈, 스페인, 네덜란드, 영국, 미국이 줄줄이 동남아에 식민지를 건설하면서 강대국으로 발돋움했다. 이보다 훨씬 앞서 동남아와 교섭을 시작하던 중국도 동남아를 가까이하던 한, 당, 남송, 초기의 명은 위세와 풍요를 구가했고, 동남아를 멀리하던 청은 결국 동아시아의 패권을 서구에 내주고 말았다. 일본은 '대동아전쟁'이라 부른 2차대전 중 동남아를 3년간 점령했고, 종전 후 한때 동남아를 자신의 '경제식민지'로 만들기도 했다. 역사상 강성하던 모든 대국들이 동남아에 눈독을 들였다. 우리가 동남아와 특별한 관계를 맺자는 나의 제안은 과거의 제국주의자들과 식민주의자들처럼 동남아를 정치적으로 지배하거나 경제적으로 수탈하자는 말은 결코 아니다. 대화·협력·교류·연대를 통해 상호 이익과 복리를 증진하는 관계를 만들어보자는 뜻이다. 과거 강대국들이 동남아에 다가가던 방식과 달리 우리는 동남아의 진정한 동반자나 친구가 되자는 뜻이다.

지금까지 동남아의 사회·문화·역사·정치를 소개하는 이런저런 이야기들을 써온 것은, 실은 독자들이 동남아를 좀더 깊이 이해하면 이 결론에서 제안한 내 생각에 동의해주지 않을까 하는 기대 때문이었다. 동북아에서 강대국들의 틈바구니에 끼어 이리저리 치이며 힘겹게 살아온 외로운 우리에게 이제는 친구가 필요하며 동남아가 바로 그런 친구가 될 수 있다는 희망을 이야기했고, 동남아와 좋은 친구가 되어 함께 손잡고 "평화, 번영 그리고 진보"(peace, prosperity and progress)가 넘쳐대는 "동아시아공동체"(East Asian Community)를 건설하자는 제안을 했다.[34] 독자들의 호응을 바라며, 내 동남아 이야기를 끝맺는다.

나는 이 책의 원고를 싱가포르에서 연구년을 보내고 있던 2006년 3월부터 2007년 7월 사이에 썼다. 당초 누구나 재미있게 읽고 쉽게 이해할 수 있도록 동남아문화를 소개하는 조그만 책자를 만들어보겠다는 소박한 계획을 갖고 시작했는데, 당시 우리나라에서 전개되는 상황이 자꾸만 내 관심과 시선을 한국사회로 돌려놓아 이 책도 동남아를 한국과 비교하고 내 주장도 내세우는 쪽으로 흐르게 되어 그 내용이 다소 심각하고 어렵게 되었다. 특히 우리 사회를 여러 갈래 찢어놓은 역사관, 토지와 주택, 호주제, 양성평등, 교육, 해외이주, 민족문제 등에 대해 동남아의 경험과 연구가 시사해주는 점을 찾아보려 했다. 그래서 이 책에 담은 내용들은 동남아를 알고 싶은 사람들만큼이나 한국의 민족주의자들에게 들려주고 싶은 이야기이기도 하다.

이 책은 '왜 못살고 힘없는 나라에 사는 동남아인들이 더 잘살고 잘

낮다고 으스대는 한국 사람들보다 더 행복할까?'라는 단순한 의문에서 출발하였다. 동남아 11개국 중에서 한국보다 일인당 국민소득이 더 높은 나라는 싱가포르와 브루나이 같은 조그만 나라밖에 없고, 다른 나라들은 한국의 절반 수준에도 미치지 못하며 버마와 인도차이나 국가들의 소득수준은 우리의 10분 1정도에 불과하다. 인도네시아는 인구가 2억 4천만명으로 세계 4대국이며 필리핀, 베트남, 태국, 버마도 한국보다 인구가 더 많지만, 한국보다 더 강국이라고 이야기할 수 없다. 심지어 동남아국가들은 '아세안+3(한·중·일)'이라고 하는 지역협력 채널을 통해 한국으로부터 적지 않은 원조와 지원을 받고 있는 실정이다. 동남아국가들 중에서 민주주의를 하고 있는 나라는 인도네시아, 태국, 필리핀 세 나라뿐이고 그 수준도 한심하기 짝이 없는 한국정치보다도 못하다.

그런데 이런 처지에 있는 동남아국가들의 국민들이 한국인들보다 더 행복하다. 훨씬 더 많은 동남아인들이 한국인들보다 행복하다고 느낀다. 그래서 그들은 생활고나 인생을 비관하여 자살하는 일도 없으며, 남에게 화를 내거나 아무데서나 삿대질을 하고 싸우지도 않으며, 처음 본 사람에게 친절하고 예의가 바르며, 항상 여유와 미소를 잃지 않는다. 행복을 엄격하게 측정하고 객관적으로 비교하기란 불가능하지만, 스스로 행복하다고 느끼는 사람들의 비율이 어느 나라가 더 많고 적은지는 비교 가능하다. 실제로 모든 사회조사들은 더 많은 동남아 사람들이 한국 사람들보다 행복하다고 느끼고 있다는 사실을 보여 주었다. 일례로 2000년부터 2002년 사이에 실시된 세계가치관조사(World Values Survey)에 의하면, 베트남 국민의 49.1퍼센트, 필리핀 국민의 38.4퍼센트 그리고 인도네시아 국민의 20.6퍼센트가 매우 행복하다고 답한 반면, 똑같이 답한 한국 사람의 비율은 고작 9.6퍼센트에 불과했다. 우리보다 더 잘살고 도시화된 싱가포르도 28.8퍼센트의 국민들이 매우 행복하다고 답했다. 실로 엄청난 차이가 아닐 수 없다. 어떻게 그들은 우리보다 훨씬 더 행복하다고 느낄까?

나는 이 책에서 동남아인들의 힘과 행복의 근원을 찾아 동남아의 문화를 넓고 깊게 탐색해보았다. 문화를 자연과 지리, 역사, 정치, 경제 등과 연관된 하나의 체계적 현상으로 파악하여 넓은 맥락 속에서 두루 살폈고, 의식주, 전통, 관습, 정치문화 등 문화현상의 구체적 영역을 깊숙이 들여다보았다. 이렇게 동남아를 접근할 수 있는 관점과 통찰력 그리고 이 책의 내용을 구성하는 많은 구체적인 지식은 나의 영원한 사표 기어츠(Clifford Geertz), 스콧(James Scott), 리드(Anthony Reid), 앤더슨(Benedict Anderson) 교수로부터 빌리고, 깨닫고, 배운 바가 무한히 많다는 점을 밝혀둔다. 이 분들의 영향 덕분인지 탓인지, 내 글이 동남아와 특히 근대 이전의 동남아를 지나치게 미화하고, 동남아의 현재를 긍정하고 미래를 낙관하며, 동남아인들의 가치관을 그대로 추수한다는 비판을 가끔 듣고, 인도네시아, 말레이시아, 필리핀 등 도서부 문화를 가장 동남아적인 원류로 보는 편견에 사로잡혀 있다는 지적을 종종 받는다. 그래도 나는 '동남아학'이란 지역연구가 이러한 세계적 석학을 많이 보유한 것을 실로 큰 자랑거리요 행운이라고 항상 주장한다.

내가 이 글을 쓰도록 제안하고 격려해준 서남포럼운영위원인 최원식, 백영서, 강태웅 교수님과 초고를 홈페이지(www.seonamforum.net)에 연재하도록 기회를 준 서남포럼 관계자들께 이 지면을 빌려 고마움

을 표하고 싶다. 그리고 이 책을 출판하는 과정에서 나의 고집을 들어
주고 나의 게으름을 무한정 기다려 준 창비 인문사회출판부와 유익한
조언, 꼼꼼한 교정, 솜씨있는 편집으로 좋은 책을 만들어준 김도민님께
진심으로 감사드린다. 또한 직접 찍은 사진들을 이 책에 게재하는 것을
허락해준 김형준, 송승원, 양승윤, 이재현, 이한우, 최경희, 최호림 선생
님의 도움도 잊을 수 없다. 마지막으로 글 쓰는 고통을 행복으로 바꾸
어준 즐거운 훼방꾼들인 池苑, 河抒, 河林(누리)에게 이 조그만 선물로
사랑의 마음을 전한다.

2008년 11월
양평 새수골에서
필자 씀

1 앤더슨의 민족 및 권력 개념은 *Imagined Communities: Reflections on the Origin and Spread of Nationalism*, rev. ed. (Verso 1991)과 "The Idea of Power in Javanese Culture," Claire Holt, ed. *Culture and Politics in Indonesia* (Cornell University Press 1972) 1~69면에 나타나 있다.

2 현지조사를 끝내고 미국으로 돌아간 후 3년이 지나 완성한 학위논문이 "Demystifying the Capitalist State: Political Patronage, Bureaucratic Interests, and Capitalists-in-Formation in Soeharto's Indonesia"(PhD Dissertation, Yale University May 1989)이다.

3 졸저 『인도네시아의 정치경제: 수하르토 시대의 국가, 자본, 노동』(서울대학교 출판부 2001)은 수하르토 집권기 동안의 정치경제를 다각적 측면에서 검토했으며, 졸고 「인도네시아의 경제위기와 IMF협상: 상이한 '경기규칙'과 어긋난 협상」, 백광일·윤영관 편 『동아시아: 위기의 정치경제』(서울대학교 출판부 1999), 151~71면은 필자가 연구년을 보낸 1997~98년 밀어닥친 통화위기가 경제와 사회 전반의 위기로 확대·심화되고 급기야는 수하르또정권의 몰락이라는 정치적 격변으로 이어지는 일련의 과정을 분석했다.

4 전경수 『베트남일기』, 통나무 1993.

5 동남아정치를 전통시장에서 일어나는 '흥정'과 동일한 논리로 분석할 수 있다는 것은 순전히 내 자신의 생각이며, 언젠가 풍부하게 발전시켜 엄격하게 검증해보고 싶은 가설이다. 동남아시장에서 일어나는 흥정을 부분적으로나마 다룬 희귀한 연구로서 Andrew Causey, *Hard Bargaining in Sumatra: Western Travelers and Toba*

*Bataks in the Marketplace of Souvenirs* (Hawaii University Press 2003)가 본문에 언급한 사모시르섬의 기념품 시장을 관찰하고 있으나, 홍정을 "오해, 긴장과 좌절"로 가득 찬, "스트레스"를 주는 일종의 투쟁과 갈등의 과정으로 '잘못' 이해하고 있으며, 또한 시장을 지배하는 최종적 가격 결정 메커니즘으로서 홍정의 중요성과 그 의미를 제대로 간파하지 못하고 있다(224~25면, 179~82면).

6 총선 감시 결과를 평가한 종합보고서는 *Democratization in Indonesia: Report of the 1999 election observation Mission, 25 May~10 June 1999* (http://www.anfrel.org/report/indonesia/indonesia_1999/ indonesia_1999.pdf)이라는 제목으로 ANFREL 홈페이지에 올라와 있다.

7 이 구절은 인도네시아 건국의 아버지이자 초대 대통령이었던 수까르노(Sukarno)가 1945년 6월 독립준비위원회에서 행한 연설에서 밝힌 국가철학의 '5대 원칙' (pancasila)의 하나로서 '협의와 합의'에 근거한 민주주의를 언급한 것에서 유래되었다. 그렇지만 이것은 훗날 수하르또 독재정권하에서 경쟁·반대·투표 등을 핵심으로 하는 다수결주의적 민주주의를 비판하고 부인하기 위한 근거로 악용되었다. 반면 전통적 마을공동체의 의사결정 방식에서 따왔다는 이것은 인도네시아정치에 끊임없는 대화와 타협의 관행을 세워준 공로도 있다.

8 Donald K. Emmerson, "'Southeast Asia': What's in a Name?" *Journal of Southeast Asian Studies*, vol. 15, no. 1(March 1984), 1~21면과 Milton Osborne, *Southeast Asia: An Introductory History* (Allen & Unwin 2005) 1장을 볼 것.

9 James C. Scott, "Hill and Valley in Southeast Asia … or Why Civilizations Don't Climb Hills"(서강대학교 동아연구소 초청강연회 원고, 2003).

10 Anthony Reid, *Southeast Asia in the Age of Commerce 1450~1680*, Vol. 1: *The Lands below the Winds* (Yale University Press 1988) 85~90면.

11 Crawfurd와 주달관에 대한 Reid의 재인용, 같은 책 86면. 그의『叢書集成新編』, 제91책에 실린『眞臘風土記』한문본은 그냥 "露出胷酥"이라고 표현되어 있는데, 이를 프랑스어로 번역한 뻴리오(Paul Pelliot)가 그랬든, 프랑스어를 영어로 다시 번역한 뿔(Gilman d'Archy Paul)이 그랬든 간에, 영어로 "bare breasts of milky whiteness" 라고 번역한 것은 과한 표현이 분명하고, 이는 주달관의 중국적 편견에다 서구적 편견까지 가미하고 있는 것으로 해석될 수 있다. Chou Ta-Kuan (Zhou Daguan), *The Customs of Cambodia*, 3rd ed., trans. Into English from the French version by Paul Pelliot of Chou's Chinese original by J. Gilman d'Arcy Paul (The Siam Society 1993) 13면.

12 O. W. Wolters, *History, Culture, and Region in Southeast Asian Perspectives*, rev. ed. (Cornell SEAP 1999); Osborne, 앞의 책 3장.

13 Alfred Russel Wallace, *The Malay Archipelago: The Land of The Orang-Utan, and The Bird of Paradise: A Narrative of Travel with Studies of Man and Nature*, vol. 2 (Macmillan 1869).

14 요즈음 영어 교육을 둘러싸고 매우 시끄러운 것을 보고, 나대로 위대한 동남아어인 말레이−인도네시아어에 대해 길게 이야기하고 싶어졌다. 이 장을 책 어디쯤에 둘까 고민하다가 인간이 창조한 문명 중 언어만큼 위대한 것이 있을까 하여 '문명과 인문지리' 편의 뒷쪽에다 넣었다.

15 졸고 "Malay/Indonesian for an Official Language of the East Asian Community," ARENA Online, 2007년 2월9일 (http://www.arenaonline.org/content/view/305/151/). 이 글을 포함하여 동일한 주장을 담은 세편의 유사한 글들을 각각 토오꾜오 (2005년 1월18일), 서울(2005년 1월30일), 브루나이 다르 살람(2006년 11월14일)에서 개최된 '아세안＋3' 관련 국제회의에서 발표했다.

16 Conference on *International Marriage, Rights and the State in Southeast and East Asia*, organized by the Asia Research Institute, National University of Singapore 2006년 9월 21~22일. 프로그램은 http://www.ari.nus.edu.sg/showfile.asp?eventfileid=18을 볼 것.

17 Chou Ta-Kuan (Zhou Daguan), 앞의 책 15면 (한문출처 『眞臘風土記』); John F. Embre, "Thailand: A Loosely Structured Social System," Hans-Dieter Evers, *Loosely Structured Social Systems* (Yale University Southeast Asia Studies 1969) 3~4면.

18 Pires에 대한 Reid의 재인용, 앞의 책 150면.

19 Reid, 앞의 책 162~63면.

20 Andaya, "Introduction," Andaya, ed., *Other Pasts: Women, Gender and History in Early Modern Southeast Asia* (Center for Southeast Asian Studies, University of Hawaii 2000). 더 포괄적이고 종합적인 안다야의 연구는 *The Flaming Womb: Repositioning Women in Early Modern Southeast Asia* (University of Hawaii Press 2006)를 볼 것.

21 Raniri에 대한 Ried의 재인용, 앞의 책 171면.

22 삔또(Ferdinand Mendes Pinto)에 대한 Reid의 재인용, 같은 책 166면.

23 Anderson, 앞의 글.

24 G. Myrdal, *Asian Drama: An Inquiry into the Poverty of Nations*, vol. 1 (The Twentieth Century Fund 1968).

25 Osborne, 앞의 책.

26 G. Coedes, *The Indianized States of Southeast Asia* (University of Malaya Press 1968).

27 Clifford Geertz, *Negara: The Theatre State in Nineteenth-Century Bali* (Princeton University Press 1981).

28 이 장은 『경향신문』 2007년 7월 21일자에 게재된 졸고를 조금 수정한 것이다.

29 연구사례로 인도네시아의 한인사에 대한 필자의 연구, "The Korean Community in Southeast Asia: A Case Study of Koreans in Jakarta in the Mid-1990s," Yoon Hwan Shin and Chayachoke Chulasiringwongs, eds., *Relations between Korea and*

*Southeast Asia in the Past* (ASEAN University Network and the Korea Association of Southeast Asian Studies 2005) 1~19면을 볼 것.

30 동아시아 여러 나라의 한류 현상에 대한 사례연구로는 신윤환·이한우 편 『동아시아의 한류』(전예원 2006)을, 한류의 개념·요인·효과에 대한 체계적인 분석으로는 이 책의 서론인 졸고 "동아시아의 한류를 보는 눈: 담론과 실체"를 볼 것.

31 Conference on *Empire and Neoliberalism in Asia*, organized by the Department of Sociology, National University of Singapore 2004년 7월. 그러나 하디스(Vedi R. Hadiz)가 발표논문들을 편집하여 같은 제목으로 출판한 단행본(Routledge 2006)에 포함된 테르보른의 논문을 보면, 기조연설에서 꽤나 긴 시간을 할애한 한류이야기는 빠져 있다.

32 한국적 경영방식에 대해서는 졸고 "인도네시아진출 한국기업의 노사관계: '한국적 경영방식' 이미지 형성과 '노동자 담론'의 확산", 『사회과학연구』 제4집 (서강대학교 사회과학연구소 1995년 12월), 293~335면이나 이 논문이 재수록된 졸저 『인도네시아의 정치경제』의 제5장을 볼 것.

33 연성권력 개념과 축적 전략에 대해서는 Joseph S. Nye, Jr., *Soft Power: The Means to Success in World Politics* (PublicAffairs 2004)을 볼 것.

34 동아시아비전그룹(EAVG, East Asia Vision Group)이 2001년 'ASEAN+3' 정상회의에 제출한 보고서의 제목에서 유래한 "평화, 번영, 그리고 진보"와 "동아시아공동체"는, 비록 명확한 개념화가 과제로 있지만, 동아시아 지역통합이 지향하는 원칙과 목표로 받아들여지고 있다. EAVG, "Towards an East Asian Community: Region of Peace, Prosperity and Progress"(2001). 전문은 http://www.aseansec.org/pdf/east_asia_vision.pdf를 볼 것.